# Au pays de l'Ailleurs

Tahereh Mafi

# Au pays de l'Ailleurs

*Traduit de l'anglais (États-Unis)*
*par Jean-Noël Chatain*

Michel Lafon

Déjà parus chez le même éditeur

*Insaisissable*
Tome 1 : *Ne me touche pas*
Tome 2 : *Ne m'échappe pas*
Tome 3 : *Ne m'abandonne pas*
*Ne me résiste pas*

Titre original : *Furthermore*



Première publication par Dutton Children Books,
une maison d'édition du groupe Penguin Random House,
en 2016.

*Les personnages, les organisations et les situations de ce récit étant purement fictifs, toute ressemblance avec des personnes ou des situations existantes ne saurait être que fortuite.*


118, avenue Achille-Peretti – CS70024
92521 – Neuilly-sur-Seine Cedex
www.lire-en-serie.com

*À Ransom, pour toujours.*

***Il était une fois une petite fille.***

*Sa naissance se déroula sans histoires.*

*Ses parents étaient assez contents, la mère ravie de ne plus la porter, et le père d'en avoir fini avec tous ces mystères. Mais un jour ils comprirent que leur bébé, celle qu'ils avaient prénommée Alice, ne possédait aucune pigmentation. Ses cheveux et sa peau étaient blancs comme le lait, son cœur et son âme doux comme la soie. Seuls ses yeux bénéficiaient d'une tache de couleur, juste assez pour qu'on y discerne la plus discrète nuance de miel. Bref, il s'agissait d'une enfant que ce monde ne pouvait apprécier.*

*Ferenwood était fondée sur la couleur. Elle explosait comme un feu d'artifice, aussi riche que nuancée, aussi intense que subtile. Ses habitants étaient réputés les plus éclatants – façonnés à l'image des planètes, prétendaient-ils – et ils jugeaient simplement la jeune Alice trop terne, même si elle savait qu'elle ne l'était pas.*

*Il était une fois une petite fille délaissée…*

# Notre histoire commence donc ainsi

**Le soleil s'était remis à pleuvoir.**

Douce et intense, la pluie de lumière traversait le ciel, chaque goutte perçant un trou bien net dans la saison. L'hiver avait été stable et prévisible, mais on voyait au travers à présent, et le printemps montrait le bout de son nez. Le monde se tenait prêt pour le changement. Les habitants de Ferenwood s'enthousiasmaient à la venue du printemps, comme on pouvait s'y attendre ; ils avaient toujours apprécié des changements concevables et fiables, comme la nuit se transformant en jour et la pluie en neige. Ils ne s'intéressaient pas à la nuit se métamorphosant en gâteau ou à la pluie en lacets de chaussure, parce que cela n'aurait eu aucune logique, et la logique était terriblement importante pour ces gens qui avaient construit leur vie autour de la magie. Et ils avaient beau l'observer à s'en faire loucher, il était très difficile pour eux de trouver la moindre logique chez Alice.

Alice était une jeune fille et, naturellement, elle représentait tout ce que l'on attendait d'une jeune fille :

intelligente, pleine de vie et de passion pour toutes sortes de problèmes essentiels. Mais quelque chose d'important lui faisait défaut, et c'était cela même – son manque de quelque chose d'important – qui la rendait si essentiellement intéressante et insolite. Bientôt, je vous en dirai plus à ce sujet.

∞

L'après-midi où débute notre histoire, la quiétude de la vie était à son comble : la brise ouvrait les fenêtres, la pluie de lumière écartait doucement les rideaux, l'herbe fraîchement coupée chatouillait les pieds sans chaussettes. Lors de journées semblables, Alice avait envie de se lancer dans une grande aventure – et, à quasi douze ans, elle avait presque trouvé la meilleure manière de réaliser son rêve. On n'était plus qu'à deux jours de la Présentation annuelle et Alice, bien décidée à gagner, savait que ce serait pour elle l'occasion de s'attaquer à un nouveau défi.

Elle rentrait chez elle à présent et jetait de temps à autre un coup d'œil par-dessus son épaule sur la ville qui étincelait au loin. La grand-place se faisait coquette, avec un grand ravalement en l'honneur des festivités à venir, et la clameur des chefs de chantier et des ouvriers à l'œuvre résonnait par-delà les collines. Alice sautait de dalle en dalle, le visage baignant dans l'éclat de la pluie de lumière, les mains tentant de saisir quelques paillettes d'or. L'enthousiasme de la ville était contagieux, et l'atmosphère tellement chargée de promesses qu'Alice pouvait presque mordre dedans. Elle sourit, ses joues rougissant comme deux pommes de bonheur, et contempla le ciel. La lumière commençait à papillonner et à pâlir, et les nuages se donnaient encore un mal fou pour s'entrelacer, se séparer et se reconstruire, comme ils l'avaient fait toute la semaine. Plus qu'un jour, pensa Alice, et tout changerait.

Elle avait hâte.

Alice marchait maintenant sur la grand-route, un chemin de terre bordé de verdure. Elle cramponnait fort son panier en croisant les voisins, faisant un signe de tête ici, un geste de la main là, ravie de s'être souvenue de porter ses vêtements aujourd'hui. Mère la réprimandait souvent à ce sujet.

Alice cueillit une tulipe dans sa poche, puis en croqua la tête ; elle sentit les pétales sur sa langue, savoura la caresse du velours et la couleur magenta. Elle ferma alors les yeux et humecta ses lèvres, avant de mordre dans la tige. Pas tout à fait verte, mais d'une nuance plus vive, plus éclatante ; une mélodie s'élevait de cette couleur, qu'Alice entendait chanter en elle. Elle se pencha pour saluer un brin d'herbe et murmura : « Bonjour, moi aussi, moi aussi, on est toujours en vie. »

Alice était une fille singulière, même pour Ferenwood, où le soleil pleuvait parfois, où les couleurs se révélaient plus vives qu'ailleurs, et où la magie était aussi répandue qu'un parent grincheux. Son étrangeté transparaissait jusque dans ses gestes les plus simples, mais surtout dans son incapacité à rentrer chez elle en ligne droite. Elle s'arrêtait trop souvent, s'éloignait du chemin direct, avalait de grandes bouffées d'air et les retenait aussi longtemps que possible, trop égoïste pour les laisser s'échapper. Elle virevoltait jusqu'à en faire tourbillonner ses jupes, souriant tellement qu'elle imaginait son visage éclore et s'épanouir. Elle sautillait ici et là sur la pointe des pieds et, seulement quand elle ne pouvait vraiment plus les contenir, elle laissait échapper toutes ces bouffées d'air.

Alice grandirait pour devenir une fleur sauvage, lui avait dit Père un jour. Une fleur sauvage en jupes virevoltantes, ses cheveux tressés dansant de la tête aux genoux. Elle avait toujours espéré qu'il avait raison, et que Mère, peut-être, avait tout faux : Alice n'était pas faite pour devenir quelque chose de si compliqué, avec des bras, des jambes et des tas d'envies... Souvent, Alice aurait aimé se replanter dans la terre, pour voir si elle grandirait en quelque chose de mieux cette fois-ci ; peut-être en pissenlit, en chêne ou en une noix que personne ne pourrait casser. Mais Mère insistait (comme à son habitude), répétant qu'Alice était une fille ; alors elle en était une, voilà tout.

Alice n'appréciait pas trop Mère. Elle la trouvait un peu vieille et déroutante, et n'aimait pas trop la manière dont elle s'inquiétait pour les murs, les portes, et l'argent qui les avait dressés là. Mais en même temps, Alice adorait Mère, comme tous les enfants qui en ont une. Mère était douce et chaleureuse, et elle souriait facilement quand elle regardait Alice. Il y avait de la colère et des larmes aussi parfois, mais celles-là, Alice ne s'en souciait jamais.

Elle agrippa son panier encore plus fort et dansa le long de la route, sur un air qu'elle avait trouvé au creux de son oreille ; ses orteils réchauffaient la terre et ses cheveux, trop lourds pour sa tête, essayaient de garder le rythme. Ses bracelets imitaient la pluie, de petites mélodies toutes simples qui s'entrechoquaient entre ses coudes et ses poignets. Elle ferma les yeux. Elle connaissait cette danse comme son propre nom, ses syllabes la cueillaient et roulaient sur ses hanches avec une intimité instinctive, qu'on n'apprenait pas à l'école.

C'était son atout, son don, son grand talent pour Ferenwood. C'était son tremplin vers la gloire. Elle s'entraînait depuis des années et des années, et elle était bien décidée à ce que ce ne soit pas pour rien.

Ce ne serait pas pour…

– Hé ! Qu'est-ce que tu fais ?

Alice sursauta. Quelque chose trébucha, puis se retrouva par terre ; elle regarda alentour d'un air dépité pour se rendre compte que ce quelque chose, c'était elle. Ses jupes étaient toutes chiffonnées, ses bracelets muets, et la pluie de soleil avait disparu du ciel. Alice était en retard. Mère serait encore fâchée.

– Hé ! répéta la même voix. Qu'est-ce que tu…

Saisie de panique, Alice rassembla ses jupes, puis chercha son panier à tâtons dans la pénombre. « Ne parle pas aux étrangers, lui avait toujours dit Mère, surtout aux hommes étranges. Si tu as peur, tu peux oublier tes bonnes manières. Si tu as peur, inutile d'être polie. Tu comprends ? »

Alice avait hoché la tête.

Mais à présent Mère n'était pas là et, sans pouvoir expliquer pourquoi, Alice avait peur. Aussi n'éprouvait-elle pas le besoin d'être polie.

En fait, ce n'était pas vraiment un homme. Il ressemblait plus à un garçon. Alice voulait lui dire très fermement de s'en aller, mais elle s'était plus ou moins mis en tête qu'en restant muette elle deviendrait invisible ; aussi pria-t-elle pour que son silence rende ce garçon aveugle, et le fasse taire.

Malheureusement, sa prière parut s'exaucer pour les deux.

Le soleil avait plié bagage et la lune n'était pas pressée de prendre le relais. Si bien que l'obscurité enveloppait Alice. Impossible de retrouver son panier.

Bref, elle était très troublée.

Soudain, Alice comprit ce que signifiait être inquiète et se promit de ne plus jamais reprocher à Mère de se faire sans cesse un sang d'encre. Soudain, elle comprit que c'était très dur d'avoir peur de tout et que cela gâchait trop de temps. Soudain, elle comprit pourquoi Mère trouvait rarement le temps de faire la vaisselle.

– C'est à toi, ça ?

Alice se tourna juste un petit peu et se retrouva face à un torse. Il y avait un torse dans sa figure et un cœur dans ce torse, et celui-ci battait plutôt fort. Elle pouvait entendre les palpitations feutrées, le flux et le reflux du sang… *Ne te laisse pas distraire*, se dit-elle, se supplia-t-elle. *Pense à Mère.*

Mais… oh !

Quel cœur !

Quelle symphonie dans ce corps !

Alice en resta bouche bée.

Il lui avait touché le bras. Elle n'avait donc pas d'autre choix que de lui flanquer un coup de poing. À cet égard, ses bracelets lui furent bien utiles. Elle envoya des coups de poing, des coups de pied, poussa quelques cris, lui arracha le panier des mains, puis s'enfuit en courant jusque chez elle, essoufflée et un peu exaltée, mais tellement heureuse que la lune ait enfin décidé de se joindre à elle !

**Alice ne put jamais raconter sa mésaventure à Mère.**

Mère était si contrariée par ce retard qu'elle faillit arracher les mains de sa fille. Elle ne laissa pas à Alice le temps d'expliquer *pourquoi* ses jupes étaient toutes souillées, ni *pourquoi* le panier était cassé (juste un tout petit peu, vraiment), ni *pourquoi* ses cheveux étaient parsemés de brins d'herbe. Mère afficha une mine contrariée, désigna une chaise près de la table et annonça à Alice que la prochaine fois qu'elle serait en retard elle lui attacherait les doigts. Encore.

Bah, Mère la menaçait toujours.

Ces menaces la rassuraient, mais Alice, elle, s'en lassait. En général, elle les ignorait. « Si tu ne manges pas ton petit déjeuner, je te transforme en éléphant », lui avait un jour dit Mère, et Alice avait presque espéré qu'elle le fasse. Mais une fois, Alice avait retiré ses vêtements pendant le dîner et Mère l'avait menacée de la transformer en *garçon*. Cela l'avait tellement effrayée qu'elle en avait eu des vertiges et avait gardé ses vêtements sur elle toute une semaine. Depuis ce jour, Alice s'était souvent demandé si ses frères étaient nés garçons ou s'ils avaient fait suffisamment de bêtises pour être transformés d'un tour de passe-passe.

∞

Mère vidait le panier d'Alice avec grand soin, accordant bien plus d'attention à son contenu qu'à chacun de ses quatre enfants assis à la vieille table de la cuisine. Alice passa les mains sur le plateau patiné, dont les planches nues étaient devenues toutes lisses après des années d'usage. Père avait fabriqué cette table de ses propres mains et Alice prétendait souvent se rappeler le jour où il l'avait réalisée. C'était idiot, bien sûr ; Père l'avait fabriquée longtemps avant la naissance d'Alice.

Elle lança un regard sur la place de Père à table. Sa chaise était vide – celle-ci avait fini par s'y habituer – et Alice laissa retomber sa tête, parce que la tristesse lui ramollissait les os et les muscles. Elle s'efforça de relever les yeux et vit alors ses frères, dont les petits corps occupaient les trois chaises restantes, qui la dévisageaient d'un air impatient, comme si elle allait transformer leurs tuniques en tulipes. En n'importe quelle autre occasion, elle aurait aimé le faire, mais Mère était déjà bien en colère et Alice ne souhaitait pas dormir avec les cochons ce soir.

Alice commençait à se dire que, si elle n'aimait pas trop Mère, Mère ne l'aimait pas trop non plus. Elle n'avait que faire de la singularité d'Alice ; ce n'était pas le genre de parent enclin à apprécier ses petits. Elle ne trouvait pas leurs excentricités attachantes. Elle pensait qu'Alice était une enfant en parfait état de marche, absurde à l'occasion ; mais dans un élan de sincérité, elle vous dirait volontiers qu'elle aimait assez peu les enfants, qu'elle ne les avait jamais aimés, pas vraiment, mais qu'il fallait bien faire avec. Mère avait aussi dit des tas de choses gentilles sur Alice, mais elle n'avait jamais été très douée pour vérifier qu'elle les avait bien dites à voix haute.

Alice choisit une fleur dans son assiette et la laissa tomber sur sa langue, faisant rouler la saveur dans sa bouche. Elle adorait les fleurs ; une bouchée, et elle se sentait revigorée, prête à recommencer. Mère aimait les tremper dans le miel, mais Alice les préférait au naturel. Elle aimait la vérité, sur ses lèvres et dans sa bouche.

La cuisine était chaleureuse et douillette, mais le cœur n'y était qu'à moitié. Alice et Mère faisaient de leur mieux depuis que Père était absent, mais certains soirs toutes les douleurs qu'elles taisaient s'empilaient très haut dans leurs assiettes et elles mangeaient du chagrin nappé de sirop, sans dire un mot. Ce soir, ce n'était pas si triste. Ce soir, le poêle irradia d'une lueur lavande quand Mère y jeta une poignée des baies cueillies par Alice et attisa les flammes. Bientôt toute la maison embauma la figue tiède et la menthe poivrée, et Alice était persuadée de pouvoir aspirer l'air de la pièce d'un coup de langue, si elle essayait. Mère souriait, enfin satisfaite. Les baies de Feren réussissaient toujours à lui rappeler l'époque heureuse avec Père, longtemps auparavant, quand tout allait bien et qu'il n'y avait rien à craindre. Les baies de Feren étaient une friandise très rare pour ceux qui avaient la chance d'en trouver (on avait beaucoup de mal à s'en procurer) ; mais en l'absence de Père, ces baies étaient devenues l'obsession de Mère. Le problème, c'était qu'elle avait besoin d'Alice pour les dénicher (j'expliquerai pourquoi plus tard). Et Alice en trouvait toujours, parce que la vie à la maison était bien plus agréable depuis les baies. Alice était en retard, paresseuse, désordonnée et querelleuse, mais elle ne rentrait jamais à la maison sans les baies.

Quoique, ce soir, elle avait failli.

Alice avait toujours l'impression que Mère se servait d'elle pour les baies ; elle savait que c'était le seul remède qui apaisait son cœur en l'absence de Père. La jeune fille savait que sa mère avait besoin d'elle, mais ne se sentait pas appréciée pour autant, et même si elle avait de la peine pour elle, elle se sentait plus désolée que triste. Elle avait envie de voir Mère grandir – ou peut-être rapetisser – pour devenir celle dont ses frères et elle avaient réellement besoin. Mais Mère ne pouvait pas devenir ce qu'elle n'était pas. Aussi Alice se résignait-elle à l'adorer et à la détester comme elle était, tant qu'elle pourrait le supporter. Bientôt, songeait Alice, très bientôt, elle cheminerait vers une vie meilleure. Grandiose. Les saisons changeaient à Ferenwood, et Alice avait suffisamment attendu.

Elle gagnerait la Présentation et montrerait à Mère qu'elle pouvait tracer son propre chemin dans le monde et qu'elle n'aurait plus jamais besoin d'une paire de bas. Elle deviendrait exploratrice ! Inventrice ! Non... artiste peintre ! Elle saisirait l'essence même du monde en quelques vigoureux coups de pinceau ! D'ailleurs sa main se déplaçait déjà toute seule et dessinait des formes dans son assiette pleine de miel. Son bras se dressa alors en un geste triomphal, sa fourchette-pinceau lui échappa des mains et s'envola dans les airs avant de se planter, non sans élégance, dans les cheveux de son frère.

Alice baissa la tête et oublia son avenir, tandis que Mère lui tombait dessus avec une louche.

Bah, elle dormirait avec les cochons ce soir.

Plus de chapitres par ici

**Les cochons ne furent pas trop pénibles.** Ils lui tinrent chaud, partagèrent leur paille et poussèrent de petits cris qui aidèrent Alice à se détendre. Elle sortit ses deux uniques finks de sa poche, en brisa un en deux, mit l'autre de côté, et soudain les cochons sentirent le citron frais et la pomme-miroir, et bientôt elle n'eut plus aucun souci à se faire. La nuit était douce et parfumée, tandis que le ciel s'insinuait entre les planches brisées du toit. Ça scintillait plutôt joyeusement là-haut, mais les planètes étaient les vraies étoiles ce soir : des taches éclatantes qui séduisaient la voûte céleste. Six cent trente-deux planètes constellaient la vision d'Alice en faisant tournoyer leurs bracelets, comme elle en agitant les siens.

À chaque bras, Alice portait des bracelets et encore des bracelets, du coude au poignet ; ses chevilles étaient tout autant parées. Elle avait glané ces bijoux ici et là, dans quasiment tous les marchés des collines voisines qu'elle avait gravies. Elle avait sillonné tout Ferenwood après le départ de Père, en frappant à chaque porte et en demandant à tout un chacun où il aurait pu aller.

Tout un chacun avait une réponse différente.

Tout un chacun savait, en revanche, que Père n'avait emporté avec lui qu'une simple règle, si bien que certains affirmaient qu'il était parti mesurer la mer. D'autres disaient le ciel. La lune. Peut-être qu'il avait appris à voler et oublié ensuite comment redescendre. Elle ne l'avait jamais dit à Mère, mais Alice se demandait souvent s'il ne s'était pas replanté dans la terre pour voir s'il ne repousserait pas plus grand, cette fois.

Elle effleura ses petits cercles d'or, d'argent et de pierre. Mère lui donnait trois finks chaque mois et Alice en dépensait toujours un pour un bracelet. Ils n'avaient d'autre valeur que celle qu'elle leur accordait, ce qui les rendait d'autant plus précieux. C'était Père qui lui avait offert son premier – juste avant de partir – et, pour chaque mois qu'il demeurait absent, Alice en ajoutait un à sa collection.

Cette semaine, ça lui en ferait trente-huit en tout.

Peut-être, pensa-t-elle, les paupières lourdes de sommeil, que ses bracelets l'aideraient à retrouver Père. Peut-être qu'il entendrait qu'elle le recherchait. Elle était sûre que s'il écoutait attentivement, il l'entendrait danser pour lui demander de rentrer à la maison.

Alice se tourna alors sur le côté et rêva.

Profitons à présent du sommeil de notre jeune Alice pour régler rapidement quelques détails importants.

Primo : la magie de Ferenwood ne nécessitait aucune baguette ou potion que vous pourriez reconnaître ; pas vraiment d'incantation non plus. En un mot, Ferenwood était une terre fertile en ressources naturelles, en particulier la couleur et la magie. C'était un très petit et très ancien village dans la campagne de Fennelskein, et comme personne ne mettait jamais les pieds à Fennelskein (quel dommage en fait, car c'est tout à fait charmant en été), les gens de Ferenwood préféraient depuis toujours leur propre compagnie, récoltant la couleur et la magie présentes dans l'air et la terre pour créer tout un système monétaire autour. Il y aurait beaucoup à dire sur l'histoire et la géographie de Ferenwood, mais je préfère ne pas vous en dévoiler trop, au risque de gâcher d'emblée le plaisir de notre histoire.

Secundo : tout citoyen de Ferenwood naissait avec un soupçon de talent de magicien. Mais pour le développer, il fallait débourser de l'argent, et la famille d'Alice avait tout juste de quoi vivre. Alice elle-même n'avait jamais possédé que quelques finks, et elle observait toujours avec envie les autres enfants aux poches pleines de stoppicks, qui n'avaient que l'embarras du choix devant les vitrines regorgeant de friandises.

Ce soir, Alice rêvait du dillypop qu'elle achèterait le lendemain. (À vrai dire, Alice ignorait qu'elle s'offrirait un dillypop, mais nous avons l'art et la manière de deviner ces choses-là.) Les dillypops étaient sa gourmandise préférée – de petites bouchées d'herbe au miel –, et cette fois-ci elle se moquait d'y consacrer le reste de ses économies.

Ce fut alors que, pelotonnée parmi les cochons, rêvant de sucreries, les jupes remontées jusqu'aux oreilles et les chevilles parées de bracelets reposant sur un tabouret, Alice entendit la voix du garçon dont elle avait cogné le torse.

Il dit quelque chose comme « Salut » ou « Comment vas-tu ? » (je ne m'en souviens pas bien). Alice était trop agacée par cette interruption pour songer à avoir peur. Elle poussa un grand soupir, le visage toujours tourné vers les planètes, et plissa les yeux très fort.

– Ça me déplairait de te redonner des coups de poing et des coups de pied, dit-elle, alors si tu veux bien poursuivre ton chemin, je t'en serais fort reconnaissante.

– Je vois ta culotte, répliqua-t-il.

Quel grossier personnage !

Alice se leva d'un bond, mortifiée et rouge betterave. Dans sa hâte, elle manqua renverser un cochon et, une fois debout, trébucha sur un seau rempli de pâtée, avant de retomber à la renverse contre le mur.

– Qui es-tu ? demanda-t-elle, tout en essayant de se rappeler où elle avait laissé la pelle.

Alice entendit alors un claquement de doigts et peu après la cabane baigna dans une sorte de halo lumineux. Elle repéra aussitôt la pelle mais, alors qu'elle élaborait un plan pour la récupérer, le garçon la lui offrit de son plein gré.

Elle l'accepta.

Ce visage lui était bizarrement familier. Alice le lorgna en pleine lumière et tint l'extrémité pointue de la pelle sous le menton du garçon.

– Qui es-tu ? répéta-t-elle d'un ton rageur. Et peux-tu m'apprendre comment tu viens de faire ça à l'instant ? J'essaie le clic-et-déclic depuis des années, et ça n'a jamais marché avec m…

Il l'interrompit d'un éclat de rire.

– Alice, c'est moi, voyons… dit-il en secouant la tête.

Elle battit des paupières puis le contempla, bouche bée.

– Père ? s'étrangla-t-elle.

Alice le toisa de la tête aux pieds et laissa tomber la pelle dans la foulée.

– Oh… mais Père, tu as tellement rajeuni depuis que tu es parti… Je ne suis pas sûre que ça va plaire à Mère…

– Alice !

Ce garçon, peut-être bien étranger, s'esclaffa encore, puis l'attrapa par les bras pour la regarder droit dans les yeux.

Il avait la peau d'une chaude nuance de marron, les yeux d'un bleu inquiétant, presque violet. Et aussi le nez bien droit, une très jolie bouche, de très jolis sourcils et très belles pommettes, et des cheveux de la couleur argentée du hareng, mais il ne ressemblait pas du tout à Père.

Alice reprit sa pelle.

– Imposteur !

Elle leva l'outil au-dessus de sa tête, prête à l'abattre sur le crâne du garçon, lorsqu'il lui saisit de nouveau les bras. Il était un peu (beaucoup) plus grand qu'elle, si bien qu'il pouvait plus facilement l'intimider, mais elle n'allait pas s'avouer vaincue de sitôt.

Alors elle lui mordit le bras.

Assez fort, je le crains.

Il glapit et vacilla en arrière. Lorsqu'il releva la tête, Alice le frappa aux jambes et il tomba à genoux. Elle se tint au-dessus de lui en le menaçant de sa pelle.

– Bon sang, Alice, qu'est-ce qui te prend ? hurla-t-il en se protégeant la tête de ses bras, prêt à recevoir l'estocade finale. C'est moi, Oliver !

Alice abaissa la pelle, juste un peu, pas vraiment pressée d'avoir honte d'elle-même.

– Qui ça ?

Il redressa lentement la tête.

– Oliver Newbanks. Tu ne te souviens pas de moi ?

« Non », avait-elle envie de répondre, parce qu'elle avait eu très envie de le frapper sur la tête et de traîner ensuite son corps inerte dans la maison pour le montrer à Mère : « J'ai protégé la famille d'un intrus ! » aurait-elle clamé. Mais Oliver paraissait si effrayé que la fureur d'Alice ne tarda pas à se muer en bienveillance et elle posa bientôt la pelle, avant de le regarder comme quelqu'un dont elle devait se souvenir.

– Vraiment, Alice… On était en classe moyenne ensemble !

Alice l'examina de plus près. Oliver Newbanks, ce nom lui disait quelque chose, mais elle était persuadée de ne pas le connaître… jusqu'à ce qu'elle remarque une cicatrice au-dessus de son oreille gauche.

Cette fois, elle cria vraiment plus fort.

Oh ! elle le connaissait, ça ne faisait plus aucun doute.

Alice attrapa la pelle et lui cogna si fort les jambes qu'il en décliqua la lumière et la cabane se retrouva dans le noir. Les cochons couinaient, Oliver aussi, et elle l'avait chassé dans la nuit et lui criait de ne plus jamais revenir, sous peine de le faire dévorer par ses frères au croque-matin, lorsque Mère surgit dans le jardin et annonça qu'elle la ferait cuire *elle* pour le croque-matin. Alors ce fut au tour d'Alice de couiner, et quand Mère lui mit enfin la main dessus, Oliver avait disparu depuis longtemps.

Après quoi, Alice eut mal aux fesses toute une semaine.

**La soirée d'Alice l'avait laissée d'une humeur massacrante.**

Elle s'était réveillée ce matin avec une odeur de cochon toute fraîche dans l'atmosphère, de la paille dans les cheveux et entre les orteils. Elle en voulait à Mère et à Oliver, et l'un des cochons lui avait léché la figure du menton jusqu'au blanc des yeux. Bon sang de bois qui boit sans soif, elle avait grand besoin de prendre un bain !

Alice secoua ses jupes (idiotes de jupes) du mieux qu'elle put et prit le chemin de l'étang. Elle était si préoccupée par le genre de pensées qui préoccupait une fille de presque douze ans que même une superbe matinée ruisselante de pluie de lumière ne pouvait l'apaiser.

Cet imbécile d'Oliver Newbanks – elle flanqua un coup de pied dans une motte de terre – avait le culot de lui parler – encore un coup de pied dans une motte. Une vraie tête de lune, ce garçon ! Elle ramassa une poignée de terre et la lança dans le vide.

Alice n'avait pas vu Oliver Newbanks depuis qu'il l'avait traitée devant toute la classe de fille la plus moche de Ferenwood. Il ne s'arrêtait plus de parler, disant qu'elle avait un très grand nez, de très petits yeux, de très fines lèvres et des cheveux de la couleur du vieux lait, et elle avait bien cru fondre en larmes à ce moment-là. Il se trompait, avait-elle répliqué. Son nez était joli, ses yeux tout à fait charmants, ses lèvres parfaitement charnues et ses cheveux ressemblaient à des fleurs de coton, mais il ne voulait rien entendre.

Personne ne voulait écouter.

Comme si ça ne suffisait pas que Père soit parti, que Mère soit devenue une espèce de pruneau tout ratatiné, et que leurs économies de toute une vie s'élèvent à seulement vingt-cinq stoppicks et dix tintons. Alice avait eu une année difficile et ne pouvait en supporter davantage. Tout le monde avait ri, encore et encore, tandis qu'elle tapait du pied, furieuse, en faisant tinter ses bracelets de cheville et en retenant ses larmes.

Alice avait décidé qu'elle ferait peut-être davantage impression sur Oliver en dépensant tous ses finks magiques pour lui arracher l'oreille et la lui faire manger devant tout le monde. *Ça lui apprendra à m'écouter*, pensa-t-elle. Mais Alice fut renvoyée de l'école parce que, apparemment, ce qu'elle avait *fait* était pire que ce qu'il avait *dit*. Ce qui semblait affreusement cruel, car des paroles méchantes avaient un goût bien plus amer que les stupides oreilles d'Oliver.

Quoi qu'il en soit, Mère dut lui faire l'école à domicile à partir de ce jour.

Alice commençait à comprendre pourquoi Mère ne l'aimait peut-être pas beaucoup.

Elle soupira et abandonna ses jupes, dont elle défit les liens pour les laisser tomber sur l'herbe. Les vêtements l'épuisaient. Elle détestait les pantalons encore plus que les jupes, alors elle les gardait sur elle, tant que maman traînait dans le coin. C'était indécent, lui avait dit maman, « de se promener avec ses vêtements de dessous ». Alice avait donc décidé immédiatement qu'un jour elle se ferait pousser des ailes et s'envolerait loin d'ici. Si ça ne tenait qu'à elle, Alice se promènerait tout le temps en dessous, pieds nus et bracelets aux chevilles et aux bras, ses cheveux vanille tressés jusqu'aux genoux.

Elle retira son corsage et le laissa tomber à terre, ferma les yeux en levant la tête vers le soleil. La pluie de lumière plongeait l'atmosphère dans une lueur surnaturelle. Elle ouvrit la bouche pour la goûter, mais elle avait beau essayer, ça lui était impossible. La pluie de lumière ne touchait pas les gens, parce qu'elle n'était destinée qu'à la terre. C'était elle qui apportait la magie à leur monde ; elle s'infiltrait dans l'air et nourrissait le sol ; elle faisait pousser leurs plantes et leurs arbres, ajoutant de la profondeur et de la vitalité à l'explosion de couleurs dans laquelle ils vivaient. Le rouge était rubis, le vert fluorescent, le jaune tout bonnement incandescent. La couleur était la vie. La couleur était *tout*.

La couleur, voyez-vous, était la marque universelle de la magie.

∞

Les gens de Ferenwood étaient tous nés avec leur propre petite étincelle de magie, et les aliments issus de la terre entretenaient cette douce flamme. Chacun possédait un don. Un grand talent magique. Et ils montraient ce talent – ça s'appelait la *Présentation* – en échange d'une mission suprême à accomplir. Comme le voulait la tradition.

Alice ouvrit les yeux. Aujourd'hui une respiration semblait donner vie aux nuages, souffles d'un être supérieur. Bientôt eux aussi se mettraient à pleuvoir, et la vie d'Alice changerait dans un grondement de tonnerre.

Alice aurait un but désormais.

Elle allait avoir douze ans. C'était l'année du changement.

*Demain*, pensa-t-elle. *Demain.*

Elle poussa un long soupir, chassant du même coup tous les Oliver Newbanks du monde, toute la peine que Mère lui avait faite, toute la peine que Père leur avait causée, toute l'inutilité de ces trois frères bien trop petits pour lui être d'une aide quelconque quand elle en avait le plus besoin. Elle n'était pas aussi colorée que les autres habitants de Ferenwood, et alors ? Alice avait autant de magie en elle et aurait enfin l'occasion de le prouver.

Elle ramassa une brindille bien souple et la noua autour de son cou en la pinçant entre le pouce et l'index, tandis qu'elle fredonnait une chanson familière. Paupières closes, ses pieds la guidant en dansant vers l'étang, elle devint sa propre musique, et son corps la chose favorite parmi toutes celles qu'elle ait jamais possédées.

Bah, sa vie était plutôt solitaire, mais elle savait quoi en faire.

∞

Les eaux tièdes de l'étang se paraient d'une nuance d'améthyste verte. Elles exhalaient une suave odeur de nectar, mais n'avaient aucune saveur. Alice défit les liens de ses vêtements du dessous et les déposa sur l'herbe, puis dénoua sa natte avant d'y plonger.

Elle descendit directement au fond. Elle y resta assise un petit moment et laissa ses membres se détendre. Bientôt elle sentit les chatouillis familiers des poissons-bisous, et elle ouvrit les yeux assez longtemps pour les voir picorer sa peau. Elle sourit et nagea, les poissons suivant chacun de ses mouvements. Ils frétillaient à ses côtés, lui effleurant les coudes et les genoux pour tenter de s'approcher davantage.

Alice nagea jusqu'à devenir d'une propreté quasi étincelante. Puis, l'air doux lui sécha si vite les cheveux et la peau qu'il lui resta du temps pour se promener avant sa cueillette quotidienne de baies de Feren.

Alice cherchait toujours à vivre ses propres aventures quand les autres enfants étaient à l'école. Mère était censée lui faire la classe, mais elle s'en chargeait rarement. Deux ans plus tôt, quand Mère en voulait encore à Alice de s'être fait renvoyer de l'école (et pour ce qu'elle avait fait à Oliver Newbanks), elle avait laissé une pile de livres sur la table de la cuisine en disant à sa fille de les étudier, sinon elle deviendrait la fille la plus idiote de tout Ferenwood, en plus d'être la plus vilaine !

Parfois Alice avait envie de lui dire des choses désagréables.

Malgré tout, elle aimait sa mère. Vraiment. Elle avait fait la paix avec ses deux parents depuis longtemps. Mais disons-le tout net, elle avait toujours préféré Père, et l'avouait volontiers. Père était plus qu'un père aux yeux d'Alice ; il était son ami et son confident. Il avait rendu supportables toutes les duretés de la vie ; il avait veillé à prodiguer à sa fille suffisamment d'amour pour qu'elle garde toujours confiance en elle. En vérité, il occupait une si grande place dans son cœur qu'elle était rarement consciente de n'avoir pas vraiment d'autres amis.

Ce ne fut qu'au moment de la disparition de Père qu'Alice commença à voir et ressentir toutes les choses dont on l'avait protégée depuis longtemps. Sous le choc de la perte, elle avait écarquillé les yeux, et bientôt des vents glacés et les murmures de la peur s'insinuèrent entre ses cils ; le blanc de ses yeux s'assécha, ce qui suscita des flots de larmes, tandis que ses paupières rouillèrent à force de rester ouvertes, refusant de se fermer assez longtemps pour la laisser dormir.

Le chagrin avait un poids tangible que le petit corps d'Alice apprit lentement à supporter. Elle avait à peine neuf ans quand Père était parti. Mais à l'époque, la toute petite Alice se levait déjà chaque matin en grattant tout au fond de son cœur en quête de Père, et chaque fois elle remontait bredouille, le cœur à vif et endolori.

Sachez, cher lecteur, qu'Alice, une fille résolument fière, n'approuverait pas de me voir partager ces informations personnelles avec vous. Je reconnais que les détails de son chagrin sont privés. À mon humble avis, il est néanmoins impératif que vous sachiez à quel point elle adorait Père. Le fait de l'avoir perdu l'avait pour ainsi dire déchirée de la tête aux pieds et, malgré tout, l'amour qu'elle lui portait l'avait rendue plus forte face à l'adversité. Elle était à la fois brisée et solide, et plus elle restait à Ferenwood sans sa présence, plus elle se sentait seule.

Aux yeux d'Alice Alexis Queensmeadow, certaines choses étaient fort simples : si Père était parti, elle aussi devait alors s'en aller, car Alice, plus que tout au monde, avait toujours souhaité mettre ses pas dans ceux de son père.

Réussir la Présentation, voyez-vous, était donc sa seule issue.

**Mère attendait au jardin** quand Alice rentra. Sa peau brune soulignait l'éclat de ses yeux ambrés, qu'elle plissait en direction d'Alice. Elle avait une main sur la hanche, l'autre tenant un panier. Mère portait des jupes, tout comme Alice, mais Mère aimait les siennes sobres et proprettes, avec plusieurs couches et des teintes bien marquées ; elle arborait aussi des corsages à manches longues retroussées jusqu'au coude. Les jupes d'Alice, en revanche, étaient encombrantes, alourdies par des perles, joyaux et autres paillettes formant des motifs de broderie complexes.

Bref, Alice ne supportait pas le tissu uni ; ça lui donnait la migraine.

Elle observa Mère attentivement – ses boucles couleur foin vert encadraient à foison son visage – et Alice se dit que sa mère devenait de jour en jour plus jolie et plus adorable. Parfois, il lui suffisait de regarder Mère pour que Père lui manque encore plus. S'il avait eu la moindre idée de la beauté qui l'attendait à la maison, pensa Alice, nul doute qu'il serait revenu.

Le regard de Mère s'adoucit comme Alice approchait. Elle changea de position et posa doucement le panier dans l'herbe, tendant à présent sa main libre à sa fille.

Alice la prit.

Elles marchèrent en silence vers la petite maison de quatre pièces et sa façade familière en pierre miel qui abritait leur foyer. Une pièce pour manger, un salon, une chambre pour Mère, et une chambre pour Alice et les triplés. Ça ne suffisait pas, mais en un sens, ça suffisait.

Les tuiles d'argile étouffaient sous le lierre grimpant qui recouvrait le toit d'entrelacs si serrés qu'on ne pouvait quasiment plus l'arracher. Quelques vrilles s'étaient échappées en retombant sur les côtés de la bâtisse, et Mère écarta ces lianes égarées du chemin, tandis qu'Alice et elle franchissaient la porte d'entrée restée ouverte.

Le calme régnait à l'intérieur. Ses frères étaient encore à l'école.

Mère désigna une chaise vide. Alice la contempla.

Puis elle alla s'y asseoir, et Mère prit place à côté d'elle et lui adressa un regard si féroce qu'Alice comprit alors qu'elle avait dû s'attirer des ennuis. Son cœur, le malheureux, avait soudain des pieds qui la tambourinaient de l'intérieur. Elle joignit les mains et, malgré ce soudain accès de panique, se demanda ce qu'elle mangerait pour dîne-midi.

Mère soupira.

– J'ai reçu la visite de Mme Newbanks ce matin.

« Cette stupide Mme Newbanks », faillit répliquer Alice.

– Elle affirme qu'Oliver a essayé d'entrer en contact avec toi. Tu te souviens d'Oliver, bien sûr.

Alice restait muette.

– Alice, reprit Mère d'une voix douce en regardant le mur à présent. Oliver a fait sa Présentation l'an dernier. Il a treize ans maintenant.

Alice le savait déjà.

Alice savait qu'Oliver avait un an de plus qu'elle, qu'il n'aurait jamais dû être dans son cours moyen. Mais elle savait aussi qu'il s'était absenté un an pour s'occuper de M. Newbanks quand celui-ci avait attrapé une sévère distomatose, si bien qu'Oliver dut manquer l'école une année avant d'atterrir dans la classe d'Alice. Ce stupide M. Newbanks enrhumé lui avait gâché toute sa stupide vie. Cette stupide Mme Newbanks avait un fils tellement stupide. Cette stupide famille Newbanks était stupide de A à Z.

Alice s'en fichait, qu'Oliver ait déjà accompli sa Présentation. Qui s'en souciait ? Pas elle. Elle n'avait que faire de lui. Elle se préoccupait d'elle, voilà tout.

Demain, toute sa vie allait changer.

Elle en était persuadée.

Alice croisa les bras. Puis les décroisa.

– Je ne sais pas pourquoi on a cette conversation, dit-elle enfin. J'en ai rien à cliquer d'Oliver Newbanks. Il peut bien s'étrangler avec un crapaud.

Mère essaya de ne pas sourire. Elle se releva pour aller remuer le contenu d'une marmite sur le fourneau.

– Tu n'es pas bien curieuse, remarqua-t-elle en tournant le dos à Alice. Tu sais quelle tâche il a reçue à l'issue de sa Présentation ?

– Non, répondit Alice qui se leva à son tour pour s'en aller, en reculant sa chaise, dont le bois grinça sur le plancher.

– Assieds-toi, Alice, répliqua Mère d'une voix qui n'était plus si douce.

Les poings serrés, Alice hésita avant de sortir.

– Non, répéta-t-elle.

– Alice Alexis Queensmeadow, tu vas te rasseoir tout de suite.

– Non.

– *Alice…*

Elle partit en courant.

Alice franchit la porte, fila sur le sentier, traversa le jardin, puis la prairie, passa devant l'étang, emprunta le pont, gravit la colline et grimpa là-haut, tout là-haut sur le plus haut des arbres de Ferenwood. Elle s'y assit, le cœur martelant ses os, et décida de ne plus quitter cet arbre jusqu'à ce qu'elle meure.

Ou jusqu'à ce qu'elle s'en lasse.

Peu importe ce qui surviendrait en premier.

**Personne n'était venu la chercher.**

Alice doutait que quelqu'un vienne. Pas Mère, certes, ni ses frères triplés de dix ans, qui préféraient transformer leurs chaussettes en lance-pierres plutôt que de se demander où leur sœur était partie pour la journée.

Elle était amère, sans l'ombre d'un doute.

Alice espérait plus ou moins qu'une battue serait organisée pour la retrouver. Peut-être que tout le village se serait déplacé afin de témoigner son soutien à la fille la plus vilaine de Ferenwood.

Elle espérait plus ou moins que Mère se ferait du souci.

Mais Alice avait si souvent dormi dans des arbres, des bois, des champs et des cabanes que Mère savait d'ores et déjà qu'Alice n'aurait rien à craindre ; en fait, Mère était sans doute soulagée de ne pas avoir affaire à sa fille avant le lendemain. En tout cas, Alice n'avait pas cueilli de nouvelles baies de Feren aujourd'hui, mais suffisamment hier, si bien qu'elle s'imagina avoir largement le temps de piquer sa crise et de se passer du moindre détail pratique prévu pour l'après-midi.

Elle soupira.

Être en vie, comprit-elle, c'était fatigant.

Tout en laissant ses jambes pendiller dans le vide depuis sa branche, Alice se pencha en avant pour écouter, voir, capter son univers. Depuis son poste d'observation, elle pouvait embrasser du regard tout Ferenwood : les collines ondoyantes, le déferlement de couleurs sur le paysage luxuriant. Du rouge, du bleu, du bordeaux, de l'azur. Du vert et du rose, du trèfle et du pêche. Du jaune, du mandarine, du violet et de l'aigue-marine. Chaque nuance portait en elle un parfum, un battement de cœur, une vie. Elle prit une grande inspiration et engloutit tout ça d'un coup.

Des petites maisons s'alignaient à perte de vue sur des rangées et des rangées, une lueur dorée brillant aux fenêtres dans la pluie de lumière déclinante. Les cheminées crachaient leur fumée, les oiseaux tombaient amoureux et les fleurs parfumaient agréablement le ciel. La danse du Soleil était presque terminée pour l'année, ce qui signifiait que la pluie de lumière ne reviendrait pas avant douze mois. Une part d'Alice regrettait déjà les longues semaines d'averses pailletées qui paraient de majesté tout ce qu'elles effleuraient. Mais elle ne pouvait pas être trop triste, pas cette année.

Demain, c'était son jour. Le premier jour du printemps.

Après le départ de père, la Présentation représentait tout ce qu'elle avait jamais attendu avec impatience, et le grand jour était presque arrivé. Demain les nuages s'ouvriraient à elle, chargés de promesses et de nouveaux desseins. Demain elle danserait vers la gloire. Vers un avenir qui avait besoin d'elle, l'espérait, la réclamait.

Remporter la Présentation signifierait qu'elle avait enfin fait ses preuves en qualité de véritable citoyenne de Ferenwood – et ce serait sa seule et unique chance d'échapper à une vie dont Père ne faisait plus partie désormais.

Son cœur faillit exploser à la perspective de tout ce qui l'attendait.

Elle se leva et se tint prudemment en équilibre sur la branche puis sauta dans le vide en attrapant du feuillage au passage pour ralentir sa chute. Ses pieds nus se posèrent dans l'herbe et, une culbute plus tard, elle se retrouva en position assise, essoufflée et euphorique. Il ne restait plus qu'une poignée d'heures de pluie de lumière, et maintenant qu'elle avait tout le temps de bouder, Alice se sentit prête à redevenir opportunément optimiste.

Par ailleurs, elle se rendit compte qu'elle avait faim.

Alice cueillit des fleurs en marchant et les glissa doucement dans ses poches. Les fleurs constituaient son casse-croûte favori. Elle aimait certes grignoter des noix, quelques baies et certaines plantes (préparées en potage, elles avaient meilleur goût), mais les fleurs… ah, les fleurs étaient ses préférées !

Alice mordit dans les pétales et les tiges, et en savoura les parfums tout en se goinfrant comme une ogresse. Elle trouva un ruisseau et s'y désaltéra, prenant le temps de s'arrêter pour y tremper aussi les pieds et, lorsqu'elle eut terminé, elle se sentit revigorée et prête à terminer la journée. Elle aurait dû alors regagner la maison. Présenter ses excuses à Mère. Écouter ce que Mère avait souhaité lui dire. *Je devrais être plus mûre*, se reprocha Alice.

Pourtant, elle hésitait.

Alice n'avait aucune pièce pour elle toute seule. Aucun endroit privé, aucun sentiment d'être chez elle. Elle avait besoin de se sentir chez elle quelque part. Mais une fille comme elle – qui ne ressemblait en rien à sa mère, une sœur qui ne ressemblait en rien à ses frères – n'avait pas beaucoup d'autres choix. Elle se sentait plus à l'aise dans la nature, où les choses n'étaient pas forcées de se ressembler pour vivre ensemble et en paix.

De toute manière, elle n'avait pas *besoin* d'être aimée par qui que ce soit.

Il se trouve qu'elle s'aimait déjà tellement elle-même et se trouvait tellement intéressante (et intelligente, inventive, gentille, drôle, sympathique et authentique) qu'elle ne parvenait vraiment pas à comprendre pourquoi ce n'était pas plus facile pour elle de s'intégrer.

En outre, Alice se jugeait fort jolie.

Ses cheveux n'avaient certes pas de forme ou de couleur à proprement parler, mais sinon rien *ne clochait*. Ils ne disaient pas de mal des gens, pas plus qu'ils ne crachaient sur eux ou donnaient des coups de pieds aux petits enfants.

Pareil pour sa peau : elle était incolore et sans éclat, mais elle lui recouvrait toutes les parties du corps et ne sentait pas mauvais, pas plus qu'elle n'était poisseuse ou poilue.

Peut-être que ses yeux n'étaient pas d'un marron spectaculaire – peut-être qu'ils étaient à peine colorés –, mais ils n'en demeuraient pas moins grands et vifs et, bon, peut-être qu'ils n'avaient pas toujours fonctionné à la perfection, mais Père avait veillé à ce qu'Alice se fasse corriger la vision et, *de toute façon*, elle était très douée pour faire semblant de se moquer de ce que les autres pensaient d'elle.

Bref, tout allait bien se passer.

En vérité, tout avait de nouveau bien commencé, elle répétait sa danse pour la centième fois quand – devinez quoi ? –, Oliver Newbanks décida de tout lui gâcher pour la troisième fois en deux jours.

Alice aurait vraiment aimé avoir sa pelle à portée de main.

– Ta mère m'a dit que je risquais de te trouver ici, fut la première chose qu'il lui dit.

Alice comptait les mesures dans sa tête, tandis que ses pieds retombaient, ses hanches chaloupaient, ses bras se levaient et ses jupes tournoyaient comme il faut. Ses bracelets remuaient aussi en parfaite harmonie avec ses pas de danse ; elle avait l'impression de faire partie intégrante de la chorégraphie – de l'univers tout entier.

La musique la mettait en contact direct avec la terre.

Ses pieds prenaient racine et la plantaient dans le sol à chaque pas. Elle sentait les vibrations remonter en elle et même au-delà. Elle aurait souhaité ne jamais s'arrêter. Ne jamais oublier cette sensation.

– Alice, je suis désolé, dit-il.

Elle continua de tournoyer.

– Je suis vraiment désolé. S'il te plaît, laisse-moi une chance de m'expliquer…

Alice s'interrompit. Ses jupes virevoltèrent autour d'elle, puis, emportées par l'élan, lui fouettèrent les jambes. À bout de souffle et de patience, elle n'en avait rien à cliquer de cette conversation.

Elle s'avança vers Oliver Newbanks et l'attrapa à pleine main par sa chemise. Le força à s'abaisser pour lui parler en face. Ce n'était que justice, compte tenu de sa stature inconcevable.

– Que veux-tu ? lui demanda-t-elle.

Oliver était stupéfait, mais le dissimulait à merveille. Elle entendait de nouveau battre son cœur et fut aussitôt chamboulée par une telle beauté. Les chants de l'âme d'Oliver, son harmonie intérieure, c'était incroyable. Elle avait entendu pareille symphonie en se heurtant à sa poitrine, trop distraite alors pour comprendre ce que cela pourrait signifier.

Bouche bée, Alice lui lâcha la chemise, puis recula de quelques pas. Elle n'avait pas envie de l'approcher à nouveau.

– S'il te plaît, répéta-t-il en levant les mains pour la supplier. Ça fait si longtemps, Alice. J'étais un gamin idiot. Je ne pensais pas ce que je disais.

Alice le contempla pendant un moment qui parut effroyablement long, puis :

– D'accord.

Et elle tourna les talons et s'en alla.

Elle avait traversé la moitié du pré quand il la rattrapa, haletant.

– Comment ça, « d'accord » ? demanda-t-il.

Alice roula des yeux, mais il ne pouvait pas la voir.

– Ça veut dire qu'on peut être amis ?

– Absolument pas.

– Pourquoi pas ?

– Parce que je ne pourrai jamais te faire confiance.

– Oooh, allez, quoi... Je ne pensais pas ce que je disais...

Alice se retourna vers lui. Plissa les yeux.

– Tu ne penses pas que je suis la fille la plus vilaine de Ferenwood ?

– Non ! Bien sûr que n…

– Alors, pourquoi tu l'as dit ?

Il n'avait pas de réponse à lui fournir.

– Tu es un garçon cruel et stupide, dit-elle en reprenant son chemin. Et je ne t'aime pas. Alors va-t'en et, s'il te plaît, cesse de me parler.

Voilà. Maintenant, il ficherait le camp.

– Impossible.

Alice s'arrêta net.

– Quoi ?

– Ça m'est impossible, soupira-t-il.

Il fixa alors ses mains, puis détourna le regard.

Voilà donc pourquoi Mère avait souri. C'était ça. Elle trouvait ça drôle. Hilarant, sans doute.

– *Alice*… murmura Oliver.

– Ne le dis pas.

– Alice…

Elle se boucha les oreilles et fredonna.

– Alice ! s'écria Oliver en lui abaissant les bras pour lui attraper les mains. Alice, la mission qu'on m'a confiée, c'est… toi.

– Oh ! Oliver… répliqua-t-elle en levant les yeux au ciel.

Elle avait envie de lui lancer un grand coup de pied.

– Tu es un menteur vraiment minable.

– Je suis amoureux de toi.

– Je rêve !

Elle continua à marcher.

Oliver restait interloqué. Il papillonna plusieurs fois des paupières.

– Mais Alice…

– On t'a chargé de t'occuper de moi ? Quand ça ? Il y a un an ? Et tu as mis tout ce temps pour avoir le courage de me l'annoncer ?

– Je… j'étais nerveux, balbutia-t-il. Je ne m'y attendais pas. J'ai mis une année pour y réfléchir, comprendre…

– Tu es autant amoureux de moi que je le suis de cette souche d'arbre là-bas ! rétorqua Alice en désignant celle-ci. Maintenant, faut que je file, merci beaucoup. C'était affreux de te parler.

– Mais…

– Va-t'en, Oliver.

Elle poursuivait son chemin.

– Parfait, dit-il en la rattrapant.

Il était contrarié à présent. Contrarié et impatient.

– Parfait… Je suis désolé.

Il serra les mâchoires. Planta son regard sur elle.

– J'ai menti, d'accord ? J'ai menti.

Elle lui rendit son regard.

– Qu'est-ce que tu attends de moi ?

Il remua la tête, l'air troublé.

– Comment tu l'as su ? Personne ne peut jamais dire quand je mens. C'est la seule chose où j'excelle.

– Qu'est-ce que tu veux ?

– Alice, dit-il en se plantant devant elle. J'ai besoin de ton aide.

Alice sortit une fleur de sa poche. Mordit dedans.

– Bien sûr que tu as besoin de moi, riposta-t-elle, la bouche pleine de pétales. C'est classique.

Tournez la page
pour d'autres chapitres

**Alice trouva un joli carré d'herbe** et s'y assit en déployant ses jupes autour d'elle. Elle s'appuya sur ses mains, croisa les jambes, la tige d'une marguerite à moitié grignotée dépassant de sa bouche.

– Vas-y, je t'écoute, dit-elle en plissant les yeux vers Oliver, baigné de pluie de lumière.

Il était plutôt beau garçon, admit-elle, mais elle songea aussi qu'il serait encore plus beau s'il troquait sa personnalité contre quelque chose de mieux.

Oliver passa la main dans ses cheveux blond argenté et quelques mèches lui retombèrent sur les yeux, offrant un vif contraste avec sa peau brune. Sa chevelure avait décidément la couleur d'un hareng argenté et Alice se demanda un instant s'il avait jamais mangé du poisson quand il était petit. Elle réprima un frisson.

Il s'adossa contre un arbre voisin, croisa les bras. Puis lui lança un regard noir. Qu'elle lui rendit aussitôt.

– Ça va être bien plus compliqué que je le pensais, marmonna-t-il.

– Oh ? fit-elle en mâchouillant sa tige de marguerite.

– Comment peux-tu être aussi peu influençable ?

Alice haussa les épaules.

– Comment peux-tu être quelqu'un d'aussi infect ?

– Je ne suis pas quelqu'un d'infect, riposta-t-il dans un froncement de sourcils.

– Tu penses toujours que je suis la fille la plus vilaine de Ferenwood, non ?

Il la contempla. Hésita.

– Tu devrais savoir que je ne remuerais pas l'ombre d'une brindille pour t'aider, sauf si tu te montres toujours sincère avec moi.

Elle plongea la main dans sa poche, en sortit une tulipe qu'elle lui offrit. Il eut un mouvement de recul, secoua la tête et détourna les yeux.

– Je ne sais pas comment tu peux manger ces trucs-là, l'entendit-elle répliquer.

Alice fit une grimace et engloutit la tulipe d'un trait.

– Alors ? demanda-t-elle en mastiquant. Tu me trouves toujours hideuse ?

Oliver l'examina. Secoua la tête.

Alice se figea.

– Non ? fit-elle quasiment dans un murmure, le cœur battant la chamade.

Elle n'avait pas réalisé à quel point elle espérait qu'il ait changé d'avis. Elle n'avait pas envie d'être vilaine. Mais alors pas du tout.

– Tu ne me trouves pas hideuse ? questionna-t-elle.

Oliver haussa les épaules.

– Je pense que tu ne ressembles à rien.

– Oh…

Alice baissa la tête. Les paroles d'Oliver lui faisaient l'effet d'une petite gifle cinglante à chaque syllabe prononcée.

*Rien*, c'était bien pire que vilaine.

Les joues d'Alice s'étaient empourprées, les rouges et les roses enflammant son visage. Oliver le remarqua.

– Hé, dit-il gentiment, j'étais simplement sincère, comme tu me l'as demandé…

– Bien ! répliqua-t-elle un peu trop fort, en battant rapidement des paupières.

Elle ne voulait pas de sa gentillesse. Elle le regarda droit dans les yeux puis, les joues en feu et le cœur trépidant, se dit qu'elle se moquait de ce que pensait Oliver Newbanks, même si elle ne s'en moquait pas vraiment.

– Alors sois sincère sur ce que tu attends de moi, dit-elle. Pourquoi es-tu là ?

Oliver soupira. Regarda ses mains, puis releva les yeux sur elle. Il repiqua du nez sur ses mains, puis enfin, d'un mouvement ferme, revint sur elle.

– Je sais ce que tu sais faire.

Un pétale à moitié mâché dégringola de la bouche entrouverte d'Alice.

– Je suis sûre que je ne suis pas sûre d'avoir la moindre idée de ce que tu racontes.

– Tu n'es pas la seule à connaître certaines vérités, Alice.

– Quoi ? fit-elle en écarquillant les yeux. C'est comme ça que tu le sais ? murmura-t-elle. Tu peux… lire dans les pensées ?

Oliver éclata de rire.

– Non. J'ai le talent de la persuasion. Avec l'avantage de savoir une chose sur chaque personne que je rencontre.

– Oh ?

Il hocha la tête.

– Et c'est quoi, au juste ? s'enquit-elle.

– Leur secret le plus intime de tous.

Si elle n'était pas déjà assise, Alice en aurait eu bien besoin.

Tout cela était parfaitement cohérent. Le cœur et les os d'Oliver – la beauté qu'elle avait entendue auparavant. Elle comprit alors, à ce moment précis, que c'était parce qu'il avait accumulé les chants et les murmures secrets de toutes les âmes qu'il avait croisées. Depuis treize ans.

C'était stupéfiant.

– J'ai donc été sincère avec toi, dit-il, plus à l'aise à présent. En échange, j'aurais besoin de ton aide.

– Assieds-toi, lui dit-elle en désignant un endroit à son côté.

Il obtempéra.

– Tu es au courant depuis combien de temps ? demanda-t-elle.

– Au courant de quoi ?

– Eh bien, de mon… tu sais bien… répondit Alice en faisant un geste qui ne signifiait absolument rien.

Toutefois Oliver eut l'air de comprendre.

– Depuis le jour où je t'ai rencontrée.

– Et pourquoi maintenant ? Pourquoi me le dire maintenant ?

– Parce que, soupira-t-il, toute une année s'est écoulée depuis ma Présentation et je n'ai pas été capable d'accomplir ma mission. C'était quasiment impossible.

– Mais si tu m'utilisais, ce serait tricher, non ?
– Personne n'a besoin de le savoir.
– Les gens le sauront si je leur dis, observa-t-elle.
– Tu ne vas pas leur dire.
Alice se releva d'un bond.
– Oliver Newbanks, dit-elle, estomaquée, je n'ai dit que trois mensonges dans toute mon existence et je ne vais certainement pas en dire un quatrième pour toi. Et si tu crois pouvoir me forcer à utiliser de la magie en laquelle je ne crois même pas, tu peux carrément laisser ta tête et ton cheval à l'écurie.
– Enfin, personne ne t'a *demandé* de faire de la magie, si ? répliqua-t-il en se levant à son tour.
Alice lui lança un regard mauvais.
Oliver haussa les épaules.
– En tout cas, je pense que tu changerais d'avis et accepterais de m'aider si tu écoutais ce que j'ai à te dire.
– Ça m'étonnerait.
– Mais si, dit-il. Parce que je peux t'offrir quelque chose en échange de ta coopération.
– Il n'y a rien que tu puisses m'offrir qui pourrait me plaire, espèce de grand ananas touffu.
Oliver hésita. Puis il la regarda attentivement.
– Alice, reprit-il, je sais où se trouve ton père.

– **Oh…**

Alice se sentit bizarrement coupée du monde, tandis qu'elle se rasseyait en flottant sur un nuage. Elle regarda alentour comme si elle ne savait plus où elle était.

– Rien que ça…

Oliver s'accroupit devant elle.

– Tu m'aides, dit-il, et je t'aide. C'est tout simple.

Alice n'avait jamais pu le prouver, mais elle avait toujours su que Père était en vie. Elle avait pleuré son absence, certes, mais jamais sa mort, parce qu'elle était sûre – absolument certaine – qu'un jour, d'une manière ou d'une autre, elle le retrouverait. Père était là dans la nature. Quelque part. Forcément !

Mais elle devait en avoir le cœur net.

– *Et si tu me mentais* ? murmura-t-elle en déployant des yeux comme des tournesols.

– Tu le saurais, non ? dit Oliver d'un air grognon.

Il n'avait pas tort. Elle le saurait.

Dans la semaine qui avait suivi le départ de Père, Alice avait effectué le plus gros achat de sa vie. À l'époque, ses économies s'élevaient en tout à sept finks – à un fink près, ça faisait un stoppick – et elle s'en servit pour acheter une promesse qui l'engagerait à jamais : tant que le moindre mensonge ne s'échapperait pas d'entre ses lèvres, personne ne pourrait jamais la duper. C'était sa seule manière d'être sûre de retrouver Père un jour. De ne jamais être induite en erreur.

(Un petit aparté au passage : s'il est fort courant à Ferenwood de dépenser finks et stoppicks pour toutes sortes de tours et de promesses, je crois personnellement que le geste d'Alice – même s'il se révèle excessivement romanesque – n'était pas réalisable. Un gaspillage de sept finks, sans l'ombre d'un doute, encore qu'on ne puisse reprocher à la jeune fille de vouloir exercer un certain contrôle sur la situation, n'est-ce pas ? Mais bon, je m'égare…)

– Oh ! Oliver, où est-il alors ? questionna soudain Alice, le cœur palpitant, ses espoirs grimpant au ciel et les mains tremblantes. Où est-il allé ?

– Pas si vite, répliqua Oliver en levant la main. D'abord, on accomplit ma mission, et ensuite on part retrouver ton père.

– Mais ça me semble injuste…

– C'est à prendre ou à laisser.

– On a tous les deux quelque chose à perdre, protesta-t-elle. Si tu n'accomplis pas ta mission…

– Je sais, l'interrompit-il en lui décochant un regard noir. Je sais déjà ce qui m'arrivera si je ne termine pas ma mission. Tu n'as pas besoin de le crier haut et fort.

Alice s'apprêtait de toute manière à le crier haut et fort, quand elle se rappela soudain une chose affreuse.

– Oh non ! Oh non !… souffla-t-elle encore et encore, en s'affalant contre l'arbre.

– Quoi ? fit Oliver en essayant de ne pas avoir l'air inquiet. Qu'est-ce qu'il y a ?

Elle releva la tête.

– Demain, dit-elle. Demain, c'est le premier jour du printemps.

– Et alors ?

– Alors, insista-t-elle, agacée maintenant, demain on va me confier ma propre mission !

– Tu as déjà douze ans ? répliqua Oliver, éberlué, en se passant les deux mains dans les cheveux. Je croyais que t'en avais neuf.

Alice préféra ignorer cette dernière remarque.

– Et si on me demande de capturer un dragon, comme Fenny Birdfinsk ? reprit-elle. Ou si on m'envoie dans les étoiles comme Sellie Sodcryer, ou… Oh là là !… Si je dois passer un an à guérir une vache avec rien d'autre qu'une pièce d'argent !

– Ne sois pas ridicule, rétorqua Oliver. Personne n'a jamais guéri une vache avec une pièce d'argent. Au pire, on te laissera utiliser une pièce d'or…

– Oh ! laisse tomber cette vache, Oliver, ce sera impossible pour moi de t'aider !

– Exact, reconnut-il en se passant la main sur le visage. Oui, tu as raison.

Tous les espoirs d'Alice étaient anéantis. Ils retombèrent en une pile bien nette à ses pieds.

– À moins que… dit tout à coup Oliver.

Elle le regarda.

– À moins que… répéta-t-il, hésitant.

– Continue.

Il l'observa du coin de l'œil.

– À moins que tu renonces à ta Présentation.

Alice manqua s'étrangler.

Renoncer à sa Présentation était une possibilité qui n'en avait jamais été une. Sa Présentation lui ouvrirait les portes sur quelque chose de nouveau, une mission qui mettrait sa vie en mouvement. Chaque enfant de Ferenwood grandissait avec le désir ardent de se voir confier une mission, pressé de connaître l'aventure et le frisson d'un défi à relever.

Alice en rêvait depuis toujours.

Aussi différente qu'elle puisse paraître, son cœur n'en restait pas moins celui d'une Ferenwoodienne, et elle avait le droit d'accomplir sa mission comme tout un chacun. Elle s'était raccrochée à cela pendant la petite classe, la moyenne et la classe à domicile avec Mère – à cet espoir, cette vérité première qu'un beau jour, peu importe sa différence, elle deviendrait, par sa modeste contribution, comme tout le monde.

Perdre cet avantage lui briserait le cœur.

Comme perdre Père le lui avait brisé.

Porc-épic qui trotte et pique, elle ne savait pas quoi faire !

**Alice se dirigea vers la ville dans un état second.** Elle ignorait au juste pourquoi elle avait pris cette direction, mais aujourd'hui était une journée étrange et elle ne se sentait pas d'humeur à rentrer tout de suite à la maison. Toutefois elle s'éloignait rarement autant, parce que se rendre en ville se révélait un plaisir douloureux. Il y avait tant à explorer (et à acheter !), mais avec un seul fink en poche, Alice ne pouvait pas faire grand-chose.

D'un pas tranquille, elle emprunta les sentiers verdoyants et familiers pour gagner les rues pavées sans son enthousiasme habituel ; elle ne cessait de trébucher sur des racines et des oiseaux endormis, et dut s'arrêter de temps à autre en posant sa tête contre un tronc d'arbre. Tant de choses occupaient son esprit qu'il n'y avait presque plus de place pour garder l'équilibre ou coordonner ses mains avec ses yeux. Dans un soupir, Alice se préparait à reprendre son chemin quand elle perçut soudain un bruissement de papier et ne tarda pas à identifier le coupable : le journal de la ville, coincé dans un arbre entre deux branches. Elle parvint à l'extirper, puis parcourut la première page sans grand intérêt. Les pommes de terre bouillies se vendaient cinq finks le sac. La grand-place subirait quelques aménagements en préparation de la Présentation, veuillez excuser le désordre. Quelqu'un aurait-il vu la chèvre naine de M. Perciful ? Zeynab Tinkser vendait un canoë en citronnier pour quinze tintons.

Alice écarquilla les yeux en lisant cette dernière annonce.

Quinze tintons représentaient plus de magie qu'elle n'en avait jamais vu ! Elle ne pouvait même pas imaginer ce qu'elle en ferait. Encore que c'était idiot, non ? Bien sûr, qu'elle saurait quoi en faire. Elle les utiliserait pour retrouver Père. Ce n'était pas la première fois qu'Alice aurait préféré être en âge de gagner quelques stoppicks toute seule et ne pas devoir se fier aux manières peu fiables de Mère.

Alice glissa le journal sous son bras.

Ferenwood n'avait jamais grand-chose à annoncer : tout se déroulait toujours à merveille, comme prévu. Les problèmes les plus récents que leur petite ville ait rencontrés, c'était la perte de quelques cochons à la suite d'une rafale de vent particulièrement violente, mais l'événement remontait à quelques jours. La *pire* chose qui soit jamais arrivée à Ferenwood, c'était la perte de Père, bien sûr. C'était aussi la plus étrange de toutes, car personne ne quittait jamais Ferenwood. Pas vraiment.

Alice n'avait certes jamais quitté Ferenwood. Pas plus que les autres enfants, d'ailleurs. Se voir confier sa mission après la Présentation, c'était la seule grande exception – une aventure dans laquelle tout citoyen de Ferenwood était censé s'embarquer –, mais chacun rentrait chez soi, au final. En outre, ils étaient cernés par la mer de tous côtés sauf un, et pour s'aventurer dans l'inconnu, ils devaient traverser Fennelskein, un lieu, comme je l'ai dit plus tôt, que personne ne visitait, pour des raisons évidentes. (Notons au passage que ces raisons n'étaient pas de prime abord si évidentes pour *moi*, qui viens de l'extérieur, mais j'avais beau essayer, impossible de trouver quelqu'un qui m'explique pourquoi au juste les gens ne visitaient jamais la ville de Fennelskein. Je pense que leur réponse la plus plate était qu'ils trouvaient la ville d'un ennui mortel, mais il se peut qu'on n'en soit jamais vraiment sûr.)

Cependant, si personne ne quittait jamais Ferenwood pour très longtemps, c'était pour la simple et bonne raison que les Ferenwoodiens avaient besoin de la magie pour survivre. Père était parti depuis plus de trois ans ; une durée à laquelle nul n'était censé survivre. On apprenait aux enfants de Ferenwood – sitôt qu'ils pouvaient parler – que s'en aller trop longtemps ne menait jamais à rien. La magie composait leurs aliments, l'air qu'ils respiraient ; c'était l'essence même de tout leur être. Leur relation à la terre était en parfaite symbiose, ils vivaient en paix parmi les plantes et les arbres et, en retour, la terre les aidait à se porter comme un charme. Le peuple de Ferenwood possédait en lui une graine de magie entretenue et soignée par la terre qu'il labourait et cultivait.

Sinon, les Ferenwoodiens auraient été perdus.

Et là résidait le douloureux cœur du problème, la dure vérité qui rendait la perte de Père d'autant plus pénible à vivre : la magie n'existait pas en dehors de Ferenwood. Certainement pas dans le moindre lieu dont quiconque avait entendu parler. Des rumeurs circulaient, bien sûr, sur l'existence d'autres contrées magiques et lointaines, mais les rumeurs circulaient toujours, non ? Des rumeurs cultivées par l'ennui et des sottises nées de l'imprudence. Et tout le monde à Ferenwood avait suffisamment de jugeote pour ne pas croire aux sottises. Du moins, c'est ce que *pensait* Alice, mais elle n'en était pas vraiment sûre. Depuis que Père avait sombré dans le grand inconnu, Alice s'était mise à croire à toutes sortes de bêtises, et même si ça faisait d'elle une fille bizarre, ça ne la dérangeait pas. Peut-être que Père avait trouvé un peu de magie quelque part ailleurs, et peut-être qu'il tenait bon ? Peut-être qu'il essayait toujours de retrouver le chemin du retour, se disait-elle.

Alice vivait à une époque où les cartes, les noms des rues et les numéros de maisons n'existaient pas encore. À une époque où quitter sa maison signifiait dire au revoir en espérant retrouver son chemin pour rentrer.

L'espoir, voyez-vous, c'était tout ce qu'elle avait, et elle s'y raccrocherait, contre ronds et carrés !

**Alice éprouvait toujours un léger choc** en arrivant au centre-ville, même si elle l'avait sillonné maintes et maintes fois – et je ne saurais lui en vouloir. De prime abord, il y avait *certes* de quoi éprouver un léger choc. Des bâtisses audacieuses semblaient agglutinées en une interminable succession à la va-comme-je-te-pousse, comme pour prouver, semble-t-il, qu'on maîtrisait la géométrie à merveille. Les courbes s'agitaient ici et là pour finir en lignes droites, le haut des bâtiments se coiffait d'un triangle, d'un dôme ou d'un bon gros toit, selon la devanture, tandis que les murs blancs prenaient du relief sous le carrelage en octogones, triangles ou étoiles dont ils se paraient. Les cheminées formaient des spirales de brique pointant vers le ciel, les portes étaient aussi hautes que les murs, et presque aussi larges, et – comme vous l'avez sans doute imaginé – les couleurs étaient franches, vives et sans limites. (À vrai dire, on serait presque tenté de se demander si l'esthétique de Ferenwood n'était pas la réponse directe à la question : « Combien de couleurs peut-on rassembler au même endroit ? ») Il s'agissait donc d'un chapelet de rues entremêlées sans rime ni raison, hormis pour y accueillir des bâtisses qui semblaient avoir jailli de terre comme des champignons.

La famille d'Alice comptait parmi les très rares à habiter aussi loin de l'agglomération, et même si c'était parfois difficile de vivre tout en haut des collines et loin du centre où tout se passait, elle appréciait néanmoins de ne pas être forcée de croiser d'anciens camarades de classe ou des adultes trop curieux qui se nourrissaient des rumeurs et des potins de la foule. Dans l'ensemble, Alice savourait ses promenades occasionnelles au cœur de l'action ; mais même si elle avait toujours hâte d'y jeter un coup d'œil, on lui rappelait toujours assez tôt où était sa place.

Aux abords de la ville, Alice se laissa alors envelopper par les bruits et les parfums de la vie de la cité. Grâce à la pluie de lumière, il faisait doux, les fleurs étaient fraîches et les cloches tintaient, tandis que les amis s'interpellaient ici et là. Les pères tenaient fermement les mères par la main, lesquelles demandaient aux enfants de « rester tranquilles, s'il vous plaît », pendant que les commerçants vantaient leurs marchandises devant leurs étals. Alice sentait tout le poids de son unique fink dans sa poche, tandis qu'elle contemplait tout cela en regrettant, comme toujours, que Père ne soit pas là pour lui tenir la main.

Mais peu importe.

Alice se la tint toute seule, une main refermée sur l'autre, puis se fraya un chemin dans la foule. Elle n'était pas assez grande pour voir très loin au-devant, mais certes assez petite pour que des inconnus la bousculent ou qu'une jupe soulevée par la brise lui claque la joue au passage. Des Gardiens d'épices aux doigts prudents avaient ébouriffé l'air et Alice avait tantôt une saveur de soie mentholée sur les lèvres, tantôt des brins de noix de coco, et presque tout ce qu'elle effleurait lui laissait une fragrance de safran.

Un groupe d'enfants s'était rassemblé autour d'Asal Masal & Chai, impatients de goûter à un thé qui leur garantissait de grandir de deux à trois centimètres d'ici le lendemain matin. Des adolescents farfouillaient dans des pots remplis de sortilèges éphémères…

CINQ FINKS POUR TOMBER AMOUREUX,

SEPT FINKS POUR FAIRE POUSSER SES CHEVEUX,

UN STOPPICK POUR DISPARAÎTRE !

… Tandis qu'on retrouvait les adultes en train de se détendre aux terrasses, dont les tables et les chaises s'ornaient de subtils motifs en verre multicolore. Tout sourires, ces dames et ces messieurs en âge de s'offrir ce plaisir fumaient des pipes en or tarabiscotées et s'esclaffaient en soufflant de la fumée bleue, rouge et violette. Alice renifla une bouffée en passant sur la pointe des pieds et sentit que ça lui tournait la tête. Elle ne put s'empêcher de sourire et, une fois de plus, aurait bien aimé être assez âgée pour faire des choses plus intéressantes.

Elle poursuivit son chemin, l'air décidé, en direction de Shirini Firini, la confiserie incontestablement la meilleure de toute la ville. Elle franchit tant bien que mal de jolies montagnes de tapis tissés à la main, chacun offrant un luxe de couleurs et détails. Elle ralentit seulement pour contempler, sidérée, un étal regorgeant de pains tout ronds et tout chauds, à la croûte blond doré, et pétris au hasard. La pauvre Alice était si distraite par l'arôme des produits sortis du four qu'elle faillit percuter un groupe d'hommes qui chantaient dans la rue ; elle parvint à filer juste à temps pour éviter de croiser le regard de Danyal Rubin, qui traversait la route pour rejoindre les chanteurs. Elle réprima un froncement de sourcils.

Bah, il y avait toujours quelqu'un à envier, non ?

Pour Alice-la-presque-incolore, Danyal Rubin était un vrai cauchemar. C'était le garçon de douze ans le plus haut en couleur de sa connaissance, avec ses cheveux d'un noir profond et ses yeux d'encre. Sa peau offrait les nuances du crépuscule, à la fois auburn, magenta et cannelle. Non seulement il avait de la couleur, mais il la portait bien en soulignant ses yeux déjà brillants avec du khôl, ce qui la mettait d'autant plus mal à l'aise. Elle avait entendu les chuchotements, les rumeurs. La ville pariait sur Danyal pour remporter la Présentation cette année, car quelqu'un d'aussi coloré était sans aucun doute le plus magique. Dans le cœur des Ferenwoodiens, Alice n'avait aucune chance.

Mais elle leur prouverait qu'ils avaient tort.

Alice serra les poings et traversa la foule avec une telle force qu'elle manqua trébucher sur un groupe de filles qui laquaient leurs ongles avec du henné. L'espace d'un bref instant, Alice se figea, envahie par un grand désir de se mêler à elles, mais elle s'empressa de chasser l'idée et garda la tête baissée en passant, toujours consciente du pécule limité dans sa poche. Quand elle parvint enfin chez Shirini Firini, Alice était essoufflée et épuisée. Venir en ville relevait toujours de l'expédition, mais elle aurait dû se douter qu'il valait mieux ne pas sortir aujourd'hui, veille de la Présentation. Le Tout-Ferenwood était dehors pour faire la fête, et les festivités allaient probablement durer la semaine. Alice jeta un regard sur le soleil en pénétrant dans le magasin et remarqua qu'il lui restait très peu de temps pour rentrer chez elle avant la nuit.

∞

Elle n'avait pas sitôt franchi le seuil qu'un entêtant parfum sucré la saisit. Trois secondes plus tard, elle était étourdie de bonheur, chacune de ses pensées plus douce, son cœur plus léger, tandis que ses mains s'emparaient avec joie de tout ce qui s'offrait à sa vue. Alice était assez avisée pour ne pas se laisser griser par la poussière de sucre, mais elle en profita encore un instant avant de retrouver la force de lutter. Dès qu'elle se ressaisit, elle recommença à faire le tri parmi les bonbons avec un esprit plus sagace. Un fink ne lui laisserait guère de possibilités, mais elle aimait néanmoins faire son petit tour.

Les pommes-miroirs étaient suspendues au plafond, les cannes de miel emballées par trois dans chaque paquet cadeau ; les pots de confiture de figue-cerise s'empilaient dans des vitrines et les caramels au chèvrefeuille débordaient des tonneaux de bois entassés dans chaque coin. Il y avait des murs entiers de prunes et de grenades glacées, des monceaux de paniers croulant sous les feuilles de chocolat doré et des dizaines de pots de miel d'abricot qui crépitait dans la bouche. Alice regardait de tous côtés, sans jamais se lasser de tant de splendeurs, mais elle manqua s'étrangler en découvrant les plateaux de zoulzouls. Un zoulzoul était une spirale de pâte frite trempée dans le miel, puis recouverte de pétales de rose sucrés ; à n'importe quel moment, Alice vous aurait confié que les zoulzouls étaient sa pâtisserie favorite. (Notez que cette confession aurait frisé le ridicule, dans la mesure où Alice n'avait jamais goûté à un zoulzoul de sa vie. Mais elle pouvait *s'imaginer* les adorer et, en un sens, ça lui suffisait.)

Finalement, Alice choisit à contrecœur un seul dillypop dans un panier en plastique et se promit qu'un jour ou l'autre elle reviendrait la poche pleine de finks pour choisir autant de confiseries qu'elle le voudrait.

Un de ces jours...

Son unique tâche à présent accomplie, Alice avait hâte de rentrer à la maison. Il ne faisait plus très clair et, si elle arrivait une nouvelle fois en retard, elle ne savait pas trop ce que Mère ferait.

Alice fila donc sur les trottoirs, traversa à toute vitesse des étals d'épices et se faufila entre des portants de jupes. Elle slalomait entre les marchands et faillit renverser des passants, ne relevant la tête qu'une, deux ou trois fois pour jeter un œil sur ses devantures préférées. Boucl'attache vendait des aiguilles autocousantes pour trois finks pièce à peine, et Alice mit de côté l'information dans un coin de sa tête. Sabzi, l'épicier du quartier, vendait des tortillons de fleurs de citronnier à deux finks la livre, et Alice en prit bonne note pour Mère. Mais L'Embûche et le Bûcheron – la meilleure librairie de la ville – présentait de nouveaux ouvrages en vitrine, ce qui détourna Alice de son chemin. Elle s'arrêta si brusquement qu'elle manqua dégringoler par terre et, bien malgré elle, s'approcha pour coller son nez contre la vitrine. Une fois assez près, la première chose qu'elle remarqua, c'était le petit cercle de gens qui bruissait avec animation autour d'un homme arborant une barbe bien taillée. Il portait aussi plusieurs paires de lunettes et une tunique très ample, et Alice comprit alors qu'il s'agissait d'un auteur, manifestement présent pour une lecture publique de son livre. Elle plissa les yeux pour déchiffrer le titre du volume qu'il tenait entre les mains…

***La Naissance du stoppick dans l'esprit de Fenjoon Heartweather et Salda Millerdon, les grands moissonneurs de magie de l'histoire de Ferenwood…***

… Et soupira, déçue. Alice ne s'intéressait pas vraiment à l'histoire des moissons. Elle trouvait cela terriblement ennuyeux et, si elle était tout à fait honnête, elle irait même jusqu'à vous avouer ne pas apprécier les moissons par peur qu'elles deviennent un jour son destin. Tout au long de sa jeune existence, Alice avait craint de finir comme une bonne à rien, hormis à labourer les champs. Le labour était certes honorable, mais il s'agissait d'un travail particulièrement peu prestigieux, et Alice préférait se trouver de l'autre côté de la barrière : s'emparer de la magie brute pour la transformer en une chose utile.

Quoi qu'il en soit, elle allait reprendre son chemin lorsqu'elle se rappela la raison qui l'avait poussée à s'arrêter. Deux ouvrages en vitrine attiraient son attention.

D'abord :

***La Présentation, la mission et le long chemin du retour : comment surmonter le départ de votre enfant.***

Et, juste à côté :

***Les Champions d'un passé récent : le souvenir de nos héros de Ferenwood.***

Les yeux d'Alice faillirent exploser lorsqu'elle franchit la porte de la boutique et courut voir les livres en vitrine. Tremblante comme une feuille, le cœur palpitant, elle prit un exemplaire des *Champions d'un passé récent* et promena son doigt sur la couverture. Là, parmi une petite sélection d'autres héros de la ville, se trouvait une photo de Père à l'âge de douze ans, auréolé de gloire, grand gagnant de sa propre Présentation, trente années plus tôt.

Alice avait toujours su que Père était un champion. Père avait remporté le titre pour sa virtuosité d'esprit et son habileté à conserver et recréer des images à volonté ; sa mission consistait à sillonner la contrée et à travailler en collaboration avec les Anciens de la communauté en vue de devenir le tout premier véritable cartographe de Ferenwood. Les Anciens et lui avaient travaillé ensemble pour créer des cartes si précises et si commodes à utiliser qu'un jour tous les habitants de Ferenwood auraient leur propre exemplaire et pourraient se déplacer de colline en colline, sans complication ni confusion. À vrai dire, son travail s'était révélé si remarquable qu'on lui avait demandé de continuer à collaborer en permanence avec les Anciens. Ce genre de traitement était tout à fait courant pour les champions, considérés comme les citoyens les plus talentueux de l'année où ils avaient remporté ce titre ; mais Père était bien plus qu'un champion. Père était un ami de Ferenwood. Tout le monde l'adorait. En fait, on murmurait qu'un beau jour Père serait nommé Ancien de la communauté, lui aussi. Au lieu de cela il était parti, et nul ne savait pourquoi.

**Mère préparait du thé** quand Alice rentra enfin à la maison – juste avant la nuit. Elle poussa la porte avec un secret qui alourdissait ses jupes : dans sa poche, le seul et unique dillypop, enveloppé avec soin, qu'elle conserverait pour une grande occasion. Alice ignorait quand elle se trouverait en possession d'un autre fink, mais elle s'était faite à l'idée d'avoir dépensé le dernier. Les triplés mangeaient de la confiture de pomme-baie à même le pot, le visage barbouillé de petites traces de doigt violettes. Mère fredonnait un air en s'affairant dans la cuisine, et même si Alice se tenait là devant elle, Mère essuya sur son tablier ses mains qu'elle venait de laver et ne sembla pas la remarquer.

Bah, ça n'avait pas d'importance.

Alice était fatiguée, éreintée ; elle s'assit et laissa tomber son menton dans ses mains. Quelle journée ! Rien ne saurait la soulager du poids du monde qui pesait sur ses épaules ce soir ; pas même une grosse bouchée de bonbons. Alice aurait bien aimé voir le monde se délester de quelques kilos. Elle mourait d'envie de retrouver Père mais désirait tout autant se voir confier une mission après la Présentation, si bien qu'elle n'était parvenue à aucune conclusion et avait laissé Oliver dans son propre méli-mélo.

Retrouver Père, cela voulait dire se fier à Oliver. Et sacrifier son propre destin pour aider Oliver à accomplir *le sien*, ce qui ne lui offrait de toute manière aucune garantie. Par ailleurs, même si elle devinait quand on lui mentait, ça ne signifiait pas pour autant qu'elle avait la moindre raison d'accorder sa confiance à Oliver Newbanks.

Alice se leva de table pour se glisser dans sa chambre, ravie d'avoir l'occasion d'être seule pendant que ses frères s'occupaient à la cuisine. Cette pièce recélait un petit coin réservé à elle et à elle toute seule, et il se situait sous le plancher.

Alice avait caché sa vie dans ce coin. Des livres et des babioles, des habits et des fleurs ; les seuls objets précieux qu'elle possédait.

Elle retira avec précaution quelques lattes de bois, puis extirpa sa tenue pour le lendemain. Elle y avait travaillé pendant deux ans, en la cousant pièce par pièce avec application. Quatre jupes, un corsage à manches courtes, un gilet et une veste courte sans manches, le tout devant être porté ensemble. La pièce finale n'était autre que la coiffe, entièrement crochetée à la main et bordée d'une traîne en tulle jaune entrelacé de piécettes martelées en fer-blanc. Alice avait passé des mois à teindre les tissus et à décorer la toile brute en y brodant des fleurs, des perles et des paillettes pour y créer de délicats motifs, sans oublier d'ajouter de minuscules miroirs à l'ourlet pour que la tenue scintille à chaque pas. C'était une explosion de couleurs, chargée du poids de tout le travail qu'elle y avait consacré. Elle connaissait même le type de fleurs qu'elle tresserait dans sa natte.

Alice savait qu'elle serait fantastique.

Elle impressionnerait tant les Anciens de la communauté qu'ils n'auraient d'autre choix que de lui confier la meilleure mission, la plus grandiose. Elle deviendrait ensuite une héroïne, tout comme Père, et s'attirerait la fierté de sa famille. Bref, elle avait déjà tout prévu dans sa tête.

Les enfants de Ferenwood passaient leur jeunesse à se préparer pour leur Présentation. Chacun d'eux était né avec un don magique singulier, et il incombait aux parents et aux professeurs de reconnaître et de nourrir ce talent qui, au final, serait dévoilé lors de la Présentation. Cette cérémonie se révélait cruciale, car elle consistait en la présentation d'un potentiel inexploité ; il était primordial de démontrer toute l'utilité de son talent, parce que les meilleurs talents se voyaient ensuite confier les meilleures missions. Les plus belles aventures.

Tout ce dont Alice avait rêvé.

Mais Alice n'avait pas eu besoin de cette aide supplémentaire, parce qu'elle avait déjà tout calculé dans sa tête. Père lui avait confié, voilà bien des lunes, comment elle devait agir. Peut-être n'en était-il pas conscient à ce moment-là, mais elle certainement.

– Tu entends ? lui avait-il demandé un beau soir, alors qu'ils se tenaient debout sous le ciel nocturne.

– Quoi donc ? répliqua Alice.

– La musique.

– Laquelle ?

Père ferma les yeux et sourit à la Lune.

– Oh, Alice… murmura-t-il. Ouvre ton cœur. Affûte tes oreilles. Et ne dis jamais non au monde quand il te demande de danser.

Ils dormirent dans l'herbe cette nuit-là, Père et elle, sans prononcer un autre mot. Alice écouta la terre s'animer, le vent chanter, l'herbe osciller, les fleurs bâiller avant de s'endormir, les étoiles cligner de plus belle à mesure qu'elles s'assoupissaient. Elle fut témoin de tout cela, sans jamais cesser d'écouter attentivement. Elle ne s'était jamais sentie plus vivante de toute son existence.

Et chaque nuit qui suivit, quand Père lui demanda si elle parvenait à entendre la musique, Alice sut exactement ce dont il parlait. Et lorsque le monde lui demanderait de danser, elle ne dirait jamais non.

**Alice leva les yeux** et trouva Mère debout dans l'entrée. Mère n'avait pas l'air contrariée, mais elle gardait tout de même les bras croisés. Elle désigna d'un hochement de tête les jupes qu'Alice tenait sur ses genoux.

– Tu es prête ?

– Je pense, répondit Alice tranquillement.

Elle se demandait ce que dirait Mère si elle savait combien sa fille était égoïste. Assez égoïste pour envisager de se voir confier la mission de retrouver Père.

Mère ne le lui pardonnerait jamais.

– Et si je dois quitter Ferenwood ? suggéra Alice, prise d'une émotion inattendue. Ça ira sans moi ? Comment vous allez vous débrouiller ?

– Ma foi, on trouvera un moyen de s'en sortir, répondit Mère qui fixait ses mains en lissant son tablier. Je mets des baies de côté depuis un petit moment, tu sais.

Alice se demanda si Mère se rendrait compte un jour à quel point ces paroles l'avaient blessée ce soir-là. Mère avait répondu à une question qu'Alice n'avait pas posée. Alice aurait aimé entendre Mère lui dire qu'elle lui manquerait, qu'elle serait désolée de la voir s'en aller. Alice ne parlait pas du tout des baies de Feren.

Alice comprit alors seulement combien Mère avait peu besoin d'elle.

Alice n'était pas à sa place dans cette petite maison où il n'y avait pas de chambre pour elle toute seule, où ses quelques affaires personnelles devaient être cachées sous le plancher. Elle savait désormais qu'elle ne manquerait à personne tant que Mère aurait ses baies médicinales, ce qui ne faisait qu'accentuer son sentiment de solitude. Père l'avait déjà quittée, et voilà que Mère, à sa manière, l'abandonnait aussi. Alice était livrée à elle-même et comprit alors, à cet instant précis, que quoi qu'il arrive, elle regretterait toujours de renoncer à sa Présentation. Elle ne se pardonnerait jamais de ne pas avoir tracé son propre chemin.

Sa décision était donc prise. Demain, elle danserait.

(Et Oliver Newbanks pouvait bien marcher sur un hérisson, Alice retrouverait Père toute seule.)

# Je n'ai aucune idée du nombre de chapitres que contient ce livre

**Le matin arriva comme un murmure**, s'imagina Alice : tout en douceur, dans des volutes de gris et des entrelacs dorés. Le ciel s'illumina avec grand soin et beaucoup d'attention, et elle se pencha en arrière pour le regarder éclore.

Alice était assise au sommet d'une très haute colline et tout Ferenwood sommeillait en contrebas. Les maisons endormies respiraient la quiétude et les cheminées exhalaient la fumée en douceur ; la lumière de l'aube se reflétait sur les fenêtres encore sombres. La rosée avait touché la terre et la terre le lui rendait : douchés de frais et encore légèrement humides, des brins d'herbe s'éveillaient dans un frisson en s'étirant vers le ciel. Les abeilles se prélassaient, le pain cuisait, les oiseaux gazouillaient dans les arbres. Tout embaumait le thé chaud et velouté, le visage fraîchement débarbouillé, et quelque chose de très, très doux. Alice sourit et se recroquevilla dans la brise.

L'air était frisquet par endroits, mais chaud lorsque le soleil l'effleurait, aussi se déplaça-t-elle pour capter la lumière. Tandis qu'elle changeait de position, ses jupes miroitèrent dans les premières lueurs matinales, et lorsqu'elle sentit un léger frisson au creux du ventre, elle cueillit un pissenlit avoisinant et le goba tout rond.

Le grand jour était venu.

Elle allait concourir avec tous les enfants de douze ans du village. Quatre-vingt-six en tout, qui se tiendraient devant les Anciens et présenteraient leur plus grand talent. En échange, ils espéraient être reconnus et se voir confier une mission qui changerait le cours de l'Histoire.

En réalité, le simple fait d'avoir une mission à accomplir était en soi une réussite. Ferenwood ne parlait jamais des enfants qui étaient purement et simplement rejetés, renvoyés pour n'avoir pas été à la hauteur du moindre défi. On discutait plutôt de la mission la plus grandiose et de l'enfant auquel elle serait attribuée. Ce jour faste était l'occasion de célébrer la magie en grande pompe et, pour Alice, qui aspirait tellement à ressembler à autre chose qu'à *rien du tout*, la Présentation représentait tout.

C'était sa rédemption.

Alice se leva et lissa les plis de ses jupes. Elle était si fière de sa tenue et du travail considérable qu'elle y avait consacré. En fait, c'était la première fois qu'elle se réjouissait de porter des vêtements.

Même si personne alentour ne pouvait les voir.

Elle s'était glissée en catimini hors de la maison, alors que Mère et les triplés dormaient encore à poings fermés. Ni bonjour ni au revoir, juste Alice qui abordait une nouvelle étape de sa vie. Ce matin paisible serait peut-être le dernier qu'elle vivrait avant longtemps, et elle le voulait pour elle toute seule.

*Joyeux anniversaire à moi-même*, se dit-elle. Alice avait désormais officiellement douze ans.

Elle s'en alla en sautillant sur la route qui menait à la grand-place, ses jupes retroussées dans les mains, ses bracelets tintant joyeusement à ses chevilles et à ses poignets. Le sentier vers la grand-place était l'un de ses préférés.

La verdure faisait le guet de part et d'autre du chemin.

Les arbres à céleri, les buissons de pommes et les tiges de citron vert, tous aussi hauts qu'elle, se balançaient sur un rythme qu'elle reconnaissait. La terre était douce et agréable sous ses pieds nus et, lorsqu'elle sentit le moment opportun, elle s'arrêta net et planta ses orteils dans le sol tout en se tournant vers le ciel. D'ici, Alice pouvait voir toute la place et la splendeur du panorama l'immobilisa, comme toujours.

Ferenwood possédait de nombreux grands arbres, mais rares étaient ses places en hauteur, et celle-ci était la plus haute de la ville. Et même si les arbres (arbres d'encre, arbres de nuit, arbres à plonger et arbres à grimper, arbres à baies et arbres à noix, arbres rouges et arbres sauvages) étaient riches en couleurs (teintés de blé et tachés de framboise, voire bleu profond) et extrêmement variés (certains portaient des pierres roses en guise de fruits, d'autres dégoulinaient d'orange dans la nuit), la place était haute, multicolore et modulée d'une autre manière que les arbres.

Les bâtisses de la ville semblaient (à juste titre) magicolorées ensemble, sous les coups d'un pinceau qui leur avait donné vie. Un artiste avait déposé avec soin des tourbillons et des tourbillons de couleurs. Celles-ci jaillissaient sur les murs et dégoulinaient sur les portes, l'orange et le lavande s'entremêlant pour former le bulbe d'un toit confortablement posé sur un bâtiment doré, la maison de la santé. Le vert et le jaune s'enchevêtraient au saphir et à l'argent pour créer le bon gros dôme multicolore qui coiffait l'école. De généreuses tranches de bleu vif et de blanc rosé s'entrelaçaient comme un immense cône de glace renversé, lequel servait de toit au tribunal couleur menthe.

Sous cette lumière, Ferenwood paraissait délicieux.

Alice ferma les yeux et inspira un grand coup. Père lui avait appris à aimer cette ville et, malgré elle, Alice avait plus que tout envie de s'attirer la fierté de son peuple.

Prêt pour son grand moment, le ciel avait belle allure ce matin. Sitôt la cérémonie terminée, les nuages exploseraient et feraient pleuvoir les félicitations célestes sur la population. La pluie signifiait le renouveau et les Ferenwoodiens l'accueilleraient avec grand plaisir. Leurs âmes étaient faites ainsi.

Lorsque leur monde fut bâti, il était d'une beauté si éclatante – riche de mille et une couleurs – que le ciel en pleura cent ans. Un déluge de larmes de bonheur et de chagrin inondèrent la terre et la lézardèrent ici et là, en créant fleuves, lacs et océans qui existent encore aujourd'hui. La beauté suscita une grande joie, mais également une grande tristesse, parce qu'il n'y avait personne pour apprécier pareille magnificence. Alors, comme le veut la légende, le peuple de Ferenwood naquit des larmes qui inondèrent la terre.

La Présentation était pour les Ferenwoodiens une manière unique de présenter leurs remerciements.

À l'âge de douze ans, ils s'offraient, eux et le don qu'ils avaient reçu et, en retour, acceptaient une mission dont le but consistait toujours à aider quelqu'un ou quelque endroit dans le besoin. Ils s'acquittaient envers le monde et, dans le même temps, devenaient adultes.

Et leur vie commençait véritablement.

**Je n'ai pas voulu le préciser plus tôt,** mais Oliver Newbanks se tenait juste à gauche de notre Alice depuis plus de quatorze minutes, avant qu'il s'avance enfin et lui tire sur la natte. J'en profite pour signaler qu'Alice réagit en le pinçant très, très fort.

Oliver poussa un cri et vacilla en manquant perdre l'équilibre. Il retroussa sa chemise pour inspecter les dégâts et lança à Alice un ou deux noms d'oiseau pour exprimer ses sentiments en la matière. Elle se détourna pour éviter ostensiblement la vue de son torse nu et le son de sa voix qui babillait comme celle d'un bébé.

– Tu veux bien te taire ? finit-elle par lui dire. Tu gâches un moment merveilleux, ajouta-t-elle en désignant d'un hochement de tête le soleil qui entamait sa lente ascension dans le ciel.

– Alice, répliqua-t-il avec impatience, tu dois me fournir une réponse. Tu as promis de me la donner ce matin avant la Présentation, et ça va bientôt commencer.

Alice plissa les yeux en regardant au loin, toujours pour éviter de croiser son regard. Elle ne savait pas trop pourquoi mais, l'espace d'une seconde, une toute petite partie d'elle-même se sentait presque désolée de le décevoir. Elle chassa cette pensée.

– J'ai bien peur de ne pouvoir t'aider, reprit-elle tranquillement. Ce jour est trop important, Oliver. Je sais que Père comprendrait ma décision.

Oliver parut sincèrement surpris. En fait, ses yeux écarquillés, ses sourcils en accent circonflexe et sa bouche béante firent cause commune pour exprimer sa déception, le tout sans prononcer un mot.

– *T'es pas sérieuse*... murmura-t-il enfin. Alice, s'il te plaît... c'est pas possible...

– Oh ! que si, j'en ai peur.

– Mais ton père...

– Je le retrouverai toute seule, ne t'inquiète pas pour lui.

– M'enfin, je sais déjà où il est ! rétorqua Oliver en hurlant presque. Je pourrais le rejoindre tout de suite, si je le voulais !

Alice lui décocha un regard noir.

– Alors, pourquoi tu ne le fais pas ?

Oliver resta bouche bée.

– T'es quelqu'un de mauvais, dit-elle. Tu agites mon père là sous mon nez, comme si c'était un bonbon. À croire que ça ne te suffit pas de simplement le ramener à sa famille sans rien espérer en retour...

– Hé, attends...

Elle lui coupa la parole :

– On n'a passé aucun accord, Oliver. Si tu as ne serait-ce que la moitié d'un cœur, tu peux éventuellement me dire où se trouve mon père. Sinon, je dois m'occuper de ma vie, figure-toi !

– T'es in… incroyable ! bredouilla-t-il.

– Bonne journée, Oliver Newbanks. Et bonne chance pour ta mission !

Sur ces mots, elle dévala la colline pour rejoindre la grand-place.

Oliver Newbanks la talonnait.

**Alice avait l'estomac noué comme un fagot** et ses orteils pianotaient nerveusement en cassant des brindilles. Dans la douce fraîcheur ambiante, elle sentit un frisson inopiné lui parcourir le dos. Debout dans la file d'attente avec ses pairs, elle semblait comme à l'écart. Certains avaient revêtu un costume, d'autres leurs habits de tous les jours. Certains paraissaient nerveux, d'autres prétentieux. Impossible de savoir ce que telle ou telle attitude signifiait. Chacun d'eux s'était inscrit et vu attribuer un numéro, si bien qu'ils n'avaient plus qu'à attendre, ce qui se révélait quasi impossible. Soudain Alice éprouva le besoin malencontreux d'utiliser les toilettes pour dames et ne put étouffer le vacarme des voix qui l'entouraient.

Les gens de Ferenwood portaient leurs plus belles tenues ferenwoodiennes. Robes de soie d'araignée et chapeaux sculptés dans le peuplier, couleurs et bruits s'entrechoquant, parmi les cris de joie qui éclataient ici et là sans raison. Les spectateurs commençaient à prendre place, le regard émerveillé et les narines frémissantes dans l'air au parfum printanier.

Tous les ans la scène était superbe, mais elle prenait cette année un aspect particulièrement fantastique. Elle évoquait une portion d'océan, les eaux bleu prune venant laper les pieds des participants et dégringolant en cascade. Juste au-dessous, une étendue de verdure se déployait, ponctuée de tables et de chaises sculptées dans les troncs et les branches d'arbres. Des plantes grimpantes s'entremêlaient au dos de chaque chaise et, sur les tables, des panières dorées remplies de pommes-miroir, de cannes à miel et de bâtonnets crépitants nappés de chocolat avoisinaient des pichets de cidre-feu et de glace confite. L'orchestre accordait ses instruments ; le ciel tonna pour manifester son approbation ; des fleurs s'épanouissaient dans ces centaines de globes en verre suspendus en l'air et le soleil embrasa la voûte céleste, zébrant le décor de scène d'une débauche de rose, de mandarine et de bleu-miel.

C'était à couper le souffle.

Vraiment.

Les personnes chargées de l'ambiance avaient un peu trop sucré l'atmosphère, ce qui chatouillait les narines d'Alice. Elle tenta de réprimer son envie d'éternuer en toussant à la place, ce qui fit sursauter la fille à sa gauche. Alice joignit les mains et se balança d'avant en arrière, en lui adressant un petit sourire hésitant. La fille le lui rendit et parut le regretter. Alice baissa les yeux.

Sur les quatre-vingt-six enfants alignés, Alice occupait la quatrième place. Et elle aurait menti en affirmant qu'elle n'avait pas senti son estomac soubresauter, au moins un petit peu.

Alice repéra Mère et les triplés qui cherchaient leurs places et sentit malgré elle une douce chaleur l'envahir et l'apaiser. Elle espérait les voir venir, mais n'en était pas certaine, en réalité. Elle n'était jamais sûre avec Mère, ne serait-ce que parce que celle-ci affichait une humeur changeante ces dernières années. Mais en dépit de leur relation étrange et souvent pénible, Alice ne pouvait s'empêcher de vouloir la rendre fière.

Elle espérait y parvenir aujourd'hui.

En fait, l'amertume qu'Alice éprouvait envers Mère était sur le point d'être oubliée, jusqu'à ce qu'elle la voie s'installer auprès des Newbanks. Les yeux d'Oliver croisèrent ceux d'Alice et il la foudroya du regard (Alice le foudroya à son tour), tandis que Mère riait, serrait des mains et partageait des fruits avec la famille du garçon qui avait été si cruel envers Alice. Mère ne semblait pas avoir la moindre pensée pour les sentiments d'Alice.

Certes, Alice ne voulait pas y réfléchir à ce moment-là, mais la vérité éclatait au grand jour sous ses yeux et elle ne pouvait plus la nier : Mère ne la soutenait apparemment jamais.

Alice baissa la tête d'un air dépité et inspira un grand coup, bien décidée à continuer, quoi qu'il arrive. Un jour, se dit-elle, elle reviendrait à la maison en tenant Père par la main. Alors Mère l'apprécierait enfin.

Le son des trompettes retentit alors et une brusque explosion de couleurs se produisit dans le ciel, où elles restèrent en suspens.

C'était l'annonce officielle. Le début du reste de sa vie.

**M. Lottingale monta sur scène.**

Un murmure parcourut la foule et les quatre-vingt-six enfants de douze ans, qui attendaient sur le côté, furent saisis d'une telle agitation collective qu'Alice pouvait presque entendre battre leurs cœurs à l'unisson.

M. Lottingale était l'un des Anciens de la communauté et il venait faire un discours. Ça tombait sous le sens de faire un discours avant le grand événement de l'année, mais Alice ne pouvait jamais prendre M. Lottingale au sérieux. Il ressemblait un peu à une pistache. Rond et beige, il s'entrouvrait juste tout en haut, sa tête dépassant de son corps comme celle d'une tortue, et ses cheveux marron-vert flottaient dans la brise. Elle savait que ce n'était pas correct de sa part de se concentrer uniquement sur l'allure de M. Lottingale, qui devait certes être quelqu'un d'assez gentil, mais chaque fois qu'Alice le regardait elle repensait malgré elle au jour où elle l'avait vu attraper d'un coup de langue une chenille qui traînait sur sa lèvre supérieure.

– Amis de Ferenwood ! tonna-t-il de sa voix de chenille qui rampait de ses lèvres de chenille. Je vous félicite tous pour votre présence en ce premier jour de printemps !

Les spectateurs l'acclamèrent, tapèrent du pied et brandirent leurs verres de cidre.

– Aujourd'hui est une journée particulièrement faste, poursuivit M. Lottingale.

Et il enchaîna encore et encore.

Il passa les dix minutes suivantes à gloser sur ce jour fabuleux qu'était celui de la Présentation, et je n'ai pas le courage de me souvenir de tout (l'allocution dura neuf minutes de trop, à mon humble avis), mais sachez simplement que c'était un discours réconfortant qui enthousiasma la foule et flanqua la frousse dans les jupes d'Alice… Et de toute manière, j'espère que vous n'y voyez pas d'inconvénient, mais j'aimerais passer directement au cœur de l'action.

∞

Ils allaient tous se produire sur scène. Tous les quatre-vingt-six.

Ce n'est qu'après avoir présenté chacun leur talent que tous les enfants de douze ans auraient le droit de s'asseoir avec leurs familles et tenteraient de prendre un repas pendant les délibérations des Anciens. Dès que les décisions seraient prises, une enveloppe apparaîtrait sur les assiettes des participants avec leur mission soigneusement glissée à l'intérieur.

Sur l'ensemble du groupe, une seule mission serait annoncée au peuple de Ferenwood ; seul un enfant serait acclamé.

Uniquement le meilleur.

Alice se rappelait tout cela en regardant Valentina Milly monter sur scène. C'était la première d'entre eux, ce qui suscitait l'admiration d'Alice. Valentina se plaça au centre et, avec une espèce de grande dignité paisible, ne laissa pas une seule fois transparaître qu'elle avait pleuré dans les buissons quelques instants auparavant à peine.

Puis elle commença à chanter.

Sa voix évoquait celle d'un plume-de-lys qui charma sans effort tout l'auditoire. Valentina interpréta une chanson qu'Alice n'avait jamais entendue jusqu'alors ; les paroles s'enroulèrent autour des spectateurs, provoquant des frissons dans les troncs d'arbre et enjoignant les oiseaux à une quiétude dont Alice n'avait jamais été témoin. La mélodie se révélait d'une telle beauté qu'au final Alice retint ses larmes en battant des paupières, certaine qu'une chose étrange et effrayante prenait vie en elle.

Alice comprit alors que Valentina Milly n'avait pas une voix ordinaire et, bien qu'elle en soit terriblement jalouse, elle se surprit néanmoins à applaudir sa concurrente.

Vint ensuite Haider Zanotti, un garçon doté de la chevelure la plus bleue qu'Alice ait jamais vue. Un bleu électrique, violent, dense et riche et tellement magnifique qu'elle mourait d'envie d'y glisser les doigts. Haider s'avança au centre de la place, s'inclina, puis sauta. En l'air. Très haut. Directement dans le ciel. Ses mains attrapèrent quelque chose qu'Alice ne pouvait voir et il resta suspendu dans les airs, les poings fermés sur ce qui semblait être une échelle invisible. Il se hissa et grimpa encore et encore jusqu'à dépasser les arbres les plus hauts, évoquant un grain de poussière en suspens.

La foule retint son souffle et certains spectateurs se levèrent, la main en visière pour se protéger du soleil, tandis qu'ils essayaient de mieux voir où Haider était parti.

Puis Haider plongea.

Il chuta très vite vers le sol et quelques personnes poussèrent un cri, mais Haider était bien préparé. Il écarta les bras en tombant et, à quelques mètres du sol, rebondit dans les airs, ses mains s'enroulant autour d'un morceau du ciel irréel. Il flotta juste un peu dans le vide, avant de tomber sur un genou.

Lorsqu'il se releva enfin, tout Ferenwood s'était également mis debout. Les gens étaient si enthousiastes et si impressionnés que M. Lottingale dut interrompre leurs ovations afin que les festivités puissent se poursuivre.

Haider rejoignit ses camarades, l'air très satisfait. Alice savait qu'elle aurait dû se réjouir pour lui, mais elle sentait son nœud à l'estomac se resserrer et elle se mordit la lèvre en luttant contre le frisson soudain qui lui parcourait la nuque.

Vint le tour d'Olympia Choo.

Olympia était une fille grande, costaude et ronde, avec les cheveux tirés en arrière de manière si stricte qu'elle paraissait bien plus âgée que ses douze ans. Elle s'avança sur la scène sans une once de fantaisie. Et quand elle se tourna vers les spectateurs, ceux-ci semblaient presque effrayés de la regarder.

Olympia frappa dans ses mains.

Et tout se brisa.

Les chaises, les tables, les verres, les pichets, les assiettes, et un pauvre homme vit même son pantalon tomber. Tout se fracassa par terre et les citoyens de Ferenwood aussi. Mais juste au moment où ils allaient brailler leur réprobation, Olympia siffla et tout reprit son aspect initial. Les tables, chaises, verres et autres pichets se reconstituèrent et le pantalon remonta comme si de rien n'était.

Alice baissa les yeux sur sa tenue : un fil défait dans ses jupes s'était recousu. Une tache sur son genou s'était effacée. Même sa natte était soudain plus lisse, sans un seul cheveu qui dépassait.

Alice était forcément époustouflée.

Olympia allait se remettre à claquer des mains, quand la foule hurla *NOOON !* en s'abaissant, épouvantée.

M. Lottingale s'empressa de faire descendre Olympia de scène.

Ce qui signifiait qu'Alice allait passer.

Oh là là !... Elle était terrifiée.

**Seuls trois autres concurrents s'étaient produits** avant elle, mais Alice savait déjà qu'elle avait commis une grosse erreur. Personne ne l'avait préparée à aujourd'hui, ni Mère qui n'avait pas l'air de s'en soucier du tout, ni les professeurs qu'elle n'avait plus. Alice croyait que Père lui avait transmis ce don avant de s'en aller – qu'il avait insufflé en elle ce besoin de danser. Elle pensait que c'était son aptitude particulière… celle-là même qu'elle exhiberait aux yeux de tous.

Alice venait seulement de se rendre compte que cet événement était un véritable concours de talents, et elle… eh ! bien, elle n'avait aucun véritable talent. Elle ne pouvait chanter pour éveiller l'âme, ne pouvait grimper dans les airs, ne pouvait réparer tout ce qu'elle avait brisé l'instant d'avant. Elle ne pouvait qu'offrir une danse et savait que cela ne suffirait pas.

Pour un peu, Alice en aurait pleuré. Mais pas question, ce serait inacceptable.

M. Lottingale appelait son nom, et il était trop tard pour abandonner, à présent. Trop tard pour dire à

Oliver qu'elle avait commis une erreur, qu'elle aurait dû préférer Père à ce moment d'humiliation.

Brusquement, Alice regrettait.

Elle se tenait debout sur scène, toute seule, les yeux tournés vers quelque dix mille visages, et ne pouvait se résoudre à regarder Mère.

Alors elle ferma les yeux.

La musique la cueillit comme à son habitude et Alice se laissa porter par elle. Alice trouva le rythme dans son corps et bougea comme elle l'avait fait des centaines de fois auparavant.

Alice dansait comme elle respirait, elle suivait simplement son instinct.

C'était un réflexe ancré en elle, une chose indispensable à son corps pour survivre. Ses bras et ses jambes connaissaient les règles, savaient comment se plier, se tordre, plonger et changer de position. Elle tournoya et virevolta, ondoya des hanches en suivant une mélodie qu'elle seule pouvait entendre. Les mouvements se firent plus rapides, plus vifs, plus élégants et majestueux. Ses pieds frappaient la terre, battaient le sol comme un tambour en diffusant une clameur qui rugissait dans tout son être. Alice avait levé les bras à présent, des bras dont les bracelets tintaient en rythme pour l'encourager, et elle rejeta la tête en arrière, le visage face au ciel. De plus en plus vite, ses coudes se disloquaient, ses genoux se pliaient, ses bracelets faisant pleuvoir la musique dans son cou. Elle bougea comme elle n'avait jamais bougé jusqu'alors, douce et lente, précise et véloce, talons martelant le sol, chevilles vivaces et doigts papillons. Ses jupes n'étaient plus qu'un méli-mélo multicolore, son corps entier saisi par le besoin de connaître les éléments… et lorsqu'elle eut enfin terminé, elle se laissa choir sur le sol.

Tête baissée.

Mains jointes sur les genoux.

Jupes tourbillonnant autour d'elle.

Alice était une fleur déchue et espérait incarner la beauté.

∞

Lentement, elle redressa la tête.

Le public regardait toujours, par simple politesse, et attendait encore qu'elle achève sa prestation. Qu'elle dévoile son talent. Alice se leva et sentit le soleil exploser dans ses joues.

– Tu as terminé, ma chérie ? s'enquit M. Lottingale.

Elle hocha la tête.

– Ah… fit-il en restant un moment bouche bée, avant de se ressaisir pour lui sourire aussitôt. Bien sûr. Veuillez rejoindre vos camarades, mademoiselle Queensmeadow.

Quelques brefs applaudissements crépitèrent ici et là, les invités échangeant des regards, en quête d'une indication pour savoir comment réagir. Une grosse boule dans la gorge, Alice regagna sa place parmi ses congénères, le regard fixé sur ses pieds, osant à peine respirer.

Quatre-vingt-deux autres se produisirent après elle, et Alice ne voulut se souvenir d'aucun d'entre eux. Un grand nombre de talents s'exhibèrent ce jour-là et le sien, en l'occurrence, fut d'avoir la force de ne pas éclater en sanglots devant tout le monde.

**Alice ne put se résoudre à s'asseoir auprès de Mère.**

Après la cérémonie, elle trouva une branche tranquille dans un très grand arbre et tenta désespérément de rester calme. Elle inspirait et soufflait de minuscules bouffées d'air, et se houspillait toute seule en évoquant toutes les raisons pour lesquelles elle était ridicule. Elle réfléchit et se trouva sans doute trop dure envers elle-même. Ses pairs l'intimidaient, c'était normal. Par ailleurs, elle ne s'attendait pas à d'aussi grands talents, si bien qu'ils l'avaient prise au dépourvu. Quoi qu'il en soit, tout le monde devait probablement se sentir aussi peu confiant qu'elle-même. Sans oublier qu'elle n'avait pas prêté attention aux prestations suivantes ; quelqu'un d'autre avait très bien pu faire pire qu'elle.

Bref, toutes ces réflexions défilèrent un petit moment dans sa tête.

Alice replia ses genoux contre sa poitrine et les serra fort. Elle n'allait pas pleurer, avait-elle décidé. C'était inutile. Alors on ne lui attribuerait peut-être (sans doute) (enfin, très probablement) pas la meilleure mission – pas de problème ! Si elle n'avait pas placé ses espoirs aussi haut, sa déception n'aurait peut-être pas été aussi grande, mais elle tirerait profit de cette expérience, s'améliorerait en conséquence et, quelle que soit la tâche qu'on lui confierait, elle s'en accommoderait fort bien. Elle en serait reconnaissante. Il ne s'agirait peut-être pas d'une mission convoitée – peut-être qu'elle ne serait même pas amenée à quitter Ferenwood –, mais il s'agirait néanmoins d'une mission, et Alice se réjouirait d'avoir enfin un but. Cela marquerait le début d'un tournant dans sa vie.

Tout allait bien se passer.

Elle avait fini par se calmer assez longtemps pour descendre de l'arbre. À moitié affalée contre le tronc, Alice se promit encore et encore que tout se passerait bien. Elle avait fait de son mieux et n'aurait pu exiger davantage d'elle-même.

Elle avait fait de son mieux.

Enfin, les Anciens réapparurent. Ils souriaient (un bon signe !) et Alice reprit espoir. Ses épaules s'affaissèrent en signe de soulagement et elle parvint à jeter un coup d'œil de derrière l'arbre.

M. Lottingale fut le premier des dix Anciens de la communauté à s'exprimer, puis chacun d'eux prit le temps de prononcer quelques paroles encourageantes et motivantes. Ils parlaient avec une telle sincérité que, pendant quelques instants, Alice se sentit idiote d'avoir réagi comme elle l'avait fait. Ils contemplaient l'auditoire avec une grande fierté ; à l'évidence, elle avait mieux réussi sa prestation qu'elle le pensait.

Alice s'avança un petit peu et n'était plus cachée désormais. Mais au moment où elle envisageait de rejoindre la table de Mère, l'atmosphère changea. Une trompette retentit, l'air se mit à scintiller, puis des enveloppes chatoyantes couleur prune surgirent sur les tables devant les participants. L'excitation était palpable. Chacun savait qu'une enveloppe contenait une carte d'une couleur bien précise, selon le score obtenu. Il y avait cinq catégories en tout, et Alice les avait mémorisées depuis qu'elle savait compter.

**5 points – Vert – *Spectaculaire***
**4 points – Bleu – *Très Bien***
**3 points – Rouge – *Convenable***
**2 points – Jaune – *Assez Bien***
**1 point – Blanc – *Plutôt Regrettable***

Les enfants ouvraient leurs enveloppes – certains avec une grande confiance, d'autres avec une énorme appréhension –, tandis qu'Alice se dévissait encore le cou pour tenter de voir si quelque chose était arrivé pour elle sur la table de Mère.

En effet, il y avait une enveloppe.

Le cœur d'Alice ne tenait plus en place.

D'ici, elle ne pouvait décrypter le visage de Mère mais voyait bien qu'elle tenait l'enveloppe sans trop savoir quoi en faire, et même si elle avait balayé la grand-place du regard, Mère ne semblait pas inquiète de ne pas voir Alice venir récupérer son score. Mère disait souvent qu'elle n'allait pas se tracasser pour comprendre la manière d'agir d'Alice et maintenant, plus que jamais,

Alice songea que ne pas se tracasser était une manière fort paresseuse d'aimer quelqu'un.

Oliver lui tournait le dos, si bien qu'Alice ne voyait pas son visage, mais Mère lui souriait, alors il devait être en train de parler. À tous les coups, il allait utiliser son don de persuasion pour gâcher la vie d'Alice. Et bien sûr, Mère lui tendit l'enveloppe. Comme ça. Son destin tenait sur un bout de papier et Mère le donnait sans problème à un garçon qu'Alice avait envie de frapper à coups de pied dans les dents.

Alice faillit d'ailleurs se jeter sur lui en réagissant tout à fait de cette manière.

Mais en vérité Alice avait encore peur. Elle souhaitait se mêler à nouveau aux gens de Ferenwood, en sachant qu'elle était l'une des leurs. Comme si ça ne suffisait pas d'être née comme elle, quasiment incolore, une peau couleur neige, des cheveux couleur sucre et des cils couleur lait. Elle n'avait jamais voulu l'admettre, mais la vérité crevait les yeux : selon les critères ferenwoodiens, Alice était *vraiment* la plus vilaine. Son monde se nourrissait de mille et une couleurs, mais elle n'en avait aucune.

Toutefois, une mission n'avait que faire de la couleur. Cela dépendait uniquement d'un don, quelque chose qu'Alice pensait posséder. Les âmes de Ferenwood étaient nées de la magie. Elle-même, Alice Alexis Queensmeadow, était née avec une âme ferenwoodienne, et son talent avait besoin d'une mission.

Alice ne pouvait marcher sans celle-ci dans cette foule.

En suivant son chemin, Alice ne souhaitait pas regarder Oliver. Elle n'avait que faire de son arrogance, et certes pas envie de l'entendre dénigrer son talent à elle. Alice ignorait ce qu'il avait proposé en son temps pour la Présentation, mais elle était certaine qu'il s'agissait d'une chose idiote.

Oliver s'éclaircit la voix. Elle remarqua qu'il portait une sacoche usée en bandoulière. Il partait sans doute quelque part et Alice espéra qu'il allait enfin la laisser en paix.

– Salut Oliver, dit-elle d'un ton sec en attrapant l'enveloppe qu'il lui tendait.

– Alice, dit-il en la saluant d'un hochement de tête.

– Tu peux t'en aller maintenant, répliqua-t-elle en plissant les yeux.

Oliver croisa les bras et s'adossa contre un tronc d'arbre.

– Ouvre-la.

– J'ai pas envie de l'ouvrir devant toi.

Il leva les yeux au ciel.

– Ne sois pas aussi crispée. Si tu n'as pas la meilleure mission, ça ne veut pas forcément dire que…

– Comment sais-tu qu'on ne me la confiera pas ? riposta Alice, plus acerbe que jamais. Rien ne prouve que je ne…

– Parce que Kate Zuhair a déjà reçu la meilleure, soupira-t-il. Vraiment, Alice, calme-toi. Personne n'est là pour te juger.

– Oh… fit-elle en papillonnant des paupières.

Maigre consolation, certes, mais Alice était soulagée d'entendre qu'au moins Danyal Rubin ne l'avait pas devancée. Encore qu'avec sa fierté elle n'allait pas se calmer pour autant. Sûrement pas devant Oliver.

– J'ai obtenu 3, tu sais.

Alice le regarda.

– T'as obtenu un 3 ?

Oliver hocha la tête.

– Et ça reste encore la chose la plus dure que j'aie jamais dû faire. Je ne suis pas certain que tu aimerais avoir un 5, même si tu l'avais mérité.

Alice avait la gorge serrée. Elle ne l'aurait jamais admis devant quiconque mais, après sa prestation, elle s'attendait en fait à recevoir un 2. Tout sauf un 1.

Ce serait humiliant.

– Alors vas-y, reprit Oliver en tapotant l'enveloppe qu'elle tenait. Dès que tu l'ouvriras, tout rentrera dans l'ordre.

– D'accord, murmura-t-elle tout en se demandant pourquoi Oliver était aussi gentil avec elle.

Sans doute espérait-il la voir se débarrasser de sa mission pour l'aider *lui* à remplir la sienne.

Ce qui n'arriverait jamais.

Ses mains tremblaient quand elle brisa le sceau de l'enveloppe et – puisque le destin l'avait voulu – ce fut sous les yeux d'Oliver Newbanks, celui-là même qui l'avait sacrée « Fille la plus vilaine de Ferenwood », qu'Alice dut faire face à la plus effroyable des réalités.

Son enveloppe ne contenait aucune carte qu'elle ait vue jusqu'alors. Celle-ci n'était ni jaune ni même blanche. Elle était noire. Un simple rectangle découpé dans du papier lourd et épais.

Oliver s'étrangla de surprise.

Alice retourna la fameuse carte.

RÉSULTAT : 0

Les nuages choisirent ce moment précis pour s'animer. Le ciel s'ouvrit et la pluie tomba si dru et si vite que c'en devenait presque douloureux, et tout le monde se retrouva submergé par ce qui était censé être des larmes de bonheur. Alice sentit le froid, l'eau dégouliner, et ses os se briser en elle, et elle finit par perdre la force d'être courageuse pour avoir l'audace d'être lâche.

Alors elle s'enfuit à toutes jambes.

Elle courut jusqu'à ce que sa poitrine éclate, que ses poumons s'enflamment, jusqu'à ce qu'elle trébuche et déchire ses jupes, et qu'elle ne puisse plus contenir ses larmes.

Elle n'aurait su dire qui pleurait le plus fort : elle-même ou le ciel.

**Au moment où Oliver la retrouva,** Alice se trouvait presque à la sortie de Ferenwood, juste à l'orée de Fennelskein, cachée sous un buisson-piécettes. Alice hoqueta un sanglot et les piécettes s'ébrouèrent, tels des carillons argentés se moquant de son chagrin. Elle renifla et ravala ses dernières larmes puis tourna son visage vers les nuages. La pluie avait cessé, le soleil étincelait et des centaines d'arcs-en-ciel avaient surgi ici et là, habillant le monde d'une lueur sublime. Alice jugea pareille beauté étonnamment cruelle.

Elle ignorait quel sort était réservé aux enfants privés de mission. Depuis des centaines d'années, seuls trois d'entre eux avaient raté leur Présentation, et Alice supposait qu'ils s'étaient simplement évaporés dans la terre. Reprendre la vie à Ferenwood semblait certes impossible.

Peut-être qu'elle suivrait les traces de Père et disparaîtrait tout bonnement.

– Va-t'en, Oliver, dit-elle calmement.

Alice n'avait pas envie de le houspiller, puisqu'il n'avait rien fait depuis une heure pour le mériter, mais elle souhaitait aussi qu'on lui fiche la paix.

Il s'accroupit auprès d'elle.

– Sors de là-dessous, Alice. Je vois tes jupes.

– Va-t'en, répéta-t-elle, sans se donner la peine de croiser les chevilles.

Tous deux se turent pendant quelques instants.

– Tu étais vraiment splendide aujourd'hui, reprit enfin Oliver.

– Oui, c'est ça.

– Oh, arrête, Alice… Je le pense vraiment.

– Si tu veux bien m'excuser, répliqua-t-elle d'un air pincé, j'ai un nombre incalculable de choses à faire.

Oliver l'attrapa par les chevilles et tira si fort qu'Alice faillit dégringoler dans le ruisseau voisin. Elle allait lui déverser une kyrielle de vilains mots, lorsqu'il lui arracha l'enveloppe qu'elle tenait dans son poing fermé et brandit sa carte noire vers le ciel.

– Tu es censée la débloquer, figure-toi.

– Tu ne le fais que si tu reçois une mission, rétorqua-t-elle en sautant pour saisir la carte dans la main tendue d'Oliver. Il n'y a rien à débloquer dans un zéro.

– Qu'est-ce que t'en sais ? dit Oliver en lui lançant un regard.

– J'en ai la ferme conviction.

– Oh oui ! Je crois bien que des fermes convictions, t'en as des tonnes.

Alice se détourna et croisa les bras.

– Que vas-tu faire, maintenant ? demanda-t-il.

– Je vais récupérer ma carte, merci beaucoup de me la rendre !

Et elle lui attrapa le bras juste assez près pour la lui reprendre.

– Et maintenant, alors ?

– Maintenant, je vais creuser un trou bien profond et j'y habiterai.

Oliver éclata de rire et son visage s'illumina, atténuant la dureté de ses yeux.

– Jamais de la vie !

– Qu'est-ce ça peut te faire ? Je peux vivre dans un trou, si ça me plaît.

– Alice, je me moque de ce que les Anciens disent. Je sais tout ce dont tu es capable. C'est juste que t'as choisi le mauvais talent pour la Présentation…

– J'ai pas choisi le mauvais talent !

– Bien sûr que si, contra Oliver en arquant un sourcil. J'arrive même pas à comprendre. Franchement, j'aurais juré que tu allais…

– Ferme-la, Oliver Newbanks !

– Quoi ? Pourquoi ?

– C'est pas un talent, trancha Alice.

– *Pas un talent !* Tu sais ce que je donnerais pour être capable de faire ce que tu fais ?

– Tout le monde est né avec de la couleur, dit Alice prudemment. La mienne est simplement contenue à l'intérieur. C'est pas un talent, c'est de la biologie.

– Une biologie que le reste d'entre nous ne possède pas, remarqua Oliver.

– Je danse. Voilà ce que je fais. C'est le don que je possède. Je le sens, Oliver. Je le sens dans mon cœur. C'est ce que je suis censée faire.

– Je ne suis pas d'accord.

– Personne ne t'a demandé ton avis.

– Eh bien, c'est clair que ton avis à toi n'a pas joué en ta faveur.

Elle lui lança un coup de pied dans le tibia.

– Bon sang, Alice ! hurla Oliver en se tenant la jambe. Qu'est-ce qui cloche chez toi ? J'essaie juste de t'aider.

Alice se mordit la lèvre et détourna les yeux.

– Je suis désolée… murmura-t-elle. Je ne te veux aucun mal. Mais j'ai le cœur brisé, et je crains que personne ne puisse recoller les morceaux.

Oliver sembla s'adoucir. Il soupira.

– Inutile de dramatiser. Et puis, si tu cherches l'aventure, mon offre tient toujours. J'ai toujours besoin de ton aide.

– J'ai pas envie de t'aider.

– Pourquoi ? demanda-t-il, exaspéré. Pourquoi, à la fin ? Ce serait vraiment si terrible ?

– Sans doute, oui.

– Mais pour ton père ? insista-t-il. Ce serait si terrible de retrouver aussi ton père ?

– Je ne comprends toujours pas pourquoi tu ne veux pas simplement le ramener à la maison, dit Alice en serrant les poings. Si tu sais où il est…

Oliver laissa échapper un cri agacé en levant les bras :

– Exact, tu ne comprends rien ! C'est pas aussi simple. Je ne peux pas le ramener comme ça, pas sans toi !

– Et pourquoi donc ? Peut-être que si tu avais commencé par le ramener, je voudrais en effet t'aider ! Ça ne t'est jamais venu à l'idée ? Que la gentillesse marcherait mieux que la méchanceté ? Tu n'as jamais pensé que peut-être…

– Alice, s'il te plaît !

Oliver l'attrapa par les bras et lui planta un regard si puissant dans les yeux qu'elle en oublia les mots pour réagir.

– Alice, répéta-t-il. Ramener ton père, *c'est* ma mission !

**Alice en eut la chair de poule** de la plante des pieds à la racine des cheveux. Un frisson s'insinua dans ses vêtements pour se réchauffer contre sa peau. Son cœur palpitait, elle serrait les poings, fermait les yeux, tout en prenant une profonde inspiration.

*Bon sang, j'hallucine*, pensa-t-elle.

Elle savait néanmoins qu'Oliver Newbanks disait la vérité.

Elle émit alors un son, qui aurait pu être un mot mais n'était surtout qu'un bruit, puis elle s'éloigna d'Oliver en vacillant et en chavirant, jusqu'à ce qu'elle se mette à tournoyer pour dégringoler dans ses jupes et finir engloutie sous un tas de froufrous colorés.

Alice releva enfin la tête.

Oliver se tenait les bras croisés, les sourcils froncés et baissés. Ses yeux se concentraient sur un morceau d'écorce qui se détachait d'un arbre voisin.

– Oliver… reprit-elle.

– Quoi ? fit-il, en lorgnant toujours l'arbre d'un air mauvais.

– T'es en colère ?

– Oui, tout à fait.

Il croisa les bras encore plus étroitement.

– Ne le sois pas.

– T'es insupportable ! s'indigna-t-il.

– Eh bien, dit-elle en croisant les bras à son tour. Toi aussi.

Il finit par la regarder en face.

– Et c'est tout ce que t'as à me dire ? Alors que j'ai partagé des tas de choses avec toi ? Tu refuses toujours de...

– Non, dit Alice en se relevant tant bien que mal. Non, j'ai pas refusé.

Les bras d'Oliver se décroisèrent comme s'ils avaient fondu. Ils pendillaient de part et d'autre de son corps, aussi mollement que sa lèvre inférieure.

– Quoi ?

– J'ai dit que j'avais pas refusé !

– Alors tu *acceptes*...

– Absolument pas.

La bouche d'Oliver était restée béante en milieu de phrase, mais à présent sa mâchoire se referma dans un bruit sec. *Clac !* Il plissa les yeux.

– Tu es la fille la plus abracadabrante que j'aie jamais rencontrée...

Alice sourit.

– Eh bien, merci...

– Je t'interdis ! l'interrompit Oliver, horrifié. C'était pas un compliment !

Les yeux d'Alice lancèrent des éclairs. Comme elle avait les nerfs à vif, Oliver devenait une cible idéale.

– De toutes les choses que je déteste, ragea-t-elle, j'ai bien peur que tu sois la pire !

– Considère que ce sentiment est réciproque.

Ils se turent ensuite un moment, le souffle court, échangeant des regards assassins. Chacun menait sa propre bataille et tous deux étaient trop fiers pour exprimer leur peine à voix haute.

Finalement, Alice se fatigua d'être en colère (c'était épuisant, à la longue) et s'écroula par terre en se mordillant la lèvre, la joue et les phalanges pour éviter d'éclater une fois de plus en sanglots.

Ce qu'Oliver parut comprendre.

Doucement, prudemment, il s'assit à côté d'elle et, l'instant d'après, ils reprirent en même temps la parole :

Lui :

– Tu me détestes vraiment plus que tout le reste ?

Elle :

– Oh, Oliver, j'ai tout perdu, non ?

Et Oliver battit des paupières, éberlué. Son cœur, encore si intraitable l'instant d'avant, fléchit et il comprit que, pour aujourd'hui du moins, les batailles que devaient livrer Alice se révélaient plus importantes que les siennes.

– Bien sûr que non, lui assura-t-il d'une voix posée.

Alice leva des yeux tout ronds et étincelants sur lui. Elle grimaça un léger sourire :

– T'es franchement nul comme menteur.

– Dans ce cas, viens avec moi, s'amusa-t-il. Viens voir ce que tu as perdu.

– Mais comment je vais bien pouvoir te faire confiance ? dit Alice, qui reniflait en s'essuyant les yeux, bien décidée à se ressaisir. Je ne suis absolument pas du genre à m'enfuir je ne sais où avec des gens qui disent plus de mensonges que de vérités.

À ces mots, Oliver haussa un sourcil et sourit. C'était déroutant, certes, mais le garçon sembla *flatté*, et nous ne prendrons pas la peine de nous demander pour quelle raison. Quoi qu'il en soit, il fourrageait à présent dans sa sacoche, ce qui attira l'attention d'Alice, très intriguée. Oliver ne tarda pas à extirper de la besace cinq parchemins – excusez du peu –, qu'il brandit d'un air triomphant.

– J'ai des *cartes*, se borna-t-il à annoncer.

Alice en resta coite, à juste titre.

(Cher lecteur : pour vous comme pour moi, le fait de posséder des cartes n'a rien d'extraordinaire, dans la mesure où tout le monde peut s'en procurer un peu partout. Toutefois, nous devons nous rappeler qu'à Ferenwood les cartes constituaient une denrée rare, et que pour Alice, celles-ci évoquaient cruellement le souvenir de son père. Élaborer des cartes, souvenez-vous, était l'œuvre de toute sa vie.)

Oliver, bien sûr, en avait conscience.

Alice émit un petit bruit bizarre exprimant la surprise et Oliver hocha la tête.

– Oui, dit-il. Il s'agit en effet des cartes de ton père. Les Anciens me les ont confiées avant que je me mette en route pour accomplir ma mission.

Comme Alice paraissait incapable de parler, il enchaîna :

– Ils sont à sa recherche depuis qu'il a disparu, tu sais…

Oliver marqua une nouvelle pause, laissant à Alice la possibilité de réagir. Comme elle se taisait toujours, il poursuivit :

– … Mais ils n'ont pu trouver la bonne personne pour s'en charger que l'an dernier, lors de ma Présentation. Ils ont alors compris que j'avais exactement les aptitudes qu'ils recherchaient. Impressionnant, non ? conclut-il en souriant jusqu'aux oreilles.

– Qu'as-tu encore dans ce sac ? lui demanda-t-elle en plissant les yeux.

– Ça ne te regarde pas, répondit-il aussitôt.

Alice ouvrit la bouche pour protester quand Oliver s'empressa d'éloigner les cartes.

– Pas question de partager le moindre détail avec toi tant que tu n'acceptes pas de m'aider.

Alice prit alors une longue, profonde et prudente inspiration.

– Entendu, dit-elle, cédant dans un soupir. Je pars avec toi. Je vais t'aider.

À sa décharge, Oliver parut si étonné qu'Alice crut qu'il allait fondre en larmes. Mais elle n'avait pas l'intention de lui faire le moindre cadeau ; sa décision était motivée uniquement par son propre intérêt. Telle qu'elle envisageait la situation, seules deux possibilités se présentaient à elle : retrouver son père en compagnie d'Oliver, ou rester à Ferenwood et vivre à jamais dans la honte.

Aussi hocha-t-elle la tête.

– Je te donne ma parole.

– Oh, Alice… dit Oliver en lui tendant la main. Merci…

– Ne me remercie pas encore, répliqua-t-elle en chassant sa main comme une mouche, tandis qu'elle se relevait, pressée de mettre un peu de distance entre eux.

Elle n'avait pas envie qu'Oliver s'imagine que tout cela l'enchantait.

– Tu es certain de savoir où se trouve Père ?

– Oui, dit-il en se levant à son tour. Oui, oui. Mais… tu ne comprends donc pas que *savoir* ne signifie rien quand il faut d'abord *agir*. C'est *rejoindre* ton père que je ne peux pas accomplir seul.

Alice joignit les mains et contempla le ciel, tout en pinçant les lèvres. Puis elle regarda Oliver droit dans les yeux, et planta les orteils de son pied droit dans l'herbe.

– Et peux-tu être *sûr* de savoir où il est ?

Oliver donna l'impression qu'il allait mourir sur place d'exaspération.

– T'as rien entendu de ce que je viens de dire ou quoi ? Évidemment que je sais, mais ça ne veut pas…

– Oui, oui, dit Alice en agitant la main. J'ai entendu tout ton bla-bla, mais même si je sais que tu ne mens pas, c'est pas plus facile pour moi de te croire.

Oliver l'examina attentivement. Il farfouilla de nouveau dans sa sacoche et en sortit un autre parchemin, qu'il déroula ensuite dans sa paume. Alors qu'il avait été étroitement roulé sur lui-même, le papier était à présent aussi plat qu'une planche, mais dès qu'Oliver le toucha, il vibra. Peu à peu, le papier grossit et se transforma en une boîte en trois dimensions, plus haute qu'Oliver était large. Il effleura le dessus de l'objet avec trois doigts pendant trois secondes et celui-ci se volatilisa.

– Viens, dit-il à Alice en lui faisant signe de sa main libre. Regarde où ton père a disparu.

Alice était horrifiée.

– Père est dans cette boîte ? s'étrangla-t-elle, une main plaquée sur la poitrine. Il est pris au piège ? En mille morceaux ? On doit les recoller ? Oh, *Oliver* ! j'y connais rien en réparitude…

– Il n'est pas en mille morceaux, dit Oliver en secouant la tête vers les nuages. Approche-toi et regarde, pour l'amour de Feren !

– Bon, d'accord, dit-elle, les joues en feu.

Difficile pour Alice d'aimer Oliver – compte tenu du fait qu'elle ne l'aimait pas trop –, mais elle avait tellement plus envie de retrouver Père que de ne pas aimer Oliver qu'elle allait forcément devoir le supporter. Aussi s'approcha-t-elle suffisamment pour jeter un coup d'œil dans la boîte.

À l'intérieur, il y avait une porte.

Alice en eut une fois de plus le souffle coupé.

– Oui, c'est très malin, pas vrai ? dit Oliver. Mais le voyage va nous coûter cher…

– Oh, mais j'ai pas d'argent du tout. J'ai dépensé mon dernier fink pour un dillypop.

– … En temps.

– Ah oui, *en temps*, c'est sûr.

Alice s'éclaircit un peu la voix.

– Dès lors qu'on aura franchi le pas, reprit Oliver, il sera difficile de revenir. On risque d'être partis pour un long moment.

– Aussi long qu'une chenille ? demanda-t-elle en arquant un sourcil tandis qu'elle pinçait le ciel. Ou aussi long qu'un océan ? ajouta-t-elle en écartant les bras à fond.

– J'en sais rien. La dernière fois, je suis parti un an.

– Toute une année ? répliqua Alice en baissant les bras. C'est là où t'étais parti pendant tout ce temps ? T'essayais de retrouver mon père ?

Il acquiesça.

Alice s'assit.

Elle attrapa une pâquerette sans regarder, en l'arrachant du sol pour la fourrer illico dans la bouche.

– Alors, elle mène où ? questionna-t-elle en mâchant, les yeux perdus dans le vague. La porte ?

Oliver soupira.

Alice l'observa, la main en visière pour se protéger les yeux des arcs-en-ciel. Finalement, il posa la boîte par terre et s'assit de nouveau à côté d'Alice.

– Elle mène au pays de l'Ailleurs.

Alice éclata de rire, la bouche à moitié pleine de pâquerette.

– Oh, arrête tes bêtises, Oliver. Allez, dis-moi où elle mène *vraiment*.

– Au pays de l'Ailleurs, répéta-t-il d'un ton ferme.

– Mais…

Oliver haussa un sourcil.

– Mais non… enfin, quoi… Je croyais, tout le monde croyait… Voyons, Oliver, l'Ailleurs *n'existe pas*.

– Ton père pensait le contraire. On lui a confié pour mission de se rendre au pays de l'Ailleurs quand il avait ton âge, tu ne le savais pas ? Il n'a pas seulement établi la carte de Ferenwood, Alice. Il dessinait les cartes de *tous* les lieux magiques. Un travail bien plus important que n'importe quel autre jamais accompli à Ferenwood, dit Oliver en tapotant sa sacoche. Les cartes de ton père m'ont sauvé la vie un nombre incalculable de fois.

Les yeux d'Alice avaient pris la taille d'énormes soucoupes. Elle n'avait jamais su ça. (Mère avait-elle été au courant, d'ailleurs ?) Père, la ville, les Anciens – ils lui avaient dissimulé ces vérités. Et même si elle avait toujours espéré, toujours souhaité croire qu'il existait un ailleurs – un autre endroit magique dans le monde –, maintenant que cette existence bien réelle la regardait droit dans les yeux, Alice n'était pas sûre d'y croire. (Cependant – et malheureusement, peut-être –, Alice savait qu'Oliver disait la vérité, ce qui ne lui facilitait pas la tâche pour pencher vers l'incrédulité.)

– À quoi ça ressemble ? murmura-t-elle. L'Ailleurs ?

Oliver se détourna, mais Alice eut le temps de voir un éclair de nervosité traverser son regard.

– Si on n'en parle pas, c'est pour une bonne raison, se contenta-t-il de répondre.

Alice étouffa un petit cri, tandis qu'elle comprenait enfin.

– Oh, Oliver... C'est dangereux ? Père s'est attiré des ennuis ?

Oliver se tourna vers elle, l'air déterminé. Il désigna la boîte d'un hochement de menton.

– T'es prête à le découvrir ?

Alice regarda à nouveau la porte minuscule à l'intérieur de la boîte. Elle pensa à la peur et au courage ; elle pensa à la maison, à l'espoir, et à la chance de vivre une aventure.

Elle pensa à Mère.

Mère, à laquelle elle ne manquerait pas ; trois frères, qui ne l'avaient jamais connue ; Père, qui l'avait toujours aimée.

Alice n'avait rien à perdre et un père à retrouver.

Voilà, pour la deuxième fois, elle savait ce qu'elle était censée faire. Alors elle tendit la main vers la porte dans la boîte et tourna la poignée.

**Alice jeta un coup d'œil dans l'embrasure** et ne vit rien du tout.

– Je crois bien que c'est vide là-dedans, confia-t-elle à Oliver en secouant un peu la boîte. T'as pas dû prendre la bonne porte, je pense.

– Ma porte est tout ce qu'il y a de normal, fit Oliver en lui arrachant la boîte des mains pour la poser un peu plus loin. Tu dois entrer dans le monde pour le voir de manière honnête. Un simple coup d'œil ne marche pas.

Elle avait envie de lui rétorquer une méchanceté mais préféra plutôt l'observer, de plus en plus intriguée par ce garçon qui avait la bouche d'un menteur et les cheveux de la couleur d'un hareng argenté. Alice nota alors qu'il portait une tunique sobre, sans fioritures. Pas très élégante. En fait, elle ne payait pas de mine, hormis sa teinte. Celle d'une aubergine pas mûre.

Oliver remarqua qu'elle le détaillait du regard et commença à se trémousser.

– Bon, alors ? dit-il.

– T'es certain que la porte est le seul accès ? demanda

Alice. Peut-être qu'il existe une fenêtre, un truc qui nous donnerait un aperçu de…

– T'as l'intention de remettre en question tout ce que je dis ? riposta Oliver en agitant les bras. Ça va être tout le temps comme ça ? (Il attrapa un papillon qui passait par là et lui chuchota à l'oreille :) Autant que je me coupe la tête tout de suite, non ?

Alice réprima une envie de rire.

– Bon, très bien, dit-elle en se relevant. Rapetisse-moi suffisamment pour que je puisse entrer là-dedans.

– C'est inutile, dit Oliver en lâchant le papillon, qui s'envola en décrivant des cercles pour finalement se poser dans ses cheveux, où il s'endormit aussitôt. Il y a plein de place pour nous deux. Alors ne traîne pas, ajouta-t-il en ôtant gentiment le papillon de sa tignasse. C'est malpoli de faire attendre la porte.

Alice jeta un nouveau coup d'œil dans l'embrasure avant de regarder une dernière fois Oliver. Il livrait une bataille perdue d'avance avec le lépidoptère qui, de toute évidence, était tombé amoureux de lui. C'était idiot de parler aux papillons. Tomber amoureux constituait leur passe-temps favori.

Alice posa un pied dans la boîte et faillit hurler.

– Pourquoi c'est *mouillé*, bon sang ? s'énerva-t-elle, paniquée. (Elle tenta de retirer son pied, mais il était à présent coincé dans la porte.) Pourquoi tu ne m'as pas dit que ce serait mouillé… ?

Alice n'eut pas le temps de protester davantage qu'Oliver la soulevait déjà par la taille.

– C'est mouillé parce que c'est de *l'eau*, bêtasse !

Et il la lâcha dans la boîte.

# C’est peut-être mon passage préféré

Alice tomba. Très loin.

Un peu en arrière pendant un moment, puis légèrement sur sa gauche, avant de se redresser très longtemps pour finir par dégringoler dans un grand *plouf !* Trempée jusqu'aux os, elle sombrait très vite.

Elle tenta de crier, mais seules des bulles s'échappèrent de sa bouche tandis qu'elle battait des paupières en regardant la mer qui l'engloutissait. Elle était affolée et en colère, mais surtout en colère. Oliver ne l'avait pas prévenue qu'elle devrait nager dans ces vêtements lourds, si bien qu'à présent elle allait mourir et ce serait entièrement de sa faute à lui, et elle ne pourrait même pas le lui reprocher, et ça la rendait d'autant plus furieuse. Alors elle lançait des coups de pied encore et encore, tout en perdant dans la foulée sa coiffe délicate et ses bracelets de cheville. Horrifiée, elle comprit enfin qu'elle ne pourrait survivre qu'en détachant ses jupes si encombrantes – un vrai crève-cœur de les voir s'éloigner –, mais alors qu'elle cherchait la meilleure manière d'assassiner Oliver Newbanks, celui-ci la tira par le bras.

Sitôt que sa tête émergea, elle put entendre ce qu'il disait.

– Qu'est-ce que tu fabriques ? braillait-il, tout rouge et tout agité. Pourquoi t'es pas sortie de l'eau ? T'essayais de te suicider, ma parole ?

– Quoi ? s'exclama-t-elle en crachant de l'eau, tandis qu'elle écartait les cheveux de ses yeux. Moi ? Me suicider ? Qu'est-ce que tu racontes ? J'étais juste en train de me *noyer* sans ton aide, merci…

– Te noyer ? répéta-t-il, éberlué. Alice, l'eau ne nous arrive qu'aux genoux !

Ah…

Ce qui expliquerait pourquoi elle se tenait debout à présent.

Alice baissa les yeux puis regarda alentour et repéra ses jupes qui flottaient à quelques mètres de là.

– Si tu veux bien m'excuser, dit-elle avant de se diriger vers ses vêtements.

L'eau était claire et évoquait la turquoise. Elle n'était ni froide ni chaude, mais très mouillée, et Alice avait hâte d'en sortir. Dès qu'elle eut récupéré ses jupes et rejoint Oliver, il la regarda de la tête aux pieds et parut ne pas juger utile de faire d'autres commentaires.

– Alors ? dit-elle, la tête bien droite, tandis qu'elle frissonnait dans la brise. On va où maintenant ?

– Tout droit, répondit-il en montrant le rivage d'un hochement de menton.

La terre n'était qu'une fine ligne à distance, mais elle pouvait la voir et le lui dit. Alice suivit Oliver lorsqu'il se mit en route et ne lui posa plus d'autres questions, hormis les cinq qu'elle lui posa quand même, et s'interrompit uniquement pour éternuer quand son nez en éprouva le besoin.

En fait, ce fut au beau milieu d'un éternuement qu'elle remarqua le tapis mouillé sous ses pieds. Ils se trouvaient désormais tout près de la côte, qu'elle distinguait d'un bout à l'autre : des dizaines et des dizaines de tapis anciens s'étalaient sur le sable et formaient une ligne verticale vers les terres. Chacun d'eux était d'un rouge profond, mais entrelacé de fils dorés, bleus, violacés et vert écume constituant des motifs floraux délavés, complexes et abstraits.

Tout cela semblait très convenable.

Le pays de l'Ailleurs leur souhaitait la bienvenue et, soudain, Alice fut ravie d'être arrivée. D'un seul coup, elle n'avait plus froid, n'était plus mouillée du tout. À vrai dire, elle se sentait bien, ses jupes étaient confortables, ses cheveux secs et ses pieds nus foulaient les épais tapis feutrés disposés sur la grève. Pour ce qu'elle en savait, ils n'allaient nulle part, mais elle s'en moquait. Le ciel était d'un rose foncé et les nuages d'un bleu marqué, tandis que l'atmosphère avait la douceur du citron-perle, et Alice se sentait très détendue et très nonchalante, et très ceci et très cela et très...

– Alice !

Oliver la tira par le bras et elle entendit un claquement. Pas son bras, non. Mais autre chose. Quelque chose avait fait *clac !* Brusquement ils se retrouvaient sur le sable et non plus sur ces sublimes tapis, et elle avait très froid, était très inquiète et très affamée et très...

Oliver claquait des doigts sous le nez d'Alice.

– Alice ? Alice... *Alice !*

– Quoi ? fit-elle en fronçant les sourcils. Qu'est-ce que c'est ? Qu'est-ce qui se passe ?

– Tu ne dois pas rester longtemps sur les tapis, prévint-il d'une voix insistante. L'Ailleurs peut te jouer de vilains tours, si tu ne fais pas attention.

Il l'aida à se relever. Elle se rendit alors compte qu'elle était assise.

– On est où ? demanda Alice en regardant autour d'elle.

Oliver les avait ramenés sur la plage, mais ça ne changeait en rien ce qu'elle voyait. Un paysage nu, rien d'autre que le sable et la mer, sans âme qui vive à l'horizon.

– On est au début, se borna-t-il à répondre.

Ils demeuraient là en plein soleil sans dire un mot, et Alice était si désorientée qu'elle ne savait même pas comment l'exprimer. En outre, elle était distraite. Oliver lui tenait la main à présent et elle avait beau essayer de se détacher, il ne la lâchait pas.

– Tu dois être prudente, lui dit-il. On se trouve en ce moment à l'entrée de Somnolence, ce n'est qu'un des soixante-huit villages qu'on doit traverser, et chacun possède des règles bien précises. On ne peut pas en enfreindre une seule si on veut retrouver ton père.

– Pas une seule règle ! s'écria-t-elle. Dans soixante-huit villages !

– Pas une seule règle, confirma-t-il. Dans soixante-huit villages.

– Mais comment connaître tous ces règlements ?

– Je te les signalerai au fur et à mesure. J'ai vécu une année entière en Ailleurs, alors tout ça est très banal pour moi, mais j'imagine que ça doit te paraître très étrange.

– Oui, admit-elle en l'observant à la dérobée. Très étrange, en effet.

Oliver lançait des regards prudents et furtifs de tous côtés. À croire qu'il voyait quelque chose qu'elle ne pouvait voir, quelque chose dont il avait peur.

– Et maintenant ? reprit-elle. On va où ?

– Nulle part, répondit-il. On attend que le soleil s'endorme.

Alice aurait aimé croire qu'Oliver plaisantait, mais elle peinait à comprendre son humour.

– Oh ?

Oliver acquiesça.

– Encore qu'on ne va pas attendre longtemps, j'espère, précisa-t-il en regardant quelque chose au loin, les yeux plissés. À Somnolence, le soleil est terriblement paresseux et il oublie toujours l'heure. Il fait des siestes si fréquentes que les gens d'ici ont cessé d'attendre qu'il veuille bien darder ses rayons. Leur village n'apparaît que dans l'obscurité.

– Oliver, reprit-elle, tu fais exprès de dire des trucs qui ne tiennent pas debout ?

Aussi bizarre que cela puisse paraître pour une jeune fille née et élevée dans la magie, Alice manquait parfois tellement d'imagination qu'elle en devenait navrante. Mais bon, je suppose qu'elle avait une bonne raison de réagir ainsi. Après tout, les gens de Ferenwood avaient toujours utilisé la magie de manière fiable et régulière, et Alice n'avait jamais su que celle-ci pouvait être manipulée de manière frivole ; elle ignorait ce qu'un soupçon d'imprudence pouvait entraîner. Bref, la magie de l'Ailleurs lui était totalement étrangère.

Cependant, Oliver n'avait pas répondu à sa question. Voilà qu'il farfouillait de nouveau dans sa besace et, cette fois, Alice reconnut le cliquetis caractéristique des pièces de monnaie.

– T'as quoi d'autre là-dedans ? questionna-t-elle en lui donnant un coup de coude.

Plutôt que de répondre, il lui lâcha la main et plia les genoux pour s'installer en position assise et attendre. Très prudente, Alice l'imita. Elle était sur le point de l'interroger à nouveau lorsque Oliver sortit quelque chose de son sac. Un petit carnet.

– Bien, dit-il en le feuilletant. Je vois...

– Quoi donc ? demanda-t-elle. Qu'est-ce qui se passe ?

– Rien pour l'instant. Je vérifie juste deux ou trois trucs. Pour être bien sûr et tout ça.

– Sûr de quoi ?

– Oh, juste les cycles du soleil et du reste, répondit-il, très concentré sur sa lecture, en suivant certaines lignes griffonnées avec le doigt. Hum... On ne devrait plus attendre ici que quelques instants. (Il releva la tête.) Quelle chance formidable ! Si on était arrivés un peu plus tard, on aurait dû attendre au moins une bonne heure que le soleil s'endorme, et ç'aurait été le préambule le plus décevant qui soit, dit-il en se replongeant dans son calepin. Cette première partie du voyage peut se révéler terriblement ennuyeuse, tu sais.

Alice fronça les sourcils.

– Oliver, qu'est-ce que...

– Oh, ooooh ! s'écria Oliver en se relevant d'un bond, les yeux plissés vers le ciel. Ça y est !

– Quoi ? fit Alice qui se remit debout elle aussi et regarda de tous côtés. Qu'est-ce qui se passe ?

Oliver désigna le soleil d'un mouvement de tête.

– Là-bas. Il est juste sur le point de piquer un somme.

– Mais…

– Une seconde, Alice, s'impatienta Oliver. Il lui faut un petit moment pour se retourner.

Alice battit des paupières et le monde se retrouva dans le noir.

De toute sa vie, elle n'avait jamais vu pareille obscurité. Chez elle, ils avaient des lunes, des planètes, et tellement d'étoiles qu'il ne faisait jamais vraiment nuit noire, même la nuit. Pas comme ici. C'est quelque chose qu'elle ne pouvait décrire avec précision. Comme s'ils avaient plongé dans un ciel où on avait tout éteint. Elle papillonna des paupières encore et encore, et cette sensation d'aveuglement lui provoqua un frisson dans le cœur qu'elle ne put chasser. La peur de l'inconnu, de l'invisible, de ce qui pourrait les attendre ici dans ce nouveau monde – tout cela ne la quittait pas.

– Oliver… chuchota-t-elle.

– Oui ?

– Pourquoi ne pas avoir traversé le village quand le soleil était *réveillé* ? Ça n'aurait pas été plus sûr ?

Oliver secoua la tête.

– Somnolence est le point d'entrée de tout l'Ailleurs et, en tant que tel, les mesures de sécurité sont strictes. Le moindre visiteur assez fou pour pénétrer sur le territoire en plein soleil est vu et capturé sur-le-champ.

– M'enfin pourquoi ? Capturé dans quel but ?

– Dans quel but ? T'es sérieuse ?

– Oh ! et ça t'étonne, hein ? répliqua Alice en croisant les bras, agacée. Ça t'étonne que je ne sache absolument rien sur cette contrée dont j'ai appris tout à l'heure l'existence ?

Oliver se calma.

– C'est vrai, admit-il en soupirant. Toutes mes excuses. C'est juste que tout ça me paraît si évident.

– Alors, quand est-ce que ça le deviendra pour *moi* ?

Il lui pressa affectueusement la main.

– Bientôt, j'en suis sûr.

– Mais dans combien de temps, au juste ?

– Patience, Alice. Mieux vaut te familiariser dès maintenant à la patience, afin qu'elle sache où te trouver quand tu la solliciteras plus tard.

– Mais j'ai tellement de questions dans la tête, dit-elle en lui tapotant très fort l'épaule. Pourquoi voudraient-ils attraper des visiteurs ? C'est ce qui est arrivé à Père ?

Oliver lui sourit dans le noir.

– Pas exactement, non. Ton père est dix fois plus malin que tout ça.

– Mais…

– Même si j'aimerais bien répondre à toutes tes questions, dit-il d'un ton léger, on n'a peu de temps à perdre et beaucoup d'appétits à éviter. Je ne veux pas être responsable si tu finis dans le ragoût de quelqu'un ce soir.

Alice n'avait aucune idée de ce qu'il pouvait bien raconter et elle le lui dit tout net.

– Bon, reprit Oliver, si tu ne sais déjà pas ce qu'il faut craindre à Ailleurs, j'ai du mal à imaginer que tu veuilles changer cet état de fait, là, maintenant. Peut-être qu'il vaut mieux que tu l'ignores encore un petit moment.

Il leva alors un doigt et entreprit de scruter le ciel.

Ça ne prit qu'un instant en tout et pour tout.

Le ciel explosa de lumière et fut constellé de tant d'étoiles, de lunes et de planètes scintillantes qu'il en devint aveuglant d'une toute autre manière. Comme si le ciel nocturne avait essayé de neiger, mais que les flocons étaient tombés en sens inverse et restés en suspens.

En un mot comme en cent, c'était *magique*.

Pas seulement le ciel, mais le village entier. Les gens semblaient surgir de nulle part, les échoppes et les officines s'animaient. On cuisinait, les cheminées fumaient, les enfants pleuraient, les parents braillaient, et tout ce tohu-bohu suffit à entraîner Alice au cœur de l'action, et elle sentit sa bonne humeur grimper en flèche, en dépit de ses nombreuses inquiétudes. Les yeux écarquillés, Alice absorbait tout ce qu'elle voyait. C'était une *véritable* aventure, non ? Tout ce dont elle avait toujours rêvé. Sans compter qu'elle allait du même coup retrouver Père ! Elle faillit se lancer à corps perdu dans ce nouveau monde.

Mais d'abord, elle avait certaines priorités.

– **Alice, non !**

Oliver la plaqua au sol.

– Mais je meurs de faim ! lâcha-t-elle en contemplant la fleur qu'elle avait failli arracher.

– Tu ne dois pas, dit-il. Tu ne peux pas. Il n'en est absolument pas question.

– Mais...

– Non, trancha-t-il. Ici, les visiteurs sont uniquement autorisés à manger pour les grandes occasions. Et ça n'en est pas une.

– Uniquement pour les grandes occasions ? Et qu'est-ce qu'ils sont censés faire dans l'intervalle ? s'enquit-elle, les mains sur les hanches. Mourir de faim ?

– Oui, répondit-il très gentiment avec un sourire qu'elle n'avait pas prévu. À présent, ajouta-t-il en claquant dans ses mains, revenons aux choses sérieuses. Auras-tu besoin d'utiliser les toilettes ? Il n'y a qu'un pavillon dans tout Somnolence et il se trouve juste ici, au point de départ, alors autant y aller maintenant si t'en as besoin. Le voyage sera long, tu sais.

– Je… euh… oui. D'accord.

Alice baissa les bras et regarda au loin. Difficile pour son amour-propre de se laisser traiter comme une imbécile, sans compter qu'elle détestait la manière dont Oliver avait l'air de savoir des tas de choses et elle quasiment rien. Pour elle, se montrer coopérative n'était pas une mince affaire, ne serait-ce que dans l'intérêt de Père, mais sa patience manquait d'entraînement.

– J'ai aussi très faim, reprit-elle, bien décidée à se faire entendre. Je n'ai pris aucun dîne-midi.

– Bien, dit Oliver. Ça nous aidera un peu.

– Comment ça ?

Oliver scruta le ciel et, une fois de plus, ne fournit aucune explication. Alice lui lança un regard noir derrière son dos. Oliver savourait en secret son rôle de chef et, sous prétexte d'être plus vieux et plus avisé, il gardait pour lui ses connaissances en ne livrant qu'une information à la fois, quand il s'y sentait vraiment obligé. Cependant, Oliver avait sous-estimé sa compagne de route et sa capacité à se laisser rabaisser par lui, si bien qu'il allait sans doute payer pour son arrogance juvénile. À chaque nouvel affront et témoignage d'indifférence, Alice était comme un verre à moitié plein, qui se remplissait lentement de rancœur. Pour l'heure, tout allait bien dans la mesure où elle se divertissait avec les splendeurs de son nouvel environnement, mais Oliver trouverait plus tard largement matière à réviser son jugement dans ses tout premiers moments en compagnie d'Alice Alexis Queensmeadow.

– Bon, ensuite, dit-il en jetant un coup d'œil sur elle, on n'a que deux ou trois heures avant que le soleil se réveille à nouveau, et des tas de choses à faire entre-temps. Alors autant décoller d'ici, ajouta-t-il en lui tapotant le dos comme l'aurait fait un parent. Et tâchons de t'amener aux toilettes pour dames, d'accord ?

Alice grimaça et avança en traînant les pieds, un peu gênée, tout en réprimant son envie de flanquer un coup de poing dans le nez d'Oliver. Elle soupira bruyamment chaque fois qu'ils passaient devant un carré d'herbe et de prometteuses fleurs en bouton, son estomac grondant de plus en plus fort. Elle savait qu'elle serait une horrible compagne de route si elle sautait trop de repas et ça l'inquiétait ; ce voyage était trop important. Elle avait besoin d'être au mieux de sa forme – en pleine santé et débordante d'énergie – et Oliver ne semblait pas s'en soucier. Il souriait jusqu'aux oreilles, visiblement heureux d'une manière qu'elle n'aurait pas soupçonnée chez lui, et elle se rendit compte qu'il appréciait le pays de l'Ailleurs. Il était enchanté d'être de retour. D'être chez lui, peut-être.

Étrange.

Comme ils approchaient du cœur de la ville, Alice sautilla un peu et troqua sa contrariété contre l'excitation, l'impatience de voir et de faire des choses nouvelles. C'était un voyage exaltant pour une toute jeune fille qui venait à peine d'avoir douze ans (ne l'oublions pas), et qui n'était jamais partie de chez elle de toute sa vie. Plus excitant encore, Somnolence ne ressemblait en rien à Ferenwood, où tout n'était qu'explosion de couleurs. Non, Somnolence était sombre et lumineuse, avec une lueur d'encre jaune orangé qui ourlait les angles, ponctuait le ciel et rampait au fil de leurs pas. C'était confortable et joyeux, et parfaitement bizarre, et si Alice n'avait pas été si obnubilée par Père, elle aurait peut-être pu en profiter davantage.

Il y avait de la nourriture partout.

Des tasses, des saladiers regorgeant de noisettes, de nombreux pots de miel s'empilant dans les devantures, des vases remplis de fleurs posés sur des tables. Alice mourait d'envie d'en manger une. Juste une seule, pensait-elle, ça ne serait quand même pas si terrible.

Elle en fit part à Oliver.

– Ce ne sont pas des aliments, lui précisa-t-il. Ce sont des décorations. Les gens d'ici ne mangent pas de fleurs. Ils mangent des animaux.

– Des animaux ! s'écria Alice en frissonnant, tandis qu'elle pensait aux vaches, moutons et autres oiseaux de Ferenwood.

Les Ferenwoodiens coexistaient en paix avec les êtres vivants, empruntant à l'occasion du lait, des œufs ou du miel en échange d'une amitié de toute une vie avec des créatures plus âgées et plus sages qu'eux. Alice était horrifiée, à juste titre, et elle se rappela soudain la couleur des cheveux d'Oliver, lesquels lui avaient toujours fait penser à celle d'un hareng argenté. Elle pointa un doigt accusateur dans sa direction.

– Tu les manges, pas vrai ? C'est ça, hein ? Oooh ! les pauvres poissons !

Oliver rosit aussitôt.

– Je ne vois pas du tout ce que tu veux dire, déclara-t-il, avant de se ressaisir en s'éclaircissant la voix. Et, de toute manière, aucune nourriture n'est censée effleurer tes lèvres, pas ici et pas du tout, du moins pas avant que je te le dise.

Elle se renfrogna.

Il se renfrogna à son tour.

– Tu te rappelles ce que j'ai dit plus tôt ? la houspilla-t-il. Sur le fait qu'on ne doit pas transgresser la moindre règle si on veut retrouver ton père.

Alice hocha la tête.

– Eh bien, c'est la première règle, dit-il. Alors, tâche de ne pas l'enfreindre.

– Parfait, dit-elle.

Alice prit un air pincé et le détesta en silence.

∞

Ils traversèrent tranquillement la ville en évitant d'attirer l'attention. Des étrangers leur lancèrent quelques regards mais sans plus, ce qu'Alice trouva généreux de leur part, vu qu'elle devait avoir une affreuse dégaine avec sa tignasse et ses vêtements ayant pris l'eau de mer. Sa tenue était passablement abîmée et sa coiffure évoquait une sorte de nid clairsemé, et même si elle ne ressemblait à personne dans Somnolence, les habitants n'avaient pas l'air d'y prêter attention. Alice réalisa que c'était parce qu'ils ne pouvaient pas faire la différence.

Dans le noir, tous les gens se ressemblaient.

– Nous y voilà, annonça enfin Oliver.

Il désigna ce qui avait l'air de toilettes pour dames. Guère plus qu'une cabane en bois, à vrai dire, plantée au beau milieu de toute cette pénombre, et lorsque Alice le regarda bouche bée, il se contenta d'un haussement d'épaules.

Elle entra donc dans la cabane – *tic-tac, tic-tac* –, puis en sortit.

Elle secoua ses jupes et lissa son corsage, avant de rejoindre Oliver là où il l'attendait, et fit de son mieux pour prendre un air convenable. Elle toussota un peu dans la foulée.

– Je suis prête maintenant, dit-elle.

Oliver lui lança un regard.

– Et comment tu te sens ? T'as toujours faim ?

– Oui. Absolument.

– Bien. Très bien. On y va ? suggéra-t-il en montrant le chemin principal.

– Où ça ? s'enquit-elle en lui emboîtant le pas.

– On doit récupérer un truc important pendant qu'on est ici. J'espère juste qu'il sera à l'endroit où je l'ai laissé.

– Oh ? Et de quoi s'agit-il ?

– Un livre de poches.

Alice s'esclaffa.

– Tu veux emporter de la lecture ? dit-elle en désignant la sacoche d'Oliver d'un signe de tête.

Oliver lui décocha un regard mauvais.

– Ça n'a rien à voir.

– Oh ! Oliver, soupira-t-elle en roulant des yeux, on t'en trouvera dix, si tu en as tant envie.

Oliver sembla dérouté, mais ne releva pas la remarque. Il paraissait distrait – nerveux, même – tandis qu'il se faufilait à travers la ville, mais Alice n'éprouvait rien de tout cela. Elle le suivit dans les étroites ruelles pavées et essaya de profiter à chaque instant des senteurs et du paysage de cette nouvelle contrée. Des lanternes éclairaient chaque chemin et le ciel était littéralement obsédé par son pouvoir, alors qu'on avait bien du mal à l'observer. La lumière nocturne rendait tous les contours flous, et ce n'étaient que silhouettes sinueuses avec quelques lampes ici ou là. Alice s'escrimait à suivre le rythme d'Oliver, mais ses efforts exigeaient davantage que les multiples excuses qu'elle présentait en bousculant les gens par mégarde. Malgré tout, Somnolence embaumait la cardamome, et les joues rosées des étrangers agglutinés lui donnaient envie de rester à jamais.

Oliver, en revanche, ne voulut rien savoir.

– M'enfin, c'est pas juste, lui dit-elle. Et s'il y avait des indices par ici ? Pour savoir où Père s'en est allé ? Après avoir fait tout ce chemin... je pense franchement qu'on devrait interroger les gens ! Si Père est passé par ici, on devrait visiter les échoppes qu'il a lui-même visitées et grimper aux arbres auxquels il a grimpés, et voir comment les messieurs se coiffent et... oh ! Oliver... j'adorerais tellement v...

– Pas question, décréta Oliver en s'arrêtant net. (Il baissa la voix et chuchota.) Alice, s'il te plaît, cesse d'insister pour qu'on reste. Je sais déjà où est allé ton père. J'ai pas besoin d'autres indices. En outre, tu ne comprends pas qu'il est important qu'on...

– Mais...

– C'est pas prudent ! lâcha-t-il en perdant patience.

– C'est pas prudent ? De faire un saut dans une boutique ? D'aller frapper chez quelqu'un et lui dire bonjour ?

– Pas prudent, non ! Pas prudent du tout ! On ne peut pas, en aucun cas, se montrer en pleine *lumière*, souffla-t-il. Tu ne saisis pas ?

– Non, je ne saisis pas, rétorqua Alice. (Elle secoua la tête et lui lâcha la main.) Tu es insupportable et ça m'épuise tellement que je pourrais tomber de sommeil en restant debout.

– Mais…

– Bon, je ne sais pas quelle plume te chatouille le nez (expression ferenwoodienne très courante, que je tâcherai d'expliquer plus tard), mais ça dépasse mon entendement. Je te jure sur la pluie de lumière que si je fais encore *un seul pas* et que tu t'obstines à ne répondre à *aucune* de mes questions, je me débrouille pour trouver un lac, je te jette dedans et après, ajouta-t-elle en le poussant du doigt sur la poitrine, et après tu découvriras le seul avantage d'avoir la tête remplie d'air chaud !

Oliver était devenu rougeâtre.

L'humilité s'était perdue en cheminant vers la haute opinion qu'il avait de lui-même, mais toutes deux s'étaient finalement réunies et les retrouvailles paraissaient douloureuses. La gorge nouée, Oliver détourna les yeux.

– D'accord, dit-il. D'accord. Je suis désolé. Mais trouvons-nous d'abord un coin tranquille. À l'écart. On n'aura pas beaucoup de temps à perdre, mais je vais faire tout mon possible pour te dire tout ce que tu as besoin de savoir, ajouta-t-il, ses yeux furetant à droite et à gauche. Et je t'en prie, pour l'amour de Feren, baisse le ton.

Alice soupira.

« Bon, très bien », faillit-elle dire. « Bien, bien, allons-y », faillit-elle ajouter.

Bref, elle faillit dire qu'elle était tout à fait prête à se montrer aimable.

Mais faillir le dire ne suffisait pas vraiment. Alice était distraite, contrariée et tellement têtue que ça en devenait gênant – et elle avait cessé de prêter attention à quiconque hormis Oliver. Vous ne serez donc pas étonné d'apprendre qu'à cet instant précis, juste au moment de donner son approbation à Oliver, quelqu'un la bouscula.

Les excuses se mirent à pleuvoir.

« Oh là là ! » et « Pardon ! » et « Je suis désolée ! » se percutèrent dans l'atmosphère. Alice s'époussetait et rajustait ses jupes en se relevant tant bien que mal (sans l'aide d'Oliver, figurez-vous), lorsqu'elle découvrit pour la première fois la personne qu'elle avait heurtée.

Mes amis, c'était le plus beau garçon qu'elle ait jamais vu.

Grand, mais pas trop ; parfait, mais pas trop ; des cheveux sombres, des yeux sombres et le teint sombre. On l'aurait dit façonné dans la mélasse. Tout l'opposé d'Alice. Sa peau évoquait de la confiture de soie, sa chevelure la noirceur de la poix. Ses cils étaient si épais et si noirs et… Oh, comme ils palpitaient quand il clignait des yeux ! Il clignait des yeux ? Il regardait fixement. Alice.

Alice ?

Si elle ne ressemblait à rien, lui ressemblait à tout, en revanche, sans compter qu'elle n'était jamais restée aussi muette de toute sa vie.

Calme-toi, petit cœur d'Alice. Le garçon, lui, souriait.

Au bout de quelques instants, elle était convaincue d'être complètement amoureuse de lui. Ça semblait la seule explication logique à ce qu'elle éprouvait. Et ce fut seulement lorsque Oliver fit remarquer (non sans grossièreté) qu'elle avait la bouche béante (à peine ouverte, en réalité) qu'Alice se ressaisit d'un coup.

Elle s'étrangla de surprise en entendant sa mâchoire se refermer bruyamment. *Clac !* Et elle se demanda comment s'y prendre pour demander à ce si joli garçon de l'épouser. Il avait peut-être l'âge d'Oliver, c'est-à-dire proche de celui d'Alice, ce qui signifiait qu'aucun des deux n'avait vraiment envie de se marier avec qui que ce soit, mais ça ne changea en rien ce qu'Alice déclara ensuite.

– Veux-tu... commença-t-elle avant de se raviser. Voudrais-tu... rectifia-t-elle en souhaitant lui prendre la main.

Oliver lui écarta le bras et lui lança un regard très méchant.

– Qu'est-ce qui t'arrive ? souffla-t-il.

– Chut... murmura-t-elle en le chassant du revers de la main.

– Bon sommeil à toi, dit le beau garçon à Alice, en la gratifiant d'un sourire radieux. C'est un vrai plaisir de te rencontrer ce soir.

Il avait un léger accent ; sa voix était grave et musicale, comme irréelle, peut-être. Comme s'il parlait peut-être une langue qu'elle ignorait pouvoir comprendre.

Quoi qu'il en soit, cela ne la dérangeait pas.

– C'est un très grand plaisir de te rencontrer aussi, s'empressa-t-elle de lui répliquer, ignorant Oliver qui tentait déjà de l'entraîner avec lui en la tirant.

– Oui-oui, dit ce dernier. Un vrai plaisir. On doit reprendre notre route à présent. Merci, au revoir !

– Attendez ! s'écria le garçon.

Il scruta le visage d'Oliver un bref instant, avant de se tourner de nouveau vers elle :

– Tu es nouvelle venue ici. Je n'ai jamais vu quelqu'un comme toi auparavant, ajouta-t-il, en enroulant autour de ses doigts une mèche des cheveux d'Alice à la déplorable blancheur.

Elle manqua défaillir.

– Aimerais-tu rester un peu parmi nous ? lui demanda-t-il, uniquement à elle. Je pourrais te faire visiter…

Elle allait acquiescer, quand Oliver les interrompit une fois de plus.

– S'il te plaît, dit-il calmement, en plantant son regard vif et agité dans celui d'Alice. Je peux te parler un instant en privé ?

Elle l'aurait volontiers ignoré, mais le regard d'Oliver l'inquiéta. Aussi s'excusa-t-elle et promit au joli garçon de revenir d'ici peu.

Oliver, en revanche, fulminait.

Il avait des tas de choses peu agréables à lui dire sur le fait qu'elle transgressait les règles et ne l'écoutait pas, et même si elle tenta de le rassurer en affirmant qu'elle n'avait rien prévu de tout cela, Oliver resta ferme : ils devaient poursuivre leur chemin.

– De toute manière, ajouta-t-il, je ne vois vraiment pas ce qui t'enchante chez lui. Les habitants de Somnolence sont quasiment imbibés de poussière. (La *poussière*, devrais-je préciser, est une sorte de terme argotique pour désigner la *magie*.)

Oliver croisa les bras.

– Il t'a mystifiée, sois-en sûre.

– M'enfin, tu ne l'as pas vu ? répliqua Alice en regardant par-dessus l'épaule d'Oliver. Il est d'une beauté époustouflante. C'est juste que… Oh ! il est très, très beau. (Elle fondait quasiment sur place.) Je suis certaine de n'avoir jamais vu quelqu'un d'une telle beauté de toute ma vie, reprit-elle en saisissant Oliver par la manche. Tu ne trouves pas que c'est la plus belle personne que tu aies jamais vue de toute ta vie ?

La figure d'Oliver avait viré au violet. Il pinça les lèvres et agita les bras, puis les paroles qu'il prononça ensuite explosèrent quasiment. (Honnêtement, personne ne pouvait comprendre un traître mot de ce qu'il disait, alors je ne vais même pas *essayer* de les transcrire.) Quoi qu'il en soit, Alice ne souhaitait pas perturber Oliver – toute cette histoire semblait tellement le contrarier –, aussi s'apprêta-t-elle à dire au garçon qu'elle ne pourrait accepter son offre généreuse. Mais lorsqu'elle s'en revint vers lui, il avait déjà rassemblé toute une foule et à ce moment-là, ma foi, il était déjà bien trop tard pour réagir.

Et tout cela à cause d'elle.

**Oliver était devenu tout pâle.**

D'une pâleur spectrale et laiteuse de papier. Il lui avait pris la main et la serrait si fort qu'Alice n'eut d'autre choix que de se détacher. Elle retira violemment sa main et se rembrunit, réalisant bien trop tard qu'elle leur avait attiré beaucoup d'ennuis. Elle observa Oliver à la dérobée. Il était figé sur place, les yeux exorbités, horrifié par le spectacle dont ils étaient devenus les acteurs.

Le beau garçon et sa foule de gens s'approchaient de plus en plus et, en un clin d'œil, entouraient tous Oliver et Alice. Le plus grand de la bande brandit une torche qu'il tint en l'air, au-dessus de la tête d'Alice, afin que tout le monde puisse voir son visage. Les autres la montraient du doigt et gesticulaient, leurs têtes se dressant et leurs regards s'attardant sur ses cheveux, sa peau, ses jupes déchirées. Elle avait l'impression d'être un phénomène de foire, et ça ne lui plaisait pas le moins du monde.

Alice examina le joli garçon en détail, mais il ne parut pas le remarquer. Il souriait à belles dents à ses amis et les regardait avec fierté, comme s'il avait découvert quelque chose d'aussi étrange que bizarre et... oh, ce serait tellement formidable de se moquer de la fille-qui-ne-ressemble-à-rien ce soir ! Eh bien, Alice n'allait pas se laisser faire.

Ça ne l'intéressait pas d'être regardée comme une bête curieuse, sans compter qu'Oliver et elle avaient un planning très chargé et pas de temps à perdre avec ce genre de sottise.

Le joli garçon s'avança.

– On m'appelle Guère, dit-il en souriant.

Alice se serait volontiers exprimée, mais les mots lui manquèrent brusquement. Guère s'était approché dans la lumière de la torche et son visage... ma foi, ce n'était plus celui qu'il avait au clair de lune. Sous la lueur féroce qui illuminait ses traits, elle le voyait bien plus distinctement. Grand et large d'épaules, il arborait une chemise sans manches au col en V très plongeant, un short très court et une paire de mocassins. Mais le plus intéressant, c'était sa peau. Elle évoquait les douze coups de minuit – d'un bleu si profond qu'elle en devenait presque noire –, et des tatouages le recouvraient de la tête aux pieds. Des étoiles, des lunes – des galaxies entières ! – étaient dessinées sur son corps avec une encre si dorée que tous ces motifs miroitaient sous la lumière. Alice restait là à le contempler, tout comme il la contemplait lui-même.

Bouche bée, l'un et l'autre.

Il était d'une beauté extraordinaire. D'une beauté qui échappait à l'entendement d'Alice.

– Comment t'appelles-tu ? lui demanda Guère.

– Alice, ne lui dis pas ! s'écria Oliver en tendant la main pour l'arrêter.

Alice n'eut même pas le temps de se tourner vers lui en roulant des yeux.

– Tu t'appelles Alice ? reprit Guère.

Elle hocha la tête, non sans avoir décoché un regard meurtrier à Oliver, dont la figure avait désormais pris une nuance aubergine peu flatteuse.

– Oui, soupira-t-elle. (De toute manière, Oliver avait déjà répondu à sa place.) Je m'appelle Alice, en effet. Je peux m'en aller, à présent ?

Guère secoua la tête.

– Nous aimerions te garder.

– Oh ! s'étonna-t-elle en balayant la foule du regard.

Tous les gens souriaient avec enthousiasme, en hochant la tête et en lui faisant signe. Tout à coup, ils semblaient sympathiques, mais elle aurait juré qu'il s'agissait d'une sorte de piège.

– Eh bien, c'est très gentil, dit-elle en se tournant vers Guère, mais je dois vraiment me mettre en route.

Elle fit un pas en avant.

Guère se planta devant elle.

– Où dois-tu aller ?

Alice se mordit la lèvre et le regarda droit dans les yeux, se demandant ce qu'elle pourrait bien lui répondre. Elle ne mesurait pas vraiment la dangerosité de cette situation – surtout qu'Oliver tremblait comme une feuille et ne pouvait prononcer un mot –, mais elle n'allait laisser personne la retenir ici. Elle savait que si elle voulait retrouver Père, elle devait d'abord trouver son chemin.

(Je crois utile de préciser ici que si ce n'était pas pour Père, Alice ne se serait peut-être pas sentie aussi courageuse. L'amour l'avait rendue intrépide. Étrange, non ? Il était plus facile de se battre pour quelqu'un que pour soi-même.)

*Mais comment ?* se demanda-t-elle. Pour échapper à la situation, il fallait peut-être mentir, et... elle s'était engagée à dire la vérité.

Néanmoins... ses vérités n'étaient destinées qu'à Ferenwood, non ? Théoriquement – si tant est qu'on puisse parler en théorie –, Alice ne savait même pas que l'Ailleurs était bel et bien réel quand elle avait conclu ce pacte. De toute façon, se persuada-t-elle aussitôt, les paroles qu'elle allait prononcer ne seraient pas un mensonge. Pas tout à fait. Elle raconterait une histoire, décida-t-elle. Une fable. Une œuvre de fiction, en somme.

– Je suis responsable du soleil, déclara-t-elle. Et je suis en route pour aller le réveiller.

Guère papillonna des paupières. Médusé.

Oliver inspira très fort.

La foule autour d'eux passa des exclamations au silence en un temps record.

– Alice, chuchota Oliver, qui lui avait repris la main. (Ça devenait une manie.) À quoi tu penses, au juste ?

– J'en sais rien, lui répondit-elle dans un murmure, sans quitter Guère des yeux. J'essaie de nous faire partir d'ici.

– Mais Alice...

– Tu es responsable du soleil ? reprit tranquillement Guère, dont les sourcils s'étaient mis à tricoter de confusion.

– Oui, dit-elle, en hochant la tête pour le confirmer.

– Oh ! fit-il en plissant le front. Nous ne pensions pas qu'une personne puisse grimper aussi haut.

– Eh bien, je suis très douée, lui assura-t-elle, en ne mentant pas du tout, cette fois. Je sais faire des tas de choses.

Guère grommela.

Alice essaya de sourire.

– C'est la raison pour laquelle tu es si blanche ? répliqua Guère du tac au tac.

– Pardon ?

– Parce que ta teinte est toute brûlée ! lança quelqu'un dans la foule. Tu es blanche parce que tu as brûlé toutes tes couleurs, pas vrai ?

– Ma foi, je n'irais pas jusqu'à dire que…

– Donc, tu n'es pas ici en visite ? s'enquit Guère. Tu es l'une des nôtres, mais ta couleur a disparu ? À cause du soleil ?

– Je… euh…

Alice s'éclaircit la voix et promena son regard sur leurs visages impatients.

– Oui, c'est exactement ce qui s'est passé, décida-t-elle, se félicitant en pensée pour ses talents de conteuse.

– Et lui, alors ? questionna Guère en montrant Oliver.

– Ah oui ! s'empressa-t-elle de répondre. Lui aussi. Il a vu le soleil trop souvent, lui aussi. Pas autant que moi, bien sûr, mais, tu sais, au final, il deviendra aussi blanc que moi.

Guère était visiblement dépité. Il paraissait si déçu, en fait, qu'il semblait en vouloir à Alice. Ses amis et lui échangèrent quelques mots à ce propos et tout le monde se mit à lancer à Alice des regards mauvais.

Lentement, ils se dispersèrent.

Lorsqu'ils se furent enfin tous éloignés, Alice et Oliver se retrouvèrent face à leurs propres sentiments – et il se révéla que chacun était très en colère contre l'autre.

Oliver tenait toujours la main d'Alice et ils traversaient à présent la ville très, très vite ; mais Oliver haletait et Alice pantelait, et il dit : « Je n'en reviens pas ! », ce à quoi elle répliqua : « Tu es si lâche ! », et lui de riposter : « Toujours à nous attirer des ennuis, tu n'écoutes jamais ! », et elle de pester : « T'as rien fait du tout pour nous sauver, t'es juste resté planté là comme une souche ! » Alors Oliver s'arrêta si brusquement qu'ils faillirent dégringoler.

– J'ai rien fait du tout pour nous sauver ? répéta-t-il. Je suis resté planté là comme une souche ? T'es devenue folle, Alice ?

– Oh, ne sois pas ridicule, Oliver ! C'est moi qui ai dû trouver une idée à toute vitesse... C'est moi seule qui ai dû...

– Tu n'as rien fait du tout ! s'énerva-t-il. Tu sais tout le mal que je me suis donné ? Pour qu'on puisse échapper à tout ce bazar ?

– Quoi ? Mais que quoi tu parles ?

– De moi, Alice, *de moi* ! répondit Oliver en se désignant lui-même. Pendant que tu restais là à répondre aux questions et à inventer des histoires, j'ai dû les convaincre de te croire et ma tête a failli exploser sous l'effort. Je me donne tellement de peine pour t'aider, et tu ne fais que me combattre. Je te prends la main et tu me repousses, et je me retrouve furieux, à brasser de l'air...

– Eh bien, peut-être que j'ai pas envie que tu me tiennes la main, riposta Alice dont les joues rosissaient à vue d'œil. Et d'ailleurs, je me demandais justement pourquoi…

– Je fais tout pour notre sécurité ! s'époumona Oliver, tellement en colère qu'il en tremblait. Je dois rester près de toi pour convaincre tout le monde de nous laisser tranquilles ! Et qu'est-ce que j'ai en guise de remerciements ? Rien. Rien du tout. Tu t'échappes, tu pars en courant, pour te jeter sur tes étrangers ! Tu rends tout tellement plus difficile ! ajouta-t-il en levant les bras.

Alice le poussa sur la poitrine. Deux fois.

– Peut-être que si t'avais été honnête avec moi sur ce à quoi je devais m'attendre…

– Peut-être que si t'avais été *patiente* ou t'étais donné la peine de demander *gentiment*…

– Je ne suis pas une incapable ! s'écria Alice. Et j'apprécie pas ta manière de me traiter de haut ! En fait, je suis sûre de pouvoir trouver mon chemin en Ailleurs, sans la moindre aide de ta part…

– C'est vrai ? fit Oliver dont les yeux lançaient des éclairs.

– Aussi vrai que la pluie de lumière tombe du ciel !

– Alors tu penses réellement, dit-il en s'approchant, que tu aurais pu aller plus loin sans que je te sauve de tes histoires abracadabrantes ? Tu crois que n'importe qui t'aurait vraiment crue ?

La confiance d'Alice s'évanouit. Son estomac fit un salto arrière.

Oliver détourna les yeux en secouant la tête, dépité.

– « Je suis responsable du soleil », reprit-il. Franchement. Où as-tu été pêcher une imbécillité pareille ? T'as rien trouvé de mieux à inventer ?

Il se passa les mains dans les cheveux, tandis qu'il recouvrait son calme.

– Tu ne comprends donc pas pourquoi ton père faisait partie de ma mission ? Pourquoi les Anciens m'ont envoyé ici, au pays de l'Ailleurs, où règnent la ruse et le mystère ? J'ai le don de persuasion, Alice. Eh oui, il m'offre la possibilité de connaître les secrets les plus enfouis de toutes les personnes que je croise, mais les habitants de l'Ailleurs n'ont rien à voir avec ceux de Ferenwood, et leurs secrets les plus profonds ne m'aident guère, ce qui rend ma tâche infiniment plus compliquée. Et si tu t'imagines que parcourir cette contrée est difficile pour *moi*, eh bien ce serait quasi impossible pour *toi*.

– Permets-moi de ne pas…

– Pardon, l'interrompit-il, épuisé. Mon but n'était pas de t'insulter. Sincèrement. C'est juste qu'en Ailleurs, il ne suffit pas d'être doué. En fait, la plupart du temps il faut mentir, ruser, et avoir simplement la chance de survivre tant bien que mal. (Il releva la tête et la regarda droit dans les yeux.) Alice, ce pays ne te fera aucun cadeau. Il ne te pardonnera rien. Et il tuerait pour te dévorer. Si je n'ai pas subi le sort de ton père, c'est pour une seule et unique raison : je possède le don de convaincre les autres de croire ce que je veux qu'ils croient. Alors je t'en prie, fais-moi suffisamment confiance dans le seul domaine où je suis doué. Si on ne se serre pas les coudes, on sera perdus pour de bon.

Alice baissa la tête.

– Mais même toi tu n'as pas pu sauver Père, dit-elle en fixant l'obscurité. Même ta persuasion n'a pas suffi.

– Non, soupira Oliver. Pas la première fois, en tout cas. Mais on va réussir, cette fois-ci. Je te le jure.

Alice ferma les yeux en se recroquevillant, la tête dans les épaules, plus terrifiée pour Père que jamais. L'Ailleurs était aussi invraisemblable qu'effrayant et, même si elle n'en avait vu qu'une petite partie, elle ne parvenait pas vraiment à saisir pourquoi Père avait été aussi charmé. Toutefois, elle commençait à comprendre que l'Ailleurs était rempli de dangers subtils et qu'il valait mieux ne pas se laisser facilement distraire. Il serait simple de se perdre ici – et d'être détruit –, et elle n'avait pas réalisé qu'Oliver la protégeait depuis le début, en persuadant calmement cet univers de la garder saine et sauve.

À vrai dire, elle *n'avait pas* fait confiance à Oliver. Pas totalement. Il avait blessé quelque chose de profond en elle – sa fierté et son orgueil –, ce qui l'avait rendue hostile, dure et têtue. Cependant, elle voyait bien à présent qu'elle ne facilitait pas la tâche d'Oliver et que batailler avec lui ne leur apporterait rien de bon. Père avait besoin d'elle, elle devait donc accorder sa confiance à Oliver, même s'il trouvait qu'elle ne ressemblait à *rien*.

Oliver lui releva le menton avec son index et, quand leurs regards se croisèrent, tous deux se confondirent en excuses. Regrets et réconciliations se disputèrent aussitôt la vedette.

Pour un peu, Oliver allait esquisser un sourire.

Alice aussi.

Elle glissa alors sa main dans la sienne et la serra bien fort.

# L'aventure continue

**Ils marchèrent pendant des jours.** Des semaines. Des mois et des années.

– N'exagère pas, dit Oliver. Ça ne fait que quinze minutes.

– Mais j'ai froid, se plaignit Alice en éternuant.

Olivers s'arrêta net pour la fixer du regard.

– Oui, en effet, admit-il. (Il parut un peu démoralisé en l'examinant. Ils étaient de nouveau amis et cheminaient dans Somnolence, leurs pieds martelant la route pavée.) Entendu, dit-il en l'attirant vers lui. Ne t'inquiète pas. On y est presque.

Mais *presque* était encore *trop loin* et plus ils marchaient, plus la ville s'éloignait derrière eux avec toutes ses lumières. Ils s'étaient frayé un chemin dans le centre de Somnolence, Alice dévorant des yeux ce qu'elle ne pouvait offrir à son estomac : la lueur de feu, le décor tout noir qui les enveloppait, l'agitation ambiante et les bruits qui l'accompagnaient. Cela vous donnait des frissons, mais c'était débordant de vie, avec des cheminées qui crachaient de la fumée, des histoires qui se racontaient ici et là, et des bribes de conversation que les plus étranges des étrangers abandonnaient sur le trottoir.

Bref, ils laissaient tout cela dans leur sillage.

– Bon, alors on va où ? demanda-t-elle à Oliver. Pour récupérer le fameux livre de poches ?

– Là-haut, répondit-il d'une voix enjouée.

– Non, mais je rêve, Oliver. On n'a rien appris dans la dernière demi-heure qui vient de s'écouler ? *Là-haut*, c'est pas une réponse.

– Exact, reconnut-il en sursautant. Très juste, pardonne-moi. Je voulais dire *là-haut dans le ciel*, tu sais. Je l'ai dissimulé dans les nuages, tu vois.

Alice commençait à se rendre compte que les explications qu'elle réclamait tant ne faisaient désormais qu'ajouter à sa confusion. Elle n'était plus du tout certaine de vouloir comprendre l'Ailleurs.

Quoi qu'il en soit, elle sentit un nouvel éternuement venir, aussi lâcha-t-elle la main d'Oliver pour se cramponner à sa tunique en se préparant à l'impact. Mais c'était une fausse alerte qui, une fois dissipée, la fit simplement renifler ; elle sentait son nez s'engourdir petit à petit. Les dernières miettes de la chaleur du soleil les avaient quittés ; autrement dit, il faisait frisquet.

– Dis-moi, Oliver, renifla-t-elle. Pourquoi tu n'as pas réussi ?

– Quoi donc ? répliqua-t-il en se crispant.

– À délivrer Père. Pourquoi tu n'as pas pu le ramener à la maison la première fois ? Qu'est-ce qu'il s'est passé ?

– Je… Eh bien… euh…

Il sembla sur le point de prendre sa décision, une décision qui en dirait long sur la tournure de leur amitié. Ferait-il confiance à Alice pour lui parler de ses incertitudes ? Oserait-il se montrer vulnérable en sa présence ? Que choisirait-il ? La vérité ou le mensonge par omission ? La vérité ou le mensonge par omission ? La vérité ou le mens…

– Je n'ai pas été assez doué, voilà tout, lâcha-t-il enfin.

(Ah, un soupçon de vérité. Plutôt réconfortant !)

– J'ai abouti à une impasse. Je me suis retrouvé coincé dans les dernières étapes et je savais que j'avais besoin d'aide.

– De *mon* aide ? s'enquit Alice, à la fois flattée et méfiante.

Oliver planta de nouveau son regard dans le sien.

– Oui, avoua-t-il avec douceur. Mais tu sais pourquoi, non ? Tu peux l'imaginer ?

– Parce que c'est mon père ? devina Alice en scrutant le visage d'Oliver en quête de réponse. Parce que tu dois savoir quelque chose sur lui que je suis la seule à pouvoir te confier ?

Oliver cessa de la fixer et lui adressa un sourire :

– On en reparlera plus tard, tu veux ? Pour le moment, annonça-t-il d'un air ragaillardi alors qu'ils reprenaient leur route, on doit faire attention à cet endroit. L'Ailleurs guette toujours nos moindres fautes d'inattention. Il y a toujours une ruse, un piège, un danger plus malin ou plus idiot qu'on puisse imaginer. C'est une contrée étrange et terrible si on s'égare. C'est sans doute pourquoi ton père n'a pu s'en échapper, ajouta-t-il tristement.

– Exact, dit Alice, surprise. Bien sûr.

C'était encore un léger pincement au cœur, mais cela suffisait.

Alice s'était inquiétée et interrogée au sujet de Père pendant trois ans, et à présent ils étaient si près, si près du but.

Et pourtant tellement loin.

Alice avait rêvé de retrouvailles avec Père comme certaines personnes rêvent de gloire et de célébrité ; elle avait imaginé la scène des milliers de fois, imaginé chaque sourire, chaque larme, chaque étreinte. En un sens, pourtant, c'était bien plus facile d'imaginer Père de très loin, parce que se trouver si près de lui ne faisait que la remplir d'effroi. Et si leur voyage se déroulait terriblement mal ? Et si elle gâchait tout en commettant une simple erreur, et que Père reste à jamais disparu ? Ce serait infiniment plus difficile de vivre avec le sentiment de perte si Alice ne devait pour cela s'en prendre qu'à elle-même. Ses craintes l'enveloppaient et la faisaient penser à une sorte de houppelande qui lui serrait la gorge ; mais qu'elle ait peur ou qu'elle échoue, elle avancerait prudemment dans la nuit. Pas question de revenir sur ses pas.

∞

Alice ignorait où ils allaient maintenant, mais plus ils s'éloignaient, plus il faisait sombre ; et plus il faisait sombre et plus il faisait froid ; et plus il faisait froid, plus c'était paisible ; et plus c'était paisible, plus il y avait de bruit.

– Bon sang, dit Oliver, ton estomac rugit comme un lion !

Alice sentit le rouge lui monter aux joues.

– C'est pas ma faute, se défendit-elle. On ne peut pas m'en vouloir d'avoir besoin de me nourrir.

– Sinon, comment te sens-tu ? demanda-t-il.

Oliver s'était arrêté, aussi l'imita-t-elle. Seule l'obscurité les entourait, rien d'autre en vue.

– Je me sens bien, je pense. (L'estomac d'Alice poussa encore la chansonnette et elle soupira.) Je me sens un peu faible, à vrai dire.

– Tu es tout à fait vide, tu penses ?

Alice lorgna Oliver en arquant un sourcil.

– Vide, répéta-t-il. Tu te sens vide comment ?

– Très vide.

– Waouh, j'en ai des frissons ! Ça ne pouvait pas mieux tomber !

– Enfin, Oliver Newbanks, c'est carrément grossier. Ma faim n'a rien de réjouissant.

– La faim n'est pas une mais deux, dit-il. Le vide n'est pas trois mais quatre.

Il murmurait aux lunes du ciel, les yeux rivés aux étoiles, les mains tendues dans le noir, comme s'il cherchait quelque chose.

– Quoi ? fit-elle en écarquillant les yeux. Qu'est-ce que tu fabriques ?

Mais le miracle se produisit alors.

Oliver tirait sur une chaîne dans le ciel. Il tira une fois, très fort, et elle fit une sorte de bruit de paire de ciseaux.

Une ampoule électrique s'alluma.

Elle pendait là, libre et limpide, juste là, juste devant Alice, à moins de trois mètres du sol – elle n'aurait pu l'atteindre, même en grimpant sur un tabouret –, au beau milieu de rien.

Alice la regardait toujours, bouche bée, quand Oliver se tourna vers elle :

– Tu es prête ?

– Toujours, répondit Alice. Mais pour faire quoi ?

En guise de réponse, il la prit par la taille et la lança dans les airs.

**Alice songea à crier** – ça paraissait indiqué, en l'occurrence –, mais elle trouvait ça malhonnête. En vérité, elle n'avait pas peur du tout, sans compter qu'il faisait bien plus chaud là-haut. Elle s'était envolée tout droit dans le ciel, légère comme une bulle, et ce ne fut qu'une fois à l'arrêt qu'elle comprit pourquoi il était si capital d'allumer cette première lumière. Il faisait affreusement sombre dans les nuages.

Elle chercha Oliver, qui ne tarda pas à surgir à son côté, tous deux se retrouvant les pieds fermement plantés dans le vide.

– C'est très agréable, non ? dit-il.

*Agréable* n'était pas le mot qui serait venu spontanément à la bouche d'Alice. Ce n'était pas inconfortable, non, mais étrange, certes. Le nuage sur lequel ils se tenaient était assez creux – et elle craignait de passer au travers à tout moment –, mais lorsqu'elle en fit part à Oliver, il se contenta de hausser les épaules en disant :

– Tant que tu as faim, je ne m'inquiéterai pas. Il vaut toujours mieux flotter l'estomac vide.

Oliver, quant à lui, rayonnait véritablement.

Il ne cessait de tendre la main ici et là, en touchant le coton couvert de rosée des nuages, en passant les doigts dans leurs fils enchevêtrés. Parfois, il se montrait trop brusque et sa main labourait un nœud de nuages récalcitrant, et l'ensemble éclatait en eau de pluie. Ce qui l'enchanta d'une façon bien particulière, quand il recueillit l'eau au creux de sa main pour ensuite la boire.

– Hé ! fit Alice en le tirant par sa tunique. J'ai cru que tu disais qu'on n'avait pas le droit de manger au pays de l'Ailleurs !

– C'est pas manger, corrigea-t-il en se léchant les doigts. C'est se faire plaisir.

Alice commençait à comprendre que plus ils restaient en Ailleurs, plus Oliver se détendait. Certes, il était toujours aussi nerveux et d'une prudence extrême, mais en un sens, malgré ses nombreuses appréhensions, il avait l'air plus heureux. Il ne ressemblait plus au garçon grincheux qu'elle avait rencontré quelques jours plus tôt, et Alice découvrit avec étonnement qu'elle apprenait en fait à l'apprécier. En cet instant précis, elle ne pouvait s'empêcher de sourire en le voyant aussi exalté.

Bien qu'elle fût une fille vive et intéressante, les difficultés des trois dernières années avaient isolé Alice des jeunes de son âge. À présent, elle avait la chance de recommencer de zéro et de se débarrasser des déceptions de ses années de cours moyen, si bien qu'elle ne pouvait contenir son enthousiasme. Après tout, Alice avait désormais douze ans, ce qui signifiait qu'elle était presque adulte. Et si grandir signifiait aussi qu'elle se ferait de nouveaux amis, eh ! bien Alice décida que ça ne la dérangerait pas de prendre de l'âge !

Les nuages les encerclaient à présent, doux, chauds et moelleux. L'air embaumait les pommes et le pain au four, et Alice n'aurait jamais pensé se sentir aussi protégée dans le ciel.

Elle se pencha pour voir à quelle altitude ils flottaient mais ne distingua rien en contrebas. Autour d'eux, ce n'étaient que nuages et encore des nuages, et oh... elle pourrait simplement s'allonger là, songea-t-elle, et ce serait si douillet, et elle dormirait comme jamais elle n'avait dormi de toute sa vie, à coup sûr, à coup sûr. Avait-elle précisé à quel point c'était doux et chaud dans les nuages ? Elle ne savait plus... De toute façon, elle était si fatiguée. Si douillettement installée. Si somnolente. Si...

– Alice ! Alice, non ! s'écria soudain Oliver en la secouant.

Il paniquait tant qu'elle en eut la chair de poule.

– Quoi donc ? demanda-t-elle, haletante, en regardant de tous côtés. Qu'est-ce qu'il s'est passé ?

– Tu ne peux pas t'endormir sans un rêve. Ne jamais, jamais dormir sans rêver, insista-t-il. (Il semblait si ébranlé qu'elle ne savait quoi dire.) Ils essaieront toujours de te garder ici, mais tu ne peux pas rester. Tu comprends ?

– Non, répondit-elle, visiblement encore effrayée. Je ne comprends pas du tout. Qui va essayer de me garder ? Pourquoi ?

– Tu n'es vraiment pas au courant, alors ? Tu ne sais réellement rien de l'Ailleurs ?

– Bien sûr que non, dit Alice, sur la défensive. Je n'ai entendu que des rumeurs et la plupart sans queue ni tête. Et à part ça ? ajouta-t-elle en embrassant les alentours du regard. Eh bien, on est debout sur un nuage, Oliver. Ça m'est carrément impossible de trouver la moindre logique dans tout ça.

Oliver faillit sourire.

– Les gens tiennent tellement à trouver de la logique partout, même si c'est ce qu'il y a de plus inintéressant au monde, dit-il en secouant la tête. Faire de la magie, c'est bien plus captivant que de trouver du sens aux choses.

– Pourtant, on fait de la magie, observa Alice. C'est d'ailleurs tout ce qu'on sait faire, non ? On passe notre existence à cultiver la magie.

– Oui, admit Oliver. On fait de la magie. Dans quel but ? On la transforme en monnaie. On établit des lois. On construit des maisons, on cuit du pain, on répare des os. On utilise la magie avec un tel soin qu'on pourrait croire qu'elle n'existe pas du tout.

– Tu penses qu'on devrait agir différemment à Ferenwood ?

– Non, se hâta-t-il de répondre. Pas tout à fait. Mais je pense vraiment qu'on peut apprécier certaines choses dans la bizarrerie de l'Ailleurs. Il y a quelque chose de curieux dans une contrée qui utilise la magie sans trop réfléchir, expliqua-t-il en souriant, l'air rêveur. Je dois avouer que parfois le désordre me plaît ; ça change drôlement de nos vies bien tranquilles et engourdies à Ferenwood.

Alice porta une main froide contre son visage froid, qui se réchauffèrent l'un et l'autre à partir de rien, et elle resta muette une minute. Les opinions d'Oliver la troublaient et l'inquiétaient, et elle se demandait, pour la toute première fois, si elle n'avait pas commis une très grosse erreur en venant ici.

Alice n'était pas d'accord avec lui, voyez-vous.

Alice adorait la stabilité et la sécurité de son village et, pour une jeune fille qui rêvait depuis toujours d'aventure, le désordre ne l'intéressait pas vraiment. En vérité, elle n'avait jamais envisagé d'utiliser la magie au hasard sans penser aux conséquences ou au bien-être d'autrui. Le peuple de Ferenwood n'agissait pas ainsi ; c'étaient des gens doux et prévenants qui menaient pour la plupart des vies heureuses et simples. Faire de la magie sans foi ni loi paraissait dangereux aux yeux d'Alice. Elle était consciente qu'une magie anarchique pourrait facilement blesser autrui. Même si elle avait mis bien trop longtemps à le percevoir, Alice comprenait enfin quelque chose de capital.

– Oliver… reprit-elle lentement.

– Oui ?

– Y a-t-il des gens au pays de l'Ailleurs qui veulent nous tuer ?

– Eh bien… oui. Bien sûr.

Alice sentit une douleur dans sa poitrine, comme si l'air lui manquait.

– Enfin, Alice, s'étonna Oliver, ce n'est pas sans raison que les Anciens gardent l'Ailleurs secret à Ferenwood. Ce pays, c'est comme des sables mouvants. Dès que tu y mets les pieds, tu n'es jamais vraiment censé t'en aller.

– Jamais ? s'écria-t-elle.

– Jamais.

– M'enfin, pourquoi ?

– *J'aimerais* pouvoir te le dire, mais ça prendrait trop de temps de t'expliqu...

Oliver s'interrompit aussitôt devant le regard menaçant d'Alice.

– Bon, d'accord, dit-il d'un air vaincu. On peut s'accorder quelques instants – et juste quelques-uns ! – pour en parler. Et je suppose qu'il vaut mieux commencer par le début, si tu n'as même pas la moindre idée du milieu.

Il chercha alentour un objet pour s'appuyer mais ne trouva que le ciel, aussi fit-il les cents pas sur la petite longueur du nuage.

– Tu connais la vieille chanson sur l'Ailleurs et Ferenwood ?

Ça, au moins, elle connaissait. Elle acquiesça et récita aussitôt :

*Pour t'éloigner de Ferenwood,*
*Tu dois d'abord fouler la terre,*
*Avant de plonger dans la mer*
*Pour te mouiller jusqu'aux genoux*
*Et gagner la plage indolente.*

*Le temps est une règle pesante.*
*Derrière la porte, tu le trouveras*
*Puis te lanceras dans l'aventure*
*En oubliant la confiture !*
*L'Ailleurs n'attend plus que toi !*

C'était une comptine qu'Alice connaissait depuis toujours. Une petite histoire sans queue ni tête, lui avait-on dit. Uniquement des mots rigolos mis bout à bout pour endormir les enfants. Mais en les répétant à présent à voix haute, Alice percevait les secrets derrière la sottise apparente du texte.

Elle se tut après avoir fini le poème et Oliver hocha la tête.

– Il y a longtemps, dit-il, au tout début, Ailleurs et Ferenwood étaient unis, bien qu'étant séparés verticalement par la mer. C'était un pays appelé Neplus. Les choses étaient différentes à l'époque, ajouta-t-il d'un air pensif. Neplus avait ouvert ses frontières au monde non-magique.

Alice écarquillait les yeux. Ça, en revanche, elle ne l'avait jamais su.

– Des magiciens ont épousé des non-magiciens, et tout allait bien pendant quelque temps, mais tu sais comment ça se passe. On ne peut survivre sans la magie et les gens sans magie n'ont pas compris. Le mélange des deux a fait que certains enfants sont nés avec un talent, d'autres sans, et on ne pouvait pas le déterminer tout de suite. Les parents non-magiciens voulaient éloigner leurs enfants de Neplus, rentrer chez eux, et les choses se terminaient rarement bien. Par-dessus le marché, donner la vie à des bébés magiciens se révélait très pénible pour des mères non-magiciennes. La plupart d'entre elles mouraient en couches. Bref, c'était une période très sombre, très malheureuse.

– Oh ! Oliver… C'est une histoire horrible, dit Alice, la main sur le cœur.

Il acquiesça.

– Et je déteste la raconter, alors je vais passer à un autre sujet. Tu connais l'origine de Feren et de Distante ?

Alice secoua la tête.

Oliver reprit la parole d'un ton grave.

– C'étaient des sœurs jumelles. Leur mère est morte à leur naissance et c'est leur père, magicien éploré, qui les a élevées. Mais les deux filles ont vécu le chagrin de leur père de manière différente. Feren, qui avait hérité de la magie de son père, voulait éviter que ce genre de drame se reproduise en coupant les liens avec les gens non-magiciens. Distante, qui n'avait pas hérité des dons de son père, souhaitait honorer sa mère non-magicienne en maintenant ces liens. Toutes les deux sont donc devenues les chefs de file d'une controverse qui mijotait depuis des décennies. Des guerres ont éclaté. Chacun a dû choisir son camp. Neplus se retrouva séparé en deux pour devenir Ferenwood et l'Ailleurs, tels qu'on les connaît aujourd'hui.

Alice était si époustouflée qu'elle ne pouvait rester debout, si bien qu'elle s'assit en tailleur et s'appuya un peu contre un bout de nuage.

– Qu'est-ce qui s'est passé ensuite ?

– Elles ne se sont plus parlé, plus jamais, répondit Oliver. Les deux camps ont perdu tant de vies et de magie pendant le conflit, qu'ils ont fini par tomber d'accord sur une seule et unique loi éternelle : aucun ne se mêlerait des affaires magiques de l'autre, tant que subsisteraient leurs deux contrées.

– Waouh…

– Le pays de l'Ailleurs est restée fidèle aux souhaits de sa fondatrice et accueille toutes sortes de visiteurs, pourvus ou non d'un don pour la magie. Mais les affaires tortueuses de l'Ailleurs n'attirent pas les bons visiteurs. Rares sont ceux qui y viennent avec les meilleures intentions du monde, dit Oliver en fronçant les sourcils. D'autant plus que les habitants d'ici font n'importe quoi avec leur magie. Bref, c'est une contrée très instable, tumultueuse, et son peuple a éclaté en des centaines de petites communautés, chacune avec ses propres règles et ses propres dirigeants, sans parler des lois contradictoires et d'un pouvoir en place déroutant. Ce pays est plein d'incohérences, parce que la confusion permet aux gens d'agir de manière sournoise. Mais il dilapide la magie plus vite que la Terre ne peut en produire, si bien que, dans leur avidité à en vouloir toujours plus, ils sont prêts à commettre des choses affreuses.

– Quel genre de choses affreuses ? s'enquit Alice.

Oliver prit son temps avant de répondre.

– Eh bien… on vit de la terre, à Ferenwood, pas vrai ? On développe nos dons magiques grâce aux fruits, aux plantes et aux noix qu'on consomme, non ?

Alice acquiesça.

– Exact. Donc… (Il s'éclaircit la voix…) Ici, ils ne se contentent pas de manger des fruits, des plantes et des noix.

Alice faillit se redresser d'un bond.

– Je le savais ! s'exclama-t-elle. C'est pour ça qu'ils mangent des animaux, non ? Non ? Oh, c'est affreux !

– J'ai bien peur que ce soit pire que ça, dit Oliver d'une voix posée.

– Quoi ? Comment ça ?

– L'Ailleurs est très gourmand de magie, Alice. Et *nous deux* – autrement dit, toi et moi – sommes censés… euh… être consommés.

Alice battit des paupières en le fixant d'un air confus.

– Oh ! pour l'amour de Feren ! *Consommés*, Alice. Ils veulent nous *manger* ! Ils mangent les gens pour leur magie. Même s'ils préfèrent s'attaquer aux visiteurs, précisa-t-il. Ce qui les rend plus charitables de ce point de vue. C'est-à-dire qu'ils mangeront leurs semblables uniquement dans des situations désespérées. Et pour éviter ces cas extrêmes, ils ont pris des mesures préventives.

Oliver se mordilla le pouce, plongé dans ses pensées.

– Je suppose que l'Ailleurs ressemble beaucoup à une série de toiles d'araignées de plus en plus complexes. Et chaque village possède une manière bien à lui d'attraper sa proie, qui est, enfin… *tu sais bien*, dit-il en haussant un sourcil. C'est donc difficile de rester en vie, ici.

Alice étouffa un cri.

– C'est horrible ! Oh, j'arrive pas… j'arrive même pas à imaginer… Bon sang ! dit-elle en portant une main à sa poitrine. Je ne peux plus respirer… Je suis certaine d'avoir le souffle coupé.

Elle se trompait, bien sûr ; elle pouvait tout à fait respirer, mais Alice était effrayée, aussi avait-elle, du moins pour l'instant, le souffle très court. Ce fut à ce moment-là, en bataillant pour recouvrer une respiration régulière et ne pas avoir l'estomac sens dessus dessous, qu'elle décida qu'elle n'avait jamais autant détesté un endroit comme l'Ailleurs de toute son existence. Si bien qu'elle craignait à présent le pire pour Père et n'osait imaginer les horreurs qu'il avait pu déjà subir.

Oliver lui tendit la main.

– Bien, dit-il. Prête à continuer ?

Alice accepta sa main et, une fois debout, secoua ses jupes en balayant du regard la paisible obscurité environnante. Elle ne pouvait plus se fier à quoi que ce soit. Elle était persuadée que cette nuit veloutée dissimulait d'infinis secrets.

– Oliver… dit-elle d'une voix calme.

– Mmm ? fit-il en farfouillant dans ses poches.

– Comment sais-tu tout ça ? L'histoire de l'Ailleurs et de Ferenwood ? Je crois bien ne l'avoir jamais entendue où que ce soit.

La remarque retint l'attention d'Oliver.

– Non, dit-il en relevant la tête. Je n'en ai jamais eu vent à Ferenwood. Ce sont mes amis d'ici qui me l'ont apprise.

– T'as des amis ici ? répliqua Alice, stupéfaite. Mais je croyais que…

– Eh bien, il y a des bons et des mauvais partout, non ? dit Oliver dans un haussement d'épaules, avant de se remettre à fouiller dans ses poches. J'ai croisé ici bien des cœurs renfermant de jolis secrets. Tous le monde n'adore pas manger les gens au pays de l'Ailleurs, tu sais.

– Mais…

– Désolé, Alice, mais on va vraiment devoir y aller. On a déjà utilisé beaucoup de temps, alors inutile d'en gaspiller davantage. Je te promets de répondre à d'autres questions quand on aura du temps devant nous.

– D'accord, murmura-t-elle en contemplant leurs mains l'une dans l'autre. Mais alors… je peux t'en poser juste une ?

Il soupira en souriant :

– Oui ?

– Père est-il en très grand danger ?

Le sourire d'Oliver s'évanouit et il ne répondit pas tout de suite. Il détourna les yeux, puis reprit la parole en disant simplement :

– C'est tellement bien que tu sois venue, Alice. Nous avons besoin de toi.

– Nous ?

– Oui. Ton père et moi.

Elle accusa le choc.

– Tu l'as vu ? questionna-t-elle en attrapant Oliver par sa tunique. Tu l'as vu ? répéta-t-elle, au bord des larmes. Oh, je t'en prie, dis-moi que tu l'as vu…

– Je… hésita Oliver d'une voix étranglée. Je veux dire… euh, oui, en effet.

– Comment était-il ? Il avait l'air en bonne santé ? Il t'a dit quelque chose ?

– Oui, admit Oliver.

Les étoiles scintillaient si fort derrière lui. Le ciel était si noir.

– Il m'a parlé, mais… une seule fois.

– Et ? s'impatientait Alice, terrifiée, horrifiée, si heureuse. Qu'est-ce qu'il a dit ?

Oliver baissa les yeux.

– Il m'a demandé de te retrouver.

**Alice contempla Oliver dans un silence hébété,** jusqu'à ce que les nuages se mettent à bouger, les lunes à clignoter et les étoiles à chanceler dans le ciel. Le temps changeait et ça n'avait pas échappé à Oliver.

Il était pressé de s'en aller, mais elle restait plus ou moins figée. Elle cherchait encore à digérer tout ce qu'elle ne parvenait pas à comprendre.

*Père avait demandé de ses nouvelles.*

Oh, elle en avait les genoux qui flageolaient. Il lui manquait plus que jamais. Un peu plus à chaque instant.

Oliver sortit alors une fiole de sa poche et la curiosité replongea Alice dans le présent.

– À quoi ça sert ? s'enquit-elle.

– Le ciel possède quelque chose dont on a besoin, expliqua-t-il, alors on doit lui donner quelque chose qu'il veut avoir.

– Qu'est-ce que pourrait bien vouloir le ciel ? rétorqua-t-elle en se recroquevillant pour réprimer un frisson, soudain saisie par le froid. Ça paraît idiot.

– Ne sois pas absurde, dit-il, étonné. Tout le monde veut quelque chose.

À ces mots, il déboucha le flacon et versa son contenu dans le vide. Il faisait trop sombre pour qu'elle voie quoi que ce soit.

– C'est de la terre, dit Oliver en répondant à la question qu'elle se posait. Cette portion de ciel, ajouta-t-il en désignant l'air qui les entourait, ne touchera jamais le sol. Il est prisonnier, tout seul, coincé ici à jamais, condamné à toujours regarder la terre en contrebas, toujours privé de l'ambiance qui y règne.

Alice n'avait jamais songé à la solitude du ciel. C'était une pensée nouvelle qu'elle souhaitait explorer, mais le vent claqua alors comme un éclair, et Oliver et elle se tournèrent en direction de la détonation. Un livre flottait en l'air, gros et marron, avec une reliure en cuir, et Oliver l'attrapa dans le ciel, tout en saisissant la main d'Alice. Sans être prévenus, ne serait-ce que par un clin d'œil ou une phrase de mise en garde, Oliver et elle furent propulsés hors de leur nuage. Le poids du livre les rendit plus lourds, et même s'ils dégringolèrent et heurtèrent le sol avec force, ils furent à peine contusionnés et essoufflés à l'atterrissage. Alice ouvrit les yeux pour découvrir leurs deux corps entremêlés, aussi se hâta-t-elle de se détacher de lui et se releva, chancelante. Elle mit quelques instants à recouvrer toute sa tête. Le plus bizarre de tout était qu'elle n'était pas morte.

– Pourquoi cette chute ne nous a pas tués ? demanda-t-elle en scrutant le ciel. On est tombés de tellement haut.

Oliver haussa les épaules en époussetant son pantalon.

– Une dégringolade mortelle passerait pour affreusement ennuyeuse au pays de l'Ailleurs. Les gens ne pourraient jamais supporter ça.

– Exact, dit Alice, tout en se demandant si Oliver n'était pas devenu un peu fou.

Quand tous deux eurent retrouvé leurs marques, ils concentrèrent leur attention sur leur trophée.

Un « livre de poches », avait dit Oliver

Mais ça n'avait rien à voir. Et Alice lui en fit la remarque.

– Comment ça ? fit-il. Bien sûr que c'est un livre de poches. Qu'est-ce que ça pourrait bien être, sinon ?

– Un portefeuille drôlement garni, répliqua-t-elle en tapotant l'objet.

– Ah bon ? dit Oliver en fronçant les sourcils. Je me demande ce qu'on vous apprend à vous, les jeunes, de nos jours, mais ça... (Oliver ouvrit l'objet et déclara :) c'est bel et bien un *livre de poches*.

Certes.

Enfin, il s'agissait plutôt d'une espèce de livre dont chaque page disposait d'une poche différente. Un porte-poches, en quelque sorte.

Alice tendit la main, éblouie, pout toucher l'une d'elles, mais Oliver écarta aussitôt le livre d'un geste brusque.

– Qu'est-ce qui te prend ? demanda-t-il, horrifié.

– Je voulais juste...

– On ne plonge pas la main comme ça dans une poche !

– Pourquoi pas ?

– Comment ça, *pourquoi pas* ? répliqua Oliver, absolument choqué par son geste. On ne t'a donc pas appris les bonnes manières ?

– Hé ! s'écria-t-elle en tapant du pied. C'est pas juste. J'ai de très bonnes manières.

– Oh ? Et ta mère t'a appris à aller fouiller dans la poche d'autrui, alors ?

– Non, se défendit Alice en devenant toute rouge. Je... je n'ai pas réa... réalisé que c'était un livre avec les poches d'autres personnes, bafouilla-t-elle.

Oliver se radoucit.

– Tu n'as donc jamais vu un livre de poches auparavant ?

Alice secoua la tête.

Il reprit d'une voix posée et triste :

– J'imagine que les cours de ta mère n'étaient pas très complets, quand elle te faisait la classe ?

– Pas complets du tout, admit-elle en baissant les yeux.

– Toutes mes excuses, Alice, dit-il d'un ton sincèrement désolé.

Aussi redressa-t-elle la tête.

– Un livre de poches contient les poches d'autres gens, dit-il simplement. Et on ne doit pas toucher la propriété d'autrui sans sa permission.

– Ça me paraît correct.

Oliver hocha la tête.

– Mais comment obtenir leur permission ? demanda-t-elle.

– Eh bien, on doit la leur demander, bien sûr.

– À tous ?

– À certains, dit-il en refermant le livre avec soin.

– Tu veux bien me laisser regarder dedans, s'il te plaît ? Je te promets de ne pas fouiller dans les poches. C'est juste pour voir.

– Je dois le rendre à un ami, dit-il, alors attendons d'être en sa présence. En outre, il y a peu de lumière par ici, et c'est toujours risqué quand le soleil ne brille pas.

Alice le dévisagea.

– Tu ne me l'as jamais dit.

– C'est pas faute d'avoir essayé, non ? Mais peu importe, maintenant qu'on a le livre de poches, on peut se concentrer sur d'autres choses. Il nous manque encore quelques objets nécessaires à notre voyage, alors on ferait mieux d'avancer.

Alice se remit en route avec une telle fougue qu'elle faillit se prendre les pieds dans ses jupes. Elle suivait Oliver de trop près et ne cessait de trébucher sur ses talons. Alice avait à présent très peur de l'Ailleurs et de ses chausse-trappes dangereuses. Et si elle avait dû choisir entre ici et chez elle, elle aurait chaque fois opté pour Ferenwood, mais tout était si *intéressant* ici – si différent, si terrifiant tout à coup – qu'on se prenait curieusement au jeu. Après tout, Alice avait connu la disparition d'un être cher, la solitude et une profonde tristesse ; mais personne n'avait encore jamais voulu la manger, et une petite part d'elle-même se demandait à quoi ça ressemblait, cela aussi. À présent qu'elle avait eu largement le temps d'accuser le coup, Alice se surprenait à être plutôt... flattée par cette idée. Notre jeune amie avait reçu peu de compliments dans sa vie et, aussi bizarre que cela puisse paraître, ça lui plaisait de savoir que quelqu'un la considérait comme un mets de choix. Ce qui signifiait forcément qu'Alice portait en elle une magie de haute qualité, non ? Qu'elle était constituée d'une substance à la fois solide et durable. Non ?

Bien sûr que non. Mais bon, rares sont les adultes capables de percer à jour ce qui se passe dans la tête d'une jeune personne, et je ne caresse pas l'ambition de compter parmi les pionniers en la matière. Quoi qu'il en soit, Alice était désormais plus fascinée que jamais par l'Ailleurs, et elle souhaitait tout connaître de la vie dans cette étrange contrée. Oliver, en revanche, rechignait à lui livrer des informations.

– Mais où as-tu vécu ? lui demanda-t-elle en trottinant plus ou moins pour marcher à son allure. C'était agréable ? Ta mère t'a rendu visite ?

Oliver éclata de rire, de cette façon étrange et incroyable qui lui déformait le visage et lui pinçait le nez.

– Ma mère ? Me rendre visite ? Alice, un peu de sérieux, voyons.

– Mais tu ne lui as pas manqué ?

Oliver arqua un sourcil.

– J'en doute. Et puis, ça te plairait que ta mère vienne te voir alors que tu es en mission ?

Alice s'empourpra.

– Eh bien… comme je n'aurai jamais de mission, ma réponse n'a pas franchement d'importance, non ?

Olive s'arrêta, se mordilla l'intérieur de la joue, suffisamment attentionné pour avoir honte de lui.

– Désolé, dit-il. J'avais oublié.

– Oui. J'ai failli, moi aussi.

– Tu as toujours ta carte ?

Alice acquiesça, ses doigts effleurant le petit bout de papier épais glissé dans sa poche.

– Je pense toujours que tu devrais la débloquer.

– Oui, eh bien moi je pense qu'on devrait retrouver Père, riposta Alice en détournant les yeux.

Oliver ouvrit la bouche pour répliquer, souffla fort, mais ne dit rien de plus sur le sujet.

Ce fut Alice qui finit par briser le silence.

– Qu'est-ce qu'il nous faut encore, alors ?

Oliver jeta un regard sur les pieds nus d'Alice et répondit :

– Des chaussures.

– Des chaussures ? s'écria-t-elle, surprise, en se précipitant vers Oliver qui s'était remis à marcher. Mais j'en porte jamais !

– Il te faudra aussi une autorisation avant que nous quittions Somnolence, précisa-t-il. On va devoir t'obtenir une règle, bien sûr – car tous les visiteurs doivent en porter une – et ensuite, on aura besoin de la faire remplir, ce qui…

Alice s'était figée sur place.

Oliver parlait, mais elle ne l'entendait plus, si bien qu'il mit un petit moment avant de comprendre qu'elle avait cessé de le suivre. Lorsqu'il se retourna enfin, il la vit plantée au milieu du chemin, les yeux écarquillés.

– Qu'est-ce qu'il y a ? demanda-t-il en regardant, affolé, autour de lui, craignant le danger.

Il essayait de ne pas s'inquiéter, mais Alice avait la mauvaise habitude de l'inquiéter.

– Qu'est-ce qui t'arrive ? reprit-il.

– Pourquoi ? dit-elle.

– Pourquoi quoi ?

– Pourquoi j'ai besoin d'une règle ?

– Parce que… malgré toutes les incohérences de ce pays, respecter les consignes est très important en Ailleurs.

– Mais…

– S'il te plaît, Alice, dit Oliver avec un froncement de sourcils. Ne me contredis pas là-dessus. On peut trouver un compromis pour les chaussures, mais la règle est capitale. Quelqu'un qui visite l'Ailleurs doit en avoir une à tout moment.

– M'enfin, pourquoi ?

– Eh bien, parce qu'elle mesure le temps qu'on passe ici.

Il sortit alors de sa besace une simple règle en bois qui ressemblait affreusement à un objet qu'Alice avait vu auparavant.

Elle la lui prit des mains, l'examina, et celle-ci lui rappela aussitôt la règle de Père, la seule chose qu'il ait emportée avec lui en quittant la maison. Alice n'avait pas oublié. Comment aurait-elle pu ? Père prenait toujours grand soin de cette règle. Il la gardait enveloppée dans un mince rectangle de velours rouge, rangée dans le tiroir du haut de sa commode, et il vérifiait chaque soir qu'elle se trouvait bien là. La seule fois où Alice s'en était emparée dans l'espoir de lancer une sorte de petit jeu, Père lui avait dit d'une voix ferme que ce n'était pas un jouet.

En ajoutant que c'était un instrument bien spécifique.

Alice s'était toujours demandé en quoi une règle pouvait être si spéciale, mais à présent qu'elle tenait celle d'Oliver, elle commençait enfin à comprendre. Telle qu'elle s'en souvenait, la règle de Père ressemblait vraiment à celle d'Oliver : sombre et fine, graduée sur les bords, comme pouvait l'être ce genre d'outil. Mais la plus grande différence entre les deux était aussi la plus étrange : celle d'Oliver se révélait beaucoup, beaucoup plus lourde que celle de père.

– Hum… fit Oliver dans un hochement de tête. Oui, elle pèse lourd quand elle est pleine.

– Pleine de quoi ?

– De *temps*, bien sûr. Le temps est la seule chose de cette contrée qui soit réglementée, expliqua Oliver. Le pays de l'Ailleurs est très, très pointilleux au sujet du temps. Il est obligatoire de remplir et de mesurer la longueur de chaque visite, parce que l'Ailleurs aime bien surveiller de près tous ceux qui traversent le pays.

– Le temps… murmura Alice, les yeux toujours rivés à la règle dans sa main. Comme c'est bizarre.

– Oui. Ils n'aiment pas en perdre, par ici. Pendant des années, le pays de l'Ailleurs a laissé les visiteurs prendre tout le temps qu'ils souhaitaient, mais une grande partie était consacrée à *réfléchir*, *délibérer* et *décider*… et tout ça est maintenant strictement réglementé.

Voyant la tête que faisait Alice, il ajouta :

– Des études ont montré que la réflexion et la délibération menaient à une prise de décision réfléchie. Une véritable épidémie.

Alice en resta bouche bée de surprise.

– Tu veux dire que le pays de l'Ailleurs ne veut pas que ses visiteurs prennent des décisions mûrement réfléchies ?

– Bien sûr que non, répondit Oliver en attrapant la règle pour la récupérer. Les gens stupides sont plus faciles à manger.

– Pardon ?

– Si tu forces des visiteurs à prendre des décisions hâtives, ils risquent de faire plus vite de mauvais choix, ce qui les entraîne encore plus efficacement vers leur mort. Mais s'y prendre lentement n'arrangera rien non plus. Ils feront de toi un joli petit ragoût pour avoir perdu du temps. C'est un piège tout simple. Tu perds d'une manière comme d'une autre. On devra donc se contenter d'être à la fois rapides *et* malins.

Alice lui rendit la règle à contrecœur. D'un air distrait. Si elle ne se sentait plus vraiment choquée par les explications d'Oliver, elle était à présent perdue dans ses pensées.

– T'étais au courant, reprit-elle d'un ton calme, que Père avait quitté Ferenwood avec rien d'autre qu'une règle ?

– Oui.

– Alors il savait, dit-elle en voyant ses soupçons se confirmer. Avant de partir, Père savait où il allait.

– Il devait le savoir. Il y était allé des tas de fois auparavant, il savait comment tout ça fonctionnait. En fait, c'est grâce à ses notes et à sa connaissance de l'Ailleurs que j'ai su comment agir en venant ici. Je lui dois beaucoup.

Cela faisait trop d'informations à digérer pour Alice.

Pourquoi Père serait-il revenu en Ailleurs après toutes ces années ? Que cherchait-il ici ?

Alice avait longtemps soupçonné Père d'être différent de ses semblables à Ferenwood – ses pensées étaient plus riches, son esprit plus développé, son regard plus vif ; mais elle n'avait pas vu en lui un homme plein de secrets, si bien qu'elle commençait à se demander si elle l'avait réellement connu.

Elle se mordilla les lèvres et rassembla ses idées, tout en mettant de côté son malaise. Aimer Père signifiait aimer tout en lui – ses fenêtres ouvertes comme ses coins poussiéreux –, et elle refusait de l'aimer moins à cause d'éventuels secrets qu'elle ignorait. Alice elle-même en avait, non ? Et elle se rendait à présent compte qu'en grandissant on devenait sensible, et que les secrets enveloppaient parfois des choses sensibles pour les conserver en lieu sûr.

– Bon, dit Oliver en rajustant sa tunique. On tâche de te trouver une paire de souliers ?

Alice baissa les yeux sur ses pieds.

Ça paraît effrayant, je sais, mais Alice ne s'était jamais beaucoup souciée de chaussures. Elle n'en portait qu'en hiver, et c'étaient des bottes en lin doublée de fleurs de coton : douces, élastiques et confortables. Mais ce n'était pas l'hiver et elle ne s'imaginait pas les porter maintenant.

– Je suis obligée ? demanda-t-elle à Oliver.

– On a un sacré bout de chemin à faire, dit-il en s'efforçant de prendre un air compréhensif. Je te recommande très vivement d'en porter.

– Bon, d'accord. Si je retrouve plus facilement Père en étant chaussée, alors je suppose que... Oh !

Alice hésita, en se rappelant un détail important.

– Quoi donc ?

– Je n'ai pas de finks sur moi... D'ailleurs, est-ce qu'ils acceptent des finks, par ici ? Comment on achète des trucs en Ailleurs ?

– J'en sais trop rien, à vrai dire, avoua Oliver en souriant. Je demande juste aux gens de me donner des choses quand je les veux.

– M'enfin, c'est du vol !

– Pour moi, c'est demander.

– Oh, Oliver, t'es franchement affreux, dit-elle en plissant les yeux.

– Passons ! lâcha-t-il d'un ton enjoué. Il se trouve que j'ai des devises sur moi. Un instant…

Oliver fourragea dans son sac, puis brandit des pièces rouges (qui ressemblaient beaucoup à des boutons, mais en plus lourd, disons) pendant quelques instants, avant de les briser en deux pour libérer leur magie. Un fink en contenait à peine une once, mais trois finks constitueraient le triple, et on pouvait accomplir beaucoup de choses avec trois onces de magie. Tout en travaillant vite avec ses mains, Oliver transforma ses finks en une simple paire de chaussures, ce qui – inutile de le préciser – se révélait compliqué pour un garçon de treize ans. La plupart des gens ne se donnent plus la peine de confectionner des choses à partir de rien ; ils préfèrent troquer leurs finks (rouges), leurs stoppicks (bleus) et leurs tintons (verts) contre des produits tout prêts, réalisés par des artisans qui connaissent leur métier.

Alice était néanmoins impressionnée.

Plus impressionnantes encore, les chaussures elles-mêmes. De simples ballerines de satin bleu vif avec des lacets-rubans dans leur sillage, telles des vrilles scintillantes. Oliver aurait pu imaginer n'importe quel genre de souliers pour Alice, mais il avait choisi les ballerines, ces chaussons de danse qu'elle n'avait jamais eus, et Alice était profondément touchée par ce geste. En fait, pour une fille qui se moquait des chaussures, Alice découvrait avec étonnement qu'elle aimait vraiment (qu'elle adorait presque) ces chaussons de danse, mais sa fierté l'empêchait de confier à Oliver le fond de sa pensée. Aussi se borna-t-elle à sourire et à le remercier, en déclarant très poliment que les ballerines étaient parfaites (magnifiques, en réalité), et très confortables (d'un luxe inouï, en fait). Alice avait déjà dit tellement de petits mensonges depuis son arrivée au pays de l'Ailleurs qu'elle ne se vit pas en enchaîner quelques autres avec une facilité déconcertante. C'était devenu si facile de fabuler et de broder des petites histoires que la vérité était devenue bien pâlichonne. Et Alice n'avait aucun moyen de savoir que sa seule protection contre Oliver (et toute autre personne peu fiable) lui faisait défaut depuis longtemps.

Aussi noua-t-elle avec joie les rubans de ses ballerines, en dansant tout excitée sur la pointe des pieds, et suivit Oliver dans le noir.

**Somnolence était d'une noirceur** passablement ennuyeuse. Je fais cette remarque non seulement parce que c'est vrai, mais aussi parce qu'à ce stade de l'histoire il n'y a pas grand-chose à dire du paysage. Alice et Oliver laissaient les lumières de Somnolence loin derrière eux, aucun feu n'était visible, aucune ampoule ne flottait dans le ciel. Bref, tout était noir. Froid.

Très paisible.

Alice et Oliver cheminaient dans un silence de bonne compagnie, chacun absorbé par ses propres pensées. Ils se dirigeaient quelque part vers l'endroit où Alice se verrait attribuer une règle et d'autres objets divers indispensables, mais aucun des deux enfants – du moins pour l'instant – n'avait franchement envie d'en discuter. Alice marchait en allongeant le pas, pointant le doigt dans l'obscurité avec l'espoir d'y percer un trou. Elle cherchait la lumière… des réponses… Père. Son besoin désespéré de le retrouver l'avait amenée jusqu'ici, à patauger dans la nuit noire, à naviguer à l'aveuglette dans un monde qu'elle ne connaissait pas.

Père était parti dans un but précis.

Alice le savait désormais et, en un sens, ça changeait tout. Père l'avait-il laissée, *elle*, exprès ? Ou bien avait-il quitté Mère volontairement ? Qu'est-ce que tout cela signifiait ? Pourquoi aurait-il voulu quitter leur foyer pour un pays qui risquait de le dévorer ? Pourquoi prendre ce risque ?

Dans quel but ?

Tant de questions se bousculaient dans la tête d'Alice qu'il ne lui restait plus de place pour prêter attention au reste. Si bien qu'elle ne remarqua pas Oliver, sa démarche brusquement plus alerte ou son petit sourire en coin. Alice n'aurait pu deviner ce qu'il pensait – alors je ne devrais pas vous le dire non plus ; mais je crois que nous nous connaissons assez bien, vous et moi, à présent, pour préserver mutuellement nos secrets. Je vais donc vous confier ceci : Oliver se sentait soulagé. Il avait fait à Alice un mensonge éhonté peu de temps auparavant, et était enfin persuadé de s'en être tiré à bon compte. De quel mensonge il s'agissait, je ne vous le dévoilerai pas... Mais Alice – Oliver s'en était rendu compte – n'était plus insensible à son charme.

N'oublions pas ce détail.

Alice, qui ne se doutait de rien, était toujours plongée dans ses pensées, à peine distraite par la première lumière qu'elle aperçut au loin : un simple faisceau scintillant qui grossissait à mesure qu'ils approchaient. Alice tapota le bras d'Oliver et tous deux se tinrent bientôt aux aguets, Oliver recouvrant sa méfiance et Alice sa curiosité.

Elle se tourna vers lui.

– Qu'est-ce que...

– C'est la frontière, répondit-il vivement.

– La frontière ? Je croyais qu'on allait me donner une règle.

Oliver acquiesça et Alice discerna à peine sa silhouette dans la lumière qui augmentait.

– Oui, on va t'octroyer une règle dès que tu recevras un laissez-passer, précisa-t-il. Somnolence est le point d'entrée de tous les visiteurs. Le véritable Ailleurs se situe encore au-delà.

Les yeux et les lèvres d'Alice s'arrondirent en même temps.

– Et qu'est-ce que je dois faire pour obtenir mon laissez-passer ?

Oliver hésita.

– J'en ai pas la moindre idée, avoua-t-il. C'est différent pour chacun. Mais on ne va pas tarder à le découvrir, pas vrai ? ajouta-t-il en désignant la lumière qui se faisait plus vive à chaque instant, au point d'en devenir presque aveuglante maintenant. C'est juste un peu plus loin.

Alice continua à avancer, la main en visière pour se protéger les yeux. En raison de l'extrême luminosité, il était quasi impossible de voir autre chose. En fait, elle se disait justement qu'elle n'allait pas pouvoir la supporter bien longtemps quand, tout à coup, la lumière faiblit.

Après plusieurs essais, Alice parvint à y voir clair. Elle dut battre des paupières encore et encore, avant que les multiples halos disparaissent et qu'elle puisse être certaine de ce qu'elle regardait.

Une simple porte blanche trônait, bien droite, sur le sol. Au centre de celle-ci, était placée une très grosse sonnette. Au-dessus, était inscrit en lettres d'or :

Alice regarda Oliver pour se rassurer et il hocha la tête. Prudemment, très prudemment, Alice tendit un doigt et pressa le bouton. On entendit un *bip* étouffé, comme s'il était en plein sommeil.

L'instant d'après, la porte disparut, aussitôt remplacée par une personne et un bureau, celle-là derrière celui-ci.

Ladite personne arborait plusieurs chemises dans des nuances variées de rose bonbon, et Alice n'aurait su dire si la personne en était vraiment une, ou peut-être un objet, mais elle n'eut pas le temps d'y réfléchir que la chose se mit à parler.

– Nom ? dit le truc tout rose.

Il se révéla que c'était en fait une personne, du genre à porter un haut-de-forme bleu pastel.

Alice fit un bond et se précipita vers le bureau.

Elle remarqua la plaque indiquant :

TED L'AVENTURE

POSTE-FRONTIÈRE

VILLAGE DE SOMNOLENCE

– Nom ? réitéra Ted.

– Alice Alexis Queensmeadow, répondit-elle aussitôt en essayant de sourire.

– Affaires ?

– Affaires ? répéta-t-elle d'une voix nerveuse. Elle observa Oliver du coin de l'œil. Je… euh… suis ici à la recherche de mon pèr…

– Pèreyer ! intervint Oliver en décochant un sourire éclatant à Ted. Elle a perdu son pèreyer à Somnolence et tient absolument à le retrouver. Il lui donne de si belles pèreyes ! Elle l'a fait pousser elle-même à partir d'un jeune plant, vous savez.

Ted battit des paupières en regardant Oliver, tandis qu'il remuait des papiers sans dire un mot.

– Un jeune plant, marmonna-t-il enfin. Oui, bien sûr, je vois ça ici.

– Je suis certain que vous constaterez que tous ses documents sont en ordre, ajouta Oliver dans un autre sourire.

Ted hocha sa tête alourdie par la force de persuasion d'Oliver.

– Donc, si vous aviez l'amabilité de lui délivrer la règle adéquate et de la remplir de… oh, disons une période de six mois… nous nous remettrons alors en route.

Oliver fit ensuite glisser sa propre règle sur le bureau.

– Et si vous pouviez me recharger la mienne, merci. Même durée que la dernière fois, et ce sera parfait.

– Même durée que la dernière fois, répéta Ted. Hum… Hum…

Ted se mit au travail, tamponna les papiers et farfouilla dans ses tiroirs, tandis qu'Alice était – pour la toute première fois – fascinée par le talent d'Oliver. Elle pensait savoir de quoi il était capable, mais ne l'avait jamais vraiment vu en action. Pas de cette manière. C'était vraiment extraordinaire, se dit-elle. Et, bien qu'elle se sente coupable de tricher pour traverser l'Ailleurs, elle se rendait compte du même coup qu'il n'y avait pas d'autre solution. Comme Oliver l'avait dit, c'était une contrée où régnaient la ruse et le mystère, si bien qu'Alice et Oliver devaient se prêter au jeu pour atteindre leur but.

– Votre règle, déclara brusquement Ted.

Alice sentit un petit nœud à l'estomac en s'avançant. La règle que Ted faisait glisser vers elle sur son bureau différait de celle d'Oliver : la sienne était en bois blanchi, un peu plus courte (mais plus robuste), et semblait avoir été récupérée dans une poubelle. Elle était constellée d'encoches et d'éraflures – usée à mort, pour ainsi dire –, mais Alice s'en moquait. Sa règle avait la patine d'un objet chéri, sans compter qu'elle était facile à tenir. Solide. Lourde. Remplie de temps. Alice la retourna et découvrit une brève inscription gravée dans le bois.

ALICE ALEXIS QUEENSMEADOW

BRISER EN TROIS EN CAS D'URGENCE

– En cas d'urgence ? dit-elle en regardant Ted. Qu'est-ce que ça signifie ?

Ted la dévisagea.

– Excusez-moi, reprit-elle. Qu'est-ce que…

– Votre temps est écoulé quand le bois ne pèse plus rien, déclara Ted, qui ne parut pas l'avoir entendue. Alors, veillez à revenir ici avant que ça se produise.

– D'accord. Mais que se passe-t-il si je ne suis pas de retour avant ?

Ted battit des paupières.

– Vous êtes arrêtée pour vol.

– Quoi ? s'étrangla-t-elle.

Nouveau battement de paupières de Ted.

– Je vais à présent vous poser une série de questions de routine.

– Mais… (Alice déglutit et se ressaisit.) D'accord.

– Êtes-vous un visiteur handicapé ou souffrant d'une pathologie quelconque ?

Ted lisait une liasse de documents, qu'il regardait en plissant les yeux. Il se rapprocha de sa lampe de bureau.

– Je… non…

– Transportez-vous des articles particuliers ? s'enquit Ted, qui prenait des petites notes sur la page, à mesure qu'Alice répondait.

– Non, dit-elle. Enfin, je ne pense pas…

– Êtes-vous un visiteur âgé de soixante-quinze ans ou plus ?

À ces mots, elle fronça les sourcils.

– C'est évident que non. C'est à peine si je viens d'en avoir douze.

Ted pressa un bouton sur son bureau et une gerbe de confettis éclata au-dessus de sa tête en retombant sur les bords de son haut-de-forme. Alice comprit alors pourquoi il le portait.

– Félicitations, dit-il. Transportez-vous de la nourriture ou des cadeaux ?

Il la regarda alors droit dans les yeux et Alice perçut dans son esprit buté une lueur vacillante cherchant à échapper à l'emprise d'Oliver

– No… non, dit-elle en lançant un regard inquiet à Oliver. Ni nourriture ni cadeau.

Oliver serra la main d'Alice et l'instant d'après les yeux de Ted redevinrent vitreux. Il ne lui posa plus d'autres questions.

– Ne partez pas sans vos brochures touristiques, dit Ted en poussant vers elle des documents sur papier glacé. Et n'oubliez pas d'examiner la liste des *Objets permis et prohibés*, car nous avons récemment mis à jour le…

– Entendu, comptez sur moi, promit aussitôt Alice en empochant les opuscules sans les regarder. Mais par rapport à tout à l'heure… à propos d'une éventuelle arrestation ? Que vouliez-vous dire au juste ?

Ted venait d'ouvrir la bouche pour répondre, quand Oliver tira Alice par la main.

– Merci beaucoup ! À bientôt ! lança-t-il à Ted, tout en s'empressant de fourrer sa propre règle dans sa sacoche.

Puis il murmura à Alice :

– Mieux vaut ne pas trop parler à Ted pour l'instant. Plus il essaie de penser, plus il pourra s'arracher à ma persuasion, et on ne peut pas courir ce risque.

– D'accord, chuchota Alice, en glissant sa règle dans sa poche. Mais Oliver, qu'est-ce qu'il voulait dire par « me faire arrêter » ?

– Je t'expliquerai bientôt, promis. Mais là, maintenant, on doit se dépêcher, parce que le soleil va bientôt se réveiller. On doit filer directement au village d'Indolence, et ça risque d'être difficile.

– Plus difficile que tout ça ? demanda Alice.

– Bien plus.

– Difficile comment ? s'enquit-elle.

– Très.

Elle le regarda.

Il la regarda.

Ils regardèrent tout droit.

Le ciel, figurez-vous, se déchirait en deux.

– **Cours** ! hurla Oliver…

Et Alice ne chercha même pas à demander pourquoi.

Là, juste devant eux, le ciel se déchiquetait littéralement, et bien qu'elle n'ait pas la moindre idée de la raison d'un tel phénomène, Alice savait que cela n'augurait rien de bon. Cependant, le plus bizarre de tout, ce n'était pas qu'ils courent face au danger, mais qu'ils se jettent carrément dans ses bras, pour ainsi dire ! Alice aurait eu tant de questions à poser, mais elle faisait de son mieux pour garder l'allure et suivre les longues jambes d'Oliver, et elle se retrouvait déjà à bout de souffle.

– Oliver, fit-elle, haletante, pourquoi le ciel se déchire ? Qu'est-ce qui se passe ?

– Comment ça ? La journée est finie. Aujourd'hui s'habille pour demain.

– Alors ça, répliqua-t-elle en soufflant fort, c'est l'une des choses les plus nulles que tu m'aies jamais dites.

– En quoi c'est étrange ? s'étonna-t-il en soufflant fort lui aussi. Tu ne te changes pas tous les jours ?

– Eh bien, oui. Mais je suis une personne.

– Oh ? fit Oliver en lui décochant un regard. Alors les gens sont les seuls à avoir le droit de se soucier de leur apparence ?

Il serra les dents comme ils couvraient les trente mètres suivants, plus pantelants qu'auparavant. Il n'avait presque plus de souffle lorsqu'il déclara :

– Alice, si t'as l'intention de survivre en Ailleurs, tu dois vraiment changer ta manière de penser.

Il manquait d'air à présent.

– L'étroitesse d'esprit ne te mènera guère plus loin qu'à Nulle-Part, et une fois là-bas tu seras perdue à jamais.

– Tu me trouves « étroite d'esprit » ? répliqua-t-elle, la main sur la poitrine, dans laquelle son cœur tambourinait à chaque pas. *Moi ?*

Oliver ne lui répondit pas, sans doute parce qu'il n'avait plus pour souffle qu'un râle, un léger sifflement, à l'instar d'Alice. D'autant plus qu'il transportait le livre de poches qui paraissait très lourd ; elle était persuadée qu'il souffrait davantage. Mais même s'ils couraient le plus vite possible, il semblait impossible qu'ils puissent atteindre l'horizon. Alice ne savait pas trop ce qu'Oliver tentait de faire, d'ailleurs.

– Quand je te dirai de sauter, s'époumona-t-il, c'est qu'on devra sauter ! (Il lui lança un regard.) D'accord ?

– Oui, dit-elle, en essayant de reprendre sa respiration. Oui, d'accord.

Le ciel était droit devant eux, des rideaux de minuit s'écartant à mesure que des éclats d'or et de bleu soyeux tentaient de jeter un coup d'œil par en dessous. C'était un ciel tout bébé, innocent comme un jour inconnu.

– SAUTE ! s'écria Oliver. SAUTE, ALICE, SAUTE !

Alors elle sauta.

Le vent les attrapa sur-le-champ, les enveloppant et étouffant leurs râles et leur souffle court. Et lorsque le moment idéal arriva – ce qui était rarement le cas –, ils furent projetés au cœur d'un ciel en cours de changement.

Et ils dégringolèrent de Somnolence en Inertie.

**Deux bruits sourds plus tard…** *Pouf ! Pouf !* ils se retrouvèrent assis en Inertie.

Alice et Oliver avaient atterri sur leurs fesses, jambes écartées devant eux. Le souffle avait fui leurs poumons, des douleurs se réveillaient dans leurs articulations, et Alice avait beaucoup d'inquiétudes, mais pas le temps de s'inquiéter.

Inertie avait arrêté les aiguilles de l'horloge.

La neige d'hiver, les feuilles d'automne et les averses de printemps s'étaient pétrifiées sur place. Les gouttes de pluie miroitaient en suspens, comme si l'air portait des boucles d'oreilles par milliers. Les flocons de neige restaient collés au ciel telles des paillettes. Les feuilles mortes étaient certes tombées, mais jamais par terre, si bien qu'elles palpitaient dans la brise, parures marron, orange, rouges et jaunes comme figées dans un tableau inoubliable.

Alice regarda de tous côtés dans une stupeur émerveillée, les lèvres entrouvertes et les yeux écarquillés ; penchée en arrière, elle s'appuya sur ses mains pour profiter du décor ambiant. Paisible comme la légèreté d'une plume et calme comme la douceur d'une caresse. Le ciel était lavande cendré et le soleil un nuage jaune qui flottait au loin en prêtant de sublimes reflets dorés à tout ce qu'il effleurait. Les habitations étaient formées de carrés multicolores et de toits en triangle : des trottoirs gris ourlaient les rues sinueuses constituées de la pierre la plus noire qui soit. Des oiseaux étaient perchés sur les perrons sans gazouiller, et tout se révélait très petit et d'une suavité extrême. De son poste d'observation, Alice jouissait d'une vue dégagée sur plusieurs kilomètres, et il n'y avait pas âme qui vive... jusqu'à ce qu'elle se mette debout.

Elle eut un hoquet de surprise.

Recula.

Une scène des plus étranges s'offrait à ses yeux.

Alice ne comprenait pas pourquoi tout était si différent tout à coup, mais c'étaient ses mouvements – même légers – qui avaient bouleversé le pays d'Inertie, et voilà qu'elle se trouvait face à tous ses habitants : une vague humaine était apparue sous la forme d'une manifestation silencieuse.

Il y avait des dames, des dames de toutes parts.

Elles étaient en tailleur-pantalon. Un orange ici, un vert là, un violet dans un coin, un rouge dans l'autre. Un arc-en-ciel de dames parfaitement immobiles, assises sur des tabourets, des tables, des caisses, des bancs, sur les trottoirs, les marches d'escalier et les selles de bicyclette. Il y en avait des centaines.

Et toutes, chacune d'entre elles sans exception, dévisageaient Alice.

– Oliver ? dit Alice en le sentant debout auprès d'elle – mais elle avait peur de briser le contact visuel avec les dames. Oliver… murmura-t-elle. Qu'est-ce qu'on fait ?

Il lui répondit d'une voix si basse qu'elle l'entendit à peine.

– Quoi ? reprit-elle en lui lançant un regard.

Les dames retinrent leur souffle. Yeux ronds, bouche bée, elles contemplaient Alice.

– Désolée, dit-elle. Je ne…

D'autres halètements. Des visages horrifiés. Un silence sidéré.

Alice commençait à se sentir nerveuse. Apparemment on n'avait pas le droit de parler en Inertie. Aucune parole, aucun mouvement, pas la moindre perturbation. (C'était une supposition, bien sûr, car Alice ignorait tout d'Inertie ; autrement dit, ce qui lui était permis ou non de faire ici ; puisque Oliver – comme toujours – ne semblait d'aucun secours. Il ne l'avait pas le moins du monde préparée à ce à quoi elle devait s'attendre en Inertie, et s'ils étaient tous deux mangés tout crus par une troupe de jeunes femmes en colère… *eh bien*, songea Alice, il ne pourrait s'en prendre qu'à lui-même !)

Bon, avant d'en venir à ce qu'Alice fit ensuite, laissez-moi d'abord profiter de l'occasion pour défendre ses actes. Avec le recul, je constate que sa décision n'était pas très constructive, mais elle n'allait pas rester figée sur place pour l'éternité (après tout, elle devait penser à Père), alors je dirais ceci : à mon humble avis, sa décision était, du moins à cet instant précis, tout à fait réaliste.

Elle avança de quelques pas.

Quelqu'un hurla. Quelque chose éclata en mille morceaux. Alice comprit aussitôt qu'elle avait commis une erreur mais, dans sa hâte à la rectifier, elle en commit d'autres. Elle recula en trébuchant et tenta de défaire ce qu'elle avait fait, mais plus elle se déplaçait, plus cela perturbait les dames d'Inertie, si bien qu'elles ne tardèrent pas à pousser des cris stridents ; toutes sans exception se mirent à hurler et à tirer sur leurs cheveux, leurs vêtements. Leurs ongles labouraient leurs visages et le sang coulait, tandis qu'elles pleuraient à chaudes larmes et se noyaient dans des sanglots démentiels. Alice avait envie de pleurer, elle aussi, mais pour des raisons fort différentes.

Les dames avaient commencé à se lever maintenant, mais avec lenteur. Leurs yeux, baignés de larmes, ne quittaient pas le visage d'Alice, et la vision qu'elles lui offraient était si monstrueuse que le malheureux cœur d'Alice s'était presque échappé. Les mouvements des dames étaient si mesurés, si lents et méthodiques qu'on ne pouvait que s'attendre au pire. Une mort languissante s'annonçait, pensa Alice, une torture méticuleuse, une agonie qui la laisserait sans voix. La terreur avait envahi tout son corps au point qu'elle n'osait plus respirer.

– Alice, cours !

Oliver lui attrapa la main et tous deux filèrent dans Inertie, détruisant au passage la moindre parcelle de quiétude que le village avait soigneusement préservée. Ils foncèrent dans les feuillages, qui s'écrasèrent au sol ; ils cinglèrent les gouttes de pluie qui se brisèrent sur leur visage et leur éclaboussèrent le cou ; ils se faufilèrent avec peine entre les flocons de neige qui s'accrochaient à leurs cheveux et à leurs habits.

Les dames se ruèrent sur eux.

– Plus vite ! vociféra Oliver. On doit accélérer !

Et même si Alice lui aurait volontiers flanqué un coup de pied en braillant qu'elle courait aussi vite que possible, elle n'en demeurait pas moins dans la fâcheuse posture de ne pouvoir respirer, aussi décida-t-elle de réserver ses attaques pour un moment mieux choisi. Elle redoubla d'efforts, une foulée après l'autre, pour gravir la très haute colline qui menait à la seule rue traversant Inertie, évitant de se focaliser sur le fait qu'ils allaient probablement mourir. Mais il faut bien l'admettre, elle n'était pas très douée pour cela.

Les dames d'Inertie les talonnaient de près. Elles hurlaient toujours de douleur, sans doute à cause de cette effroyable épreuve qu'on leur imposait, et Alice pleurait – ne serait-ce qu'un soupçon – surtout parce qu'elle était épuisée et se disait qu'elle devait à tout prix cesser de courir sous peine de faire exploser ses poumons. Mais les dames d'Inertie n'en avaient rien à faire, alors les jambes et les poumons d'Alice allaient devoir persévérer dans l'effort, quoi qu'il leur en coûte.

La main d'Oliver enveloppait fermement la sienne, au point qu'il la traînait quasiment dans la grand-rue à présent. Alice ignorait comment il se débrouillait pour continuer en portant toujours le livre de poches. Mais elle n'était pas en mesure de demander ni même d'offrir la moindre assistance, et ne tarda pas à comprendre que la pierre noire qui pavait cette rue était franchement glissante, et elle s'escrimait déjà à ne pas perdre l'équilibre. Ils glissèrent en courant, dérapèrent et trébuchèrent, se cramponnant comme des fous l'un à l'autre.

Les dames étaient à présent silencieuses comme la neige et les rattrapaient sans même qu'ils s'en rendent compte, et Alice se retourna juste à temps pour les entrevoir. Elles couraient sur la pointe des pieds, levant leurs genoux qui heurtaient leurs poitrines, et elles avaient l'air si ridicule qu'Alice en aurait presque éclaté de rire. D'effroi. Aussi grotesques qu'elles puissent paraître, elles savaient au moins ce qu'elles faisaient ; ces dames avaient dompté la chaussée, alors qu'Alice et Oliver luttaient pour survivre à cet enfer de pavés. Les deux enfants chancelaient et patinaient, se rétablissant sans cesse, sans jamais vraiment recouvrer l'équilibre parfait.

Tout semblait perdu.

Alice avait l'impression que ses jambes se liquéfiaient sous elle et si d'aventure Oliver lui disait un seul mot, elle ne pouvait l'entendre. Elle ne percevait plus que son propre souffle court et rauque, et les martèlements de son cœur dans sa poitrine qui se propageaient désormais dans sa tête et dans ses bras, et la douleur troublait tellement son champ de vision qu'elle y voyait à peine.

Elle avait envie de tout abandonner.

Ce qu'elle faillit faire. Alice secoua la tête pour se ressaisir et s'efforcer de se concentrer. Tout lâcher serait facile. Mourir serait simple. Mais ni l'un ni l'autre ne résoudrait ses problèmes, et Père resterait perdu à jamais. Elle devait trouver un moyen de les garder tous deux en vie.

Et Oliver aussi, bien sûr.

Brusquement, une idée lui vint : toute cette course folle, toute cette énergie qu'ils avaient dépensée, autant l'utiliser à bon escient, non ? Pas le temps de tergiverser.

Elle attrapa la tunique d'Oliver, lui flanqua un coup de pied dans le tibia, et tous deux tombèrent à la renverse. Avant qu'Oliver ait le temps de protester, ils s'envolèrent. À vrai dire, ils glissaient, tels des pingouins dévalant la luisante rue pavée, et filaient si vite qu'on aurait dit qu'ils avaient des ailes.

En haut à gauche, en bas à droite, la chaussée zigzaguait, oscillait, plongeait, virevoltait, et tous deux voltigeaient comme sur des montagnes russes, prêts à rendre tripes et boyaux lorsqu'ils s'arrêteraient.

Puis la route s'acheva enfin, et avec elle le seul espoir qu'Alice caressait de s'échapper. Oliver et elle se retrouvaient relégués aux confins d'Inertie, au-delà desquels une sorte d'immense prairie s'étirait sur plusieurs kilomètres. Aucune issue possible, semblait-il, et certes pas le temps de fêter l'éphémère coup de génie d'Alice.

Durant les brefs instants que tous deux gâchèrent pour recouvrer leur souffle, les dames d'Inertie les avaient rattrapés. Par centaines, en tailleurs de toutes les couleurs, le visage sanguinolent et rageur, elles se tenaient prêtes à attaquer les deux enfants étourdis, hébétés et brisés.

Ils étaient vidés.

N'avaient plus une once d'énergie, plus un gramme de force.

Pas la moindre…

– Alice… pantela Oliver. Oh, Alice. Merci… Merci mille fois de nous avoir fait passer de l'autre côté. Tu es une fille formidable !

À ces paroles, il sortit un stoppick de sa sacoche, le brisa en deux d'un coup de dents, se retourna un bref instant, puis le lança très fort en direction de leurs assaillantes.

Tout ralentit.

Les morceaux de stoppicks tournoyèrent tranquillement, mais la seule présence de magie plongea les dames dans une frénésie démente. Elles salivaient, le visage déformé par une surexcitation effroyable à mesure que le sortilège approchait, mais leur impatience se mua en colère quand les fragments de stoppicks se figèrent pour exploser dans les airs. Les dames poussèrent des cris perçants et reculèrent en se griffant les yeux, tandis que des dizaines de milliers de fils multicolores dégringolaient du ciel pour s'entrelacer en travers de la route et former ainsi une sublime et terrifiante barricade.

Alice n'en revenait pas qu'une chose aussi simple ait pu marcher. Elle se demandait aussi où Oliver s'était procuré toute cette magie et s'il lui en restait encore.

Oliver s'effondra, épuisé.

– Alice… Oh, Alice, tu as été excellente. Ça aurait pu franchement mal tourner. Mais tu t'es si bien débrouillée…

– Ça aurait pu *mal tourner* ? répliqua-t-elle en le dévisageant, ébahie, alors qu'elle-même s'effondrait. Tu veux dire que ç'aurait pu être pire que d'être tués par elles ? Oliver, t'es devenu fou ?

Il secoua la tête. Il se tenait à quatre pattes et tentait de recouvrer son souffle.

– Tu n'as aucune idée de ce à quoi on a échappé, dit-il. La première fois que j'ai vu les dames d'Inertie… (Il rit, reprit sa respiration avec peine…) j'ai essayé de jouer les charmeurs.

– Oh, Oliver, grimaça-t-elle, t'as pas osé !

Elle toussa et pria pour que les crampes disparaissent de ses jambes.

– Mais si ! dit-il en s'asseyant et en recouvrant peu à peu une respiration normale. Et j'ai essuyé un refus colossal. J'ai fait de mon mieux, mais il s'est avéré impossible de persuader un si grand nombre de ces dames de croire un traître mot de ce que je disais.

– Alors, comment tu t'en es sorti ? demanda-t-elle en prenant elle aussi une position plus confortable.

– Eh bien, la première fois, uniquement par hasard. J'étais cuit, pour ainsi dire. Elles m'avaient fait déshabiller, jusqu'à ce que je me retrouve en caleçon, et grimper dans une marmite sur le feu…

Alice étouffa un cri en portant les deux mains à sa bouche.

– … Parce que ça faisait longtemps qu'elles n'avaient pas avalé le moindre repas, tu vois.

– Elles allaient vraiment te *manger*, lâcha-t-elle en abaissant les mains. J'arrive toujours pas à y croire…

– Oui, répondit Oliver, *mais*… (Il leva un doigt…) Pendant qu'elles tentaient d'allumer le feu, l'une d'elles a trébuché sur mes vêtements et marché sur quelques stoppicks qui en étaient tombés, et elle a libéré leur magie par mégarde. (Il fit des moulinets avec la main et reprit :) Elles sont devenues *folles*. Elles étaient *en transe*. Tout ce qu'elles voulaient, c'était de la magie, après tout – la raison principale qui les pousse à nous manger… mais j'ai pas eu le temps de souffler qu'elles en ont exigé davantage. Encore plus de magie. Tout ce que j'avais. Elles m'ont pris jusqu'au dernier fink qu'elles pouvaient dénicher, et ça ne suffisait toujours pas. Elles allaient donc de toute façon me manger.

Alice secouait la tête, horrifiée.

– Heureusement, toutes leurs tergiversations m'ont laissé le temps de mettre en œuvre un meilleur plan. Il me restait un dernier stoppick glissé derrière l'oreille, et j'ai décidé d'en faire bon usage. J'étais tout seul face à elles, et les combattre n'aurait fatalement servi à rien, sans compter qu'avec ce seul stoppick – c'est-à-dire pas suffisamment de magie pour faire beaucoup de dégâts –, je devais réfléchir rapidement. Une barrière temporaire me semblait idéale pour m'aider à m'enfuir.

Oliver désigna d'un hochement de tête le mur tissé qu'il avait construit.

– Ça finira par disparaître, mais ça tiendra au moins plusieurs heures. (Il éclata de rire et conclut :) Bon sang, entrer et sortir d'Inertie m'aura coûté drôlement cher, pas vrai ? Encore que j'espère pouvoir affirmer en toute confiance que nos vies en valaient la peine, non ?

Oliver était aux anges, souriait à belles dents, d'un air bien trop triomphant pour remarquer le regard d'Alice qui plissait les yeux.

Utiliser la magie pour résoudre un problème, ça ressemblait à de la tricherie. Tout le monde n'avait pas des stoppicks à portée de main et ça la mettait en colère – à présent qu'elle y songeait – de savoir qu'il lui faudrait bien plus que du courage pour survivre au pays de l'Ailleurs.

Elle pinça les lèvres.

Voilà un petit moment qu'Alice réfléchissait aux finks et aux stoppicks d'Oliver, en s'interrogeant sur son usage désinvolte de la magie et ses aptitudes en matière de tours de passe-passe et de manipulation. Autant de compétences qu'Alice n'avait jamais eues, et ce n'était pas faute de le vouloir. Certes, elle avait suivi des cours de base sur la maîtrise et la transformation de la magie compactée – en pièces de monnaie, en l'occurrence –, mais tout cela restait théorique. Elle n'avait jamais été confrontée à autant de sortilèges à l'état brut, et lorsqu'elle avait quelques finks en poche, ils étaient si précieux à ses yeux qu'elle les utilisait avec soin et après réflexion.

Alice n'avait jamais connu quelqu'un pouvant dépenser de l'argent comme Oliver le faisait depuis quelques heures, si bien qu'elle ne pouvait imaginer à quoi ressemblait un tel luxe.

Toutes ces pensées pécuniaires rendirent Alice d'une tristesse indicible. Elle avait encore beaucoup à apprendre, mais elle en avait vu assez pour savoir que l'argent comptait ; et même si elle ne saisissait pas tout, elle comprenait néanmoins que quelques stoppicks en plus dans la poche facilitaient la vie. Un millier de fois Alice s'était demandé si posséder de l'argent aurait pu l'aider à retrouver Père plus tôt, et elle éprouvait un pincement au cœur en y repensant maintenant.

Elle observa Oliver en s'attardant sur les détails. Elle se concentra sur les vêtements simples qu'il portait – ceux-là mêmes qu'elle avait si imprudemment dénigrés plus tôt – et remarqua cette fois les coutures soignées, le tissu épais et la coupe ajustée. Elle observa les mains d'Oliver, douces et immaculées, ses ongles propres, courts et manucurés. Elle promena ensuite son regard sur sa chevelure étincelante, sa peau marron resplendissante, l'éclat de ses yeux bleu violet qui respiraient la bonne santé. Alice commençait à percevoir Oliver d'une manière qui ne l'avait jamais effleurée.

– Oliver, dit-elle d'une voix calme. Es-tu *très* riche ?

Il papillonna des paupières.

– Quoi ?

– As-tu beaucoup d'argent ? demanda-t-elle en ignorant vaillamment la chaleur qui lui montait aux joues.

– Beaucoup ? fit-il, les yeux écarquillés. Non. Je ne pense pas. Pas plus que la plupart des gens, j'imagine.

Alice se mordilla l'intérieur de la joue et ravala sa réplique : « Bien plus que moi. Je n'ai jamais touché un stoppick de toute ma vie. »

– Oh… fit-elle à la place.

Oliver prit un air peiné. Lui aussi rougissait à cause d'une vérité qu'aucun des deux ne souhaitait admettre, et Alice s'étonnait de découvrir que le malaise d'Oliver l'embêtait. La gênait même. Aussi changea-t-elle de sujet.

– La ville d'Inertie semble si petite, comparée à Somnolence, dit-elle en contemplant la barricade colorée édifiée par Oliver. On est où maintenant ? Pourquoi plus personne n'essaie de nous manger ?

– Oui ! Exact ! s'exclama Oliver un peu trop fort, soulagé de parler d'autre chose. Eh bien, les villages de l'Ailleurs sont tous construits différemment. Certains sont grands, d'autres petits, d'autres encore très, très hauts. Mais Inertie n'est pas une vraie localité, et n'est pas censée l'être. Inertie n'accueille qu'une seule personne.

– Une seule ? répéta Alice. Et toutes ces dames qui viennent d'essayer de nous manger ?

– Ah, eh bien… Les dames d'Inertie sont une simple mesure de sécurité, expliqua Oliver. Elles sont là pour protéger le territoire de tout visiteur indésirable. Mais la personne qu'on doit rencontrer ici n'a aucun intérêt à manger qui que ce soit. En fait, c'est l'un de mes rares bons amis en Ailleurs.

– Qui est-ce ? demanda-t-elle. Qui doit-on rencontrer ?

Oliver croisa son regard,

– Le Temps.

**Alice attendit quelques instants** qu'Oliver lui annonce qu'il plaisantait, lorsqu'il lui tira la natte en disant :

– L'étroitesse d'esprit, Alice, ne risque pas de nous aider.

Elle se renfrogna et écarta Oliver en lui tapant sur la main.

– Je ne suis pas étroite d'esprit, se défendit-elle. J'ai juste beaucoup de mal à croire qu'on est sur le point de rencontrer le *Temps*, ajouta-t-elle en réprimant son envie de lever les yeux au ciel.

Oliver étouffa un cri. Très bruyamment.

L'air horrifié, il baissa la voix pour murmurer :

– Écoute-moi bien. Ne laisse plus jamais ces mots s'échapper de ta bouche. Tu ne dois pas douter de l'Ailleurs. Recommence plusieurs fois à émettre des doutes, et tu finiras là-bas.

– Où ça ?

– À Défiance, répondit-il en frissonnant. C'est une ville affreuse.

Alice avait peur de lui demander pourquoi, aussi se contenta-t-elle de hocher la tête sans ajouter quoi que ce soit, gardant ses incertitudes pour elle-même.

Après avoir reposé quelque temps leurs poumons, ils se remirent en route sur leurs jambes fourbues dans la nuit d'Inertie, où les oiseaux étaient libres de gazouiller, les criquets de danser et les grenouilles de coasser gaiement. Ils traversèrent des herbes hautes qui leur arrivaient aux genoux, des étangs dont l'eau lapait paisiblement le rivage. Oliver marchait d'un bon pas en souriant sans raison, tandis qu'Alice trompait son ennui en lançant des regards sur les bois sombres qui se profilaient juste au-delà, se demandant où tout le monde avait disparu, ou s'il y avait eu un jour des gens et à quoi ressemblerait le Temps, s'il serait gentil, et ce qu'il se passerait si le Temps vieillissait ? Que feraient-ils si le Temps mourait ? Puis une pensée hors de propos la traversa : elle se souvint avoir été très affamée peu de temps auparavant. Bizarre. Elle n'avait plus du tout faim.

Elle en fit la remarque à Oliver.

– Ça n'a rien d'étrange, dit-il. À la longue, tu finiras par ne plus avoir faim du tout.

– Ah bon ? Mais pourquoi ?

– Parce que plus tu restes en Ailleurs, plus tu t'éloignes de Ferenwood.

– Je ne comprends pas.

Oliver hésita. Pencha la tête.

– Chez nous, à Ferenwood, expliqua-t-il, on doit dormir chaque nuit et manger souvent tout au long de la journée, non ?

Alice acquiesça.

– Exact. Donc, la vie sans ces deux choses-là serait impossible.

– Mais pas en Ailleurs ? s'étonna-t-elle.

Oliver secoua la tête.

– En Ailleurs, tu dors pour le rêve et tu manges pour le goût.

Alice prit le temps de méditer ces paroles.

– Alors, quand ils mangent des gens, reprit-elle, ils le font seulement pour le goût ?

Oliver fut tellement pris au dépourvu par sa question qu'il éclata de rire et toussa en même temps.

– Enfin… non, dit-il. Pas exactement. J'ai entendu dire que les humains avaient une saveur très spéciale et que ceux qui possédaient la magie en eux donnaient au repas une petite note agréable supplémentaire. (Alice tressaillit en y songeant.) Mais, précisa-t-il en levant un doigt, ils mangent les gens parce que leur âme, et non pas leur estomac, est vide ! Ici, la faim et la fatigue n'existent pas comme chez nous. Cette partie de l'Ailleurs a été construite avec tellement de magie que même l'air qu'on y respire n'a pas les mêmes fonctions : il fait en sorte que la nourriture et le sommeil ne soient plus une nécessité, mais un luxe. C'est une décadence irréversible, qui a entraîné la faillite de la magie du pays. Désormais, les gens peuvent s'adonner aux repas et aux rêves uniquement pour rechercher le plaisir. S'ils le font pour toute autre raison, c'est considéré comme une perte de…

– … temps, termina-t-elle à sa place.

Oliver s'arrêta et la regarda. Il hocha lentement la tête.

– Oui, dit-il avec un léger sourire. T'as l'air de comprendre.

– Tu crois ? Moi, j'en ai pas l'impression.

– Non ?

– Non, dit Alice. Je crois que je ne pige rien du tout. J'ai pas la moindre idée de la raison pour laquelle on a besoin du Temps, pas plus que je ne vois le rapport avec le livre de poches, et encore moins avec le fait de retrouver Père. (Elle soupira.) Oliver… Je n'ai jamais été aussi déroutée de toute ma vie.

Il parut inquiet un bref instant, avant que ses soucis s'éloignent en dansant. Il s'esclaffa, ce qui lui donnait beaucoup de panache, puis pressa le pas en sifflotant un air qu'elle ne parvenait pas à situer.

**Finalement…**

Ils arrivèrent devant une porte rattachée à aucune maison (ce qui semblait courant en Ailleurs) et Oliver avait l'air nerveux. Alice ne comprenait pas pourquoi : c'était juste une porte, après tout, et fort semblable à celle qu'ils avaient trouvée au poste-frontière. Mais celle-ci était encore plus grande et bien plus haute, et d'un rouge vif brillant comme une pomme, avec une poignée chic en or. Bref, c'était une porte magnifique, mais ses secrets devaient se cacher ailleurs, parce que Alice ne voyait rien d'autre que des arbres de l'autre côté.

Elle prit le temps de l'examiner.

– Mais où… Alice, bon, sang, où vas-tu ? s'enquit Oliver.

– J'ai juste envie de faire un tour, dit-elle. J'ai quand même le droit d'en profiter pour regarder où on va entrer, non ?

Oliver leva les bras au ciel d'un air vaincu. Puis il s'adossa contre la porte, croisa les bras et hocha la tête comme pour dire : « Je t'en prie, prends tout ton temps. »

Ce qu'elle fit.

Ils se trouvaient juste à l'orée du bois à présent, et cernés par de très, très grands arbres dont la densité de feuilles triangulaires était d'un vert si foncé qu'Alice devait plisser les yeux pour distinguer leurs silhouettes. Mais lorsqu'elle s'aventura sur la pointe des pieds dans la forêt, Oliver céda à la panique.

– N'y va pas, la supplia-t-il. Non... Alice...

– Pourquoi ? s'enquit-elle en lui lançant un regard par-dessus son épaule...

Si vous aviez vu la tête d'Oliver !

– C'est quoi, le problème ?

– Pas dans la forêt, dit-il posément. S'il te plaît, Alice.

– Bon, d'accord, dit-elle en évitant une fois encore de lever les yeux au ciel.

Tout en se trouvant drôlement gentille, patiente et tolérante face aux jérémiades d'Oliver, elle allait rebrousser chemin, mais...

Ça alors, c'était bizarre.

Elle ne pouvait plus bouger.

Elle n'avait pas envie d'affoler Oliver, alors elle ne pipa mot et puis, de toute manière, elle était sûre que ses jupes s'étaient simplement accrochées à une branche ou autre. En tout cas, c'était son impression.

Peut-être que si elle tirait un tout petit peu plus fort ?

Hum...

Non, ça ne marchait pas non plus.

Elle fit une nouvelle tentative.

Puis, elle toussota, un peu gênée.

– Oliver ? s'écria-t-elle. Je crois que je suis coincée.

– Comment ça ? fit Oliver qui la rejoignit aussitôt, plus pâle qu'une lune de cire, tout en prenant soin de garder ses distances.

– Oh, rien de grave, lui assura-t-elle. Vraiment. (Elle essaya de sourire.) C'est juste que… (Elle essaya de tirer…) On dirait que j'arrive pas à… (Elle tenta une nouvelle fois…) à me détacher. (Elle soupira.) Tu veux bien regarder si mes jupes ne sont pas accrochées à un truc ?

Oliver blêmit davantage. Parfois il ressemblait vraiment à une petite tortue, avec son cou qui disparaissait dans sa poitrine.

– Je t'ai dit de ne pas aller dans la forêt, parvint-il seulement à murmurer.

– Oliver, s'il te plaît, répliqua-t-elle, agacée. Arrête d'être aussi…

Elle n'eut pas temps de finir cette phrase, je le crains. Pas le temps du tout… Alice hurla soudain, ce qui se révéla assez gênant, en fait, parce que sa mésaventure prit fin dans la minute.

Alice dégringola aux pieds d'Oliver et se redressa à la hâte, puis épousseta ses jupes et virevolta trop vite, essayant d'apercevoir son agresseur.

Mais le visage d'Oliver la figea illico.

Il contemplait quelque chose d'un air stupéfait qu'elle n'aurait pu prévoir. Elle pensait que rien au pays de l'Ailleurs ne pouvait le surprendre. Elle pensait qu'il avait tout vu. Apparemment non.

Il s'agissait d'un renard.

Un renard en origami. Une feuille de papier roux et blanc pliée d'une main experte pour former un animal bien réel et vivant, faussement gentil.

Il gambadait et poussait des petits cris de renard en jappant, en sautillant et en tournant sur lui-même. Et lorsqu'il trottina vers Alice, elle n'eut pas peur du tout.

Effrayé, Oliver était à deux doigts de grimper dans un arbre, mais Alice s'avança, la main tendue, prête à caresser le renard de papier. Celui-ci fit un bond et fourra son museau dans sa main, avant de se glisser entre ses jambes ; elle rit aux éclats et lui effleura le haut de la tête, fascinée par l'aspect rugueux de sa fourrure de papier.

– Comment tu t'appelles ? demanda-t-elle en s'accroupissant pour le saluer. (Ou *la* saluer, elle ne savait pas trop.) T'es un garçon ou une fille ?

L'animal sautilla autour d'elle et lui mordilla les jupes en tirant dessus. Pour un renard édenté, il ne manquait pas de mordant ! Pourtant, elle ne sentait aucun danger. Son nouvel ami renard se cramponna à elle, jusqu'à ce qu'elle lui caresse de nouveau la tête.

– Tu veux bien me lâcher ? dit-elle.

Lentement, il acquiesça, recula, puis s'inclina.

– Tu me comprends ?

De nouveau, le renard hocha la tête.

– Alice, intervint Oliver, la voix chevrotante et haut perchée, tandis qu'il fourrageait avec frénésie dans sa sacoche.

– Tu t'y connais en renards de papier ? questionna-t-elle. T'en as déjà vu ?

Oliver releva le nez, surpris, ses cartes dans une mains, son carnet dans l'autre, et secoua la tête.

– L'Ailleurs rassemble des centaines de villages, expliqua-t-il en feuilletant son calepin, et je n'en ai traversé que soixante-huit.

Il s'interrompit, parcourut en vitesse quelques pages, soupira d'un air déçu, puis remit le carnet dans son sac.

Alice n'en revenait pas de le voir aussi angoissé.

– Je n'ai pas la moindre idée de l'endroit d'où vient ce renard, reprit Oliver, mais il n'est pas d'ici et ton père… eh bien, ton père n'a jamais mentionné un renard de papier dans ses notes, alors ça ne peut pas être quelque chose de positif. Non, c'est probablement pas…

– Ses notes ? le coupa Alice, ébahie. Tu veux dire que ce calepin appartenait à Père ?

Mais Oliver n'écoutait pas. Il avait déroulé des cartes-parchemins et les lisait à l'envers, puis à l'endroit, ce qui fit s'écrouler des mini-escaliers de papier, avant qu'il glisse le doigt dans des portes miniatures et ouvre de minuscules fenêtres pour ne rien trouver derrière. Il alla même jusqu'à secouer vivement les cartes pour voir si quelque chose de nouveau en dégringolerait, mais tout cela sans succès. Oliver avait l'air de plus en plus inquiet, ce qu'Alice – pauvre petite – trouva hautement distrayant.

– C'est pas normal, disait Oliver en tripotant différentes parties de la carte avec un doigt. Ça ne devrait pas être comme ça. Il n'y a rien concernant un renard

À ces mots, il secoua la tête et enroula les parchemins qu'il s'était empressé de dérouler.

– Oliver, dit Alice en revenant à la charge, c'est le journal de Père que tu as là ?

Les mâchoires d'Oliver se crispèrent.

– Quoi ? Ça ? Oh… Oui, eh bien, ça faisait partie de ma mission, tu sais, aider à…

– Je peux y jeter un œil ? demanda-t-elle en s'avançant. S'il te plaît ? J'adorerais voir ce que Père a écrit.

Oliver se cramponnait si fort à sa besace qu'on aurait dit qu'il vibrait sur place.

– J'ai peur que ce ne soit pas possible, dit-il. Les Anciens ont placé des restrictions magiques très sévères sur les objets qu'on m'a prêtés pour mon voyage, et si quelqu'un d'autre que moi les manipule, les Anciens le sauront.

– Oh… fit Alice, découragée.

Elle connaissait le fonctionnement des missions et n'avait aucune peine à imaginer les Anciens prendre ce genre de mesure. Qui plus est, Alice supposait toujours qu'elle pouvait faire confiance à Oliver et se pensait capable de deviner s'il lui mentait ou non.

Aussi crut-elle à ce qu'il venait de dire.

Oliver était visiblement soulagé, mais Alice, à nouveau distraite par le renard de papier, ne parut par le remarquer.

Oliver s'éclaircit la voix.

– Euh… on devrait vraiment y aller.

– Mais il l'air si gentil, dit-elle. On peut l'emmener avec nous ?

Alice avait peu de choses auxquelles se raccrocher dans cette étrange contrée et elle était fière d'avoir découvert quelque chose qui avait échappé à Oliver. Elle souhaitait apporter une contribution importante à leur voyage et ne pouvait se résoudre à abandonner le renard tout de suite.

Cependant Oliver secouait la tête.

– Ne te laisse pas entortiller par l'Ailleurs, dit-il en rangeant les cartes dans son sac. S'il te plaît, Alice. Rappelle-toi pourquoi on est là. Si on ne respecte pas mon plan d'origine, on risque de ne jamais retrouver ton père.

Cette simple allusion à Père suffit à remettre Alice dans le droit chemin.

– Bien sûr que je me souviens pourquoi on est là, répliqua-t-elle aussitôt, les joues en feu. Pas besoin de me le rappeler.

Oliver hocha la tête et sembla même un peu désolé d'avoir fait cette remarque.

*Ne te laisse pas distraire*, se sermonna Alice. *Ne te laisse pas distraire. Songe à Père*, se dit-elle. *Il attend de l'aide. Il souffre quelque part.*

Bref, il n'en fallut pas davantage pour qu'elle réagisse.

Elle adressa un léger sourire au renard, qui détala ensuite dans la forêt, et rejoignit Oliver devant la porte rouge. Ils étaient venus rencontrer le Temps. Ils étaient là pour sauver Père.

Elle inspira un grand coup.

– Prête ? lui demanda Oliver.

– Toujours, dit-elle.

Alors ils frappèrent.

Tous les deux ensemble, chacun avec ses phalanges. Oliver précisa que cela faisait partie des bonnes manières de l'Ailleurs. Quand deux personnes venaient en visite, toutes les deux devaient frapper.

– Sinon, expliqua-t-il, ça passerait pour un mensonge, tu ne crois pas ? (Il sourit.) On pourrait s'imaginer qu'une seule personne vient prendre le thé, alors qu'en fait elles sont deux !

Alice haussa un sourcil. Elle ne fit pas de commentaire, mais trouvait Oliver de plus en plus bizarre.

Ils frappèrent donc à la porte du Temps, jusqu'à ce qu'Oliver annonce qu'ils avaient suffisamment tambouriné et qu'il fallait à présent attendre.

– Longtemps ? demanda Alice. On attend combien de temps ?

– Le temps que ça prendra, répondit-il. Jusqu'à ce que soit le moment.

**Dix minutes plus tard, Alice maugréait dans son coin.**

Elle trouvait tout cela un peu ridicule. Attendre le Temps ! À tous les coups elle perdait la tête, elle en était persuadée. Elle tenta de se rappeler la dernière fois qu'elle avait dormi, mais n'y parvint pas.

Quel jour était-ce ? Depuis combien de temps étaient-ils partis ? Mère et ses frères avaient-ils enfin remarqué sa disparition ?

Alice se voyait accorder si peu d'attention et d'affection à la maison qu'elle avait du mal à croire qu'elle puisse manquer à Mère. Mais Alice sous-estimait la place qu'elle occupait dans le cœur et l'esprit de ceux qu'elle rencontrait, et elle n'avait aucun moyen de savoir à quel point son absence affecterait ceux qu'elle aimait. Pas plus qu'elle n'avait le temps de s'éterniser sur la question. Ici, en Ailleurs, ses journées étaient plus étourdissantes que jamais, et même si sa maison lui manquait, elle ne regrettait pas, en revanche, les longues heures insignifiantes ou les interminables périodes de solitude. Ici, au moins, elle avait Oliver – un ami différent de tous ceux qu'elle avait jamais pu connaître – et l'aventure permanente pour lui occuper l'esprit.

À ce propos, d'ailleurs, la grande porte rouge avait fini par s'ouvrir.

Derrière elle se tenait un petit garçon.

Vêtu d'une salopette en jean sur un tee-shirt rouge vif, il les scruta à travers une paire de lunettes bien trop grandes pour son visage, en s'attardant sur Alice.

Oliver et elle restaient muets.

– Bien, dit l'enfant dans un soupir. (Il avait l'air d'avoir vécu la vie d'un vieil homme.) C'est très bien de l'avoir amenée.

Puis il fit volte-face et s'en alla, repassant par une porte dans un univers dont elle ne pouvait voir les confins.

Oliver s'apprêtait à lui emboîter le pas, quand Alice lui lança un regard soucieux.

– Ne t'inquiète pas, lui dit-il en lui prenant la main. C'est mon ami. Et je suis déjà venu ici.

∞

Ils suivirent le garçon dans une maison si sombre qu'Alice crut avoir perdu la vue. En réalité, il était si impossible de voir autre chose que le garçon que l'obscurité semblait volontaire.

Le Temps était quelqu'un de secret, apparemment.

Sur la pointe des pieds, tous les trois traversèrent des couloirs, gravirent des escaliers et passèrent sous des portes, jusqu'à ce qu'ils parviennent enfin dans une pièce inondée de lumière. À l'intérieur se dressait un bureau très ancien et de très vieux fauteuils (vous remarquerez au passage que les jeunes gens excellent à repérer les vieilleries), et chaque centimètre de la pièce était recouvert de chiffres. Collés sur les murs, encadrés et suspendus comme des photos, tapissant les fauteuils, sans parler de livres et de livres de chiffres qui s'empilaient sur le plancher, les rebords de fenêtres et les tables basses. Bizarre.

Le petit garçon insista pour qu'ils s'assoient, puis, à la grande surprise d'Alice, il s'installa dans le fauteuil derrière le bureau, entrelaça ses doigts sur le plateau et déclara :

– Alice, c'est un plaisir de vous rencontrer enfin.

– Oh, fit-elle, c'est un plaisir de vous rencontrer aussi, monsieur… euh… monsieur le Temps.

– Inutile d'être aussi guindée, dit-il en se calant dans son fauteuil. Appelez-moi Tim. Et, s'il vous plaît, ajouta-t-il dans un sourire en désignant son apparence, veuillez pardonner mon âge. Il change d'heure en heure.

Alice essaya de sourire.

– Merci de me retrouver ici à nouveau, dit-il à Oliver. Je sais combien il est difficile de négocier avec mon équipe de sécurité, mais je peux vous être utile uniquement si je suis susceptible de ne pas être dérangé. (Il dit, s'adressant à Alice :) J'espère que mes amies ne vous ont pas trop effrayée. Certaines personnes trouvent ces tailleurs-pantalons extrêmement intimidants.

– Pas du tout, lui assura-t-elle d'une voix chevrotante. J'ai trouvé leurs tenues adorables.

Mais Alice était déconcentrée. Tim avait des cheveux noirs et un teint mat qui lui rappelaient son père. Père n'avait certes pas la peau d'un aussi joli marron que celle de Mère, mais juste une nuance ou deux plus claire, et le cœur d'Alice était envahi par une soudaine bouffée d'émotion alors qu'elle se remémorait le visage de ses parents.

– Bon, reprit Tim en se tournant vers Oliver d'un air très professionnel. Vous avez rapporté le livre ?

Oliver acquiesça et posa le livre de poches sur le bureau.

– Très bien, très bien, dit Tim d'un air vaguement déçu. Merci de me l'avoir rendu.

Alice jeta un regard rempli de points d'interrogation à Oliver. Il ne lui avait toujours pas dit ce qu'ils faisaient là, et elle commençait à se rendre compte qu'il le faisait rarement, ou alors quand c'était trop tard.

Tim parut comprendre.

– Oliver m'a rendu visite, expliqua-t-il, la dernière fois qu'il était en Ailleurs. J'avais respectueusement émis la requête que, dans l'hypothèse probable où il échouerait dans sa mission, il me rapporterait le livre de poches. Et, fidèle à sa parole, il est ici présent.

Tim joignit les mains sur son bureau et prit le temps d'adresser à Oliver un sourire affable, quasi paternel – ce qui, pour ne rien vous cacher, mettait mal à l'aise quiconque assistait à la scène, puisque Tim avait le visage et la constitution d'un enfant de sept ans, et ne semblait absolument pas en mesure d'avoir engendré qui que ce soit.

– Mais pourquoi Oliver est-il venu ici auparavant ? s'enquit Alice. À quoi pouvait bien lui servir ce livre de poches ?

– Eh bien, répondit Tim d'un air étonné, à trouver la poche de votre père, évidemment.

– La poche de mon… Désolée ! dit-elle, médusée. La poche de mon père se trouve là-dedans ?

– Oui, intervint aussitôt Oliver. Le livre de poches m'a amené à Tim la dernière fois que j'étais ici. J'ai eu besoin de lui remettre le contenu de la poche de ton père.

– Oliver ! rétorqua Alice, horrifiée. Tu as remis les affaires de Père à quelqu'un d'autre ? Qu'est-ce qui t'a pris de faire une chose pareille ?

Oliver se redressa dans son siège.

– Non, dit-il. Ce n'était pas… Je n'ai pas…

– Votre père s'est retrouvé dans une situation délicate, disons, déclara Tim avec gentillesse. Oliver essayait seulement d'arranger les choses.

– Quoi ? fit Alice en regardant Oliver d'un air paniqué. Pourquoi ne pas me l'avoir dit plus tôt ? s'écria-t-elle. Qu'est-ce que Père a fait ? Était-ce affreux ? Il a… mangé quelqu'un ?

(Ces dernières paroles firent tressaillir Tim, mais évitons de nous attarder là-dessus).

– Bien sûr que non, dit Oliver. Mais il a mis beaucoup trop de temps à prendre une décision. Souviens-toi, Alice… on a en a parlé : c'est un grave délit.

Alice était abasourdie. Il lui fallut une bonne minute pour recouvrer la voix et, lorsque ce fut le cas, elle déclara :

– C'est l'une des lois les plus ridicules que j'aie entendues de toute ma vie.

Tim toussota, manifestement vexé, tout en fixant un coin éraflé de son bureau, puis se pinça la lèvre inférieure entre le pouce et l'index. Finalement, il abaissa la main et, en prenant un air faussement bienveillant, expliqua :

– Voyez-vous, c'est très simple, en réalité. Au pays de l'Ailleurs, le temps perdu, partagé ou libre n'existe pas, et j'ai bien peur que votre père en ait utilisé plus que celui qui lui était imparti. Comme ce qu'il a pris m'appartenait, j'étais le seul à avoir la permission de fouiller ses poches.

Il marqua une pause, avant d'ajouter :

– Mais il n'y avait pas grand-chose à récupérer, je le crains. Si bien que je n'ai eu d'autre choix que de saisir sa règle.

Les mains d'Alice retombèrent sur ses genoux, tandis qu'elle se redressait et contemplait en écarquillant les yeux le visage rond de Tim qui tictaquait. Sa bouche faisait tic, ses mains faisaient tac. On aurait dit une vieille pendule.

Brusquement, Alice comprit.

– C'est ce que voulait dire Ted ? articula-t-elle lentement. Sur le fait d'être arrêté ? (Elle regarda Tim et Oliver à tour de rôle.) Père a été arrêté pour avoir pris trop de temps ?

Les sourcils de Tim se haussèrent de plus de deux centimètres et ses lunettes surdimensionnées lui glissèrent le long du nez.

– Oui… c'est ce que je dirais, déclara-t-il en rajustant sa monture. Je dirais cela, en effet.

– Oh là là !… fit Alice, qui agitait les mains à mesure qu'elle mesurait toute la gravité de la situation. Oh… Oh… *Ooooh…*

– Je sais que c'est une bien maigre consolation, dit gentiment Oliver, mais… voudrais-tu voir sa poche ?

Alice cessa de gesticuler et hocha la tête.

Oliver regarda Tim pour s'assurer qu'il ne s'y opposait pas, et ce dernier acquiesça. Oliver décocha à Alice un sourire chaleureux et ouvrit le livre de poches. Elle se leva et regarda par-dessus l'épaule d'Oliver dans la même seconde qu'il fallut à Tim pour éternuer. Les vieilles pages moisies du livre avaient libéré de la poussière, et tandis que Tim se mouchait, Oliver se pencha sur l'ouvrage avec grand soin. La tranche émit le grincement et le râle d'un vieil escalier emprunté par de grosses bêtes sauvages, et même si Oliver prenait toutes les précautions du monde, il ne pouvait que troubler la paix du livre de poches.

Alice ne l'aida pas non plus.

Elle était si émerveillée – tellement enchantée – qu'elle tendit la main pour le toucher.

Elle le tapota, en réalité.

Elle appuya carrément un doigt sur une page et Oliver fit un bond dans son fauteuil en lâchant l'ouvrage, épouvanté. Tim secoua la tête, soupira, et éternua deux fois encore dans son mouchoir. Mais le pire de tout – *le pire de tout* –, c'est que le livre cria après Alice.

Oliver le récupéra aussitôt par terre pour l'éloigner d'Alice, à laquelle il lança un regard de réprimande et, bien qu'il tente de tourner la page offensée, celle-ci refusait de se laisser faire.

– Allez, calme-toi, finit par dire Tim en agitant son mouchoir en direction de la poche du livre. Inutile de piquer une crise. Simple curiosité de sa part.

– Je n'ai pas réalisé qu'une poche pouvait se mettre en colère, avoua Alice.

– Ces poches appartiennent à de vraies personnes, expliqua Oliver. Certaines font même partie des vêtements qu'ils portent encore. Je crois que la femme que tu viens de toucher dormait, ajouta-t-il en réprimant un sourire.

Sa recherche de la poche de Père nécessitait plus de temps qu'Alice ne l'aurait cru, et ça la rendait anxieuse.

Oliver secoua la tête.

Le cœur d'Alice se serra.

– En général, intervint Tim, les poches sont seulement répertoriées après avoir été perdues. Abandonnées. Parfois, une personne voudra indexer le contenu d'une poche importante qu'il porte toujours, mais la plupart préfèrent qu'on respecte leur vie privée. Un livre de poches est souvent le meilleur endroit pour rechercher des choses qu'on a égarées. (Il posa la main sur l'épaule d'Oliver et sourit à Alice.) C'est très intelligent de sa part de se mettre à la chercher, vous ne trouvez pas ?

Alice ne savait trop quoi dire.

Voyant son regard interdit, Oliver fit de son mieux pour lui fournir d'autres éclaircissements.

– On a aussi des livres de poches à Ferenwood, dit-il. À mon arrivée en Ailleurs, ma première tâche consistait à essayer d'en trouver un, parce que j'espérais que les affaires perdues de ton père avaient été cataloguées.

*Intelligent, en effet*, pensa Alice. Mais elle n'osa pas le dire à voix haute. Sans vouloir l'admettre, l'ampleur des connaissances et de l'expérience d'Oliver commençait à lui déplaire. Elle aussi aurait bien aimé être intelligente. Elle aussi aurait souhaité sauver la situation. Il s'agissait de son père *à elle*, après tout. Où étaient donc passées toutes ses bonnes idées ?

Pourquoi n'était-elle pas l'héroïne de cette histoire ?

– Comme toutes les poches sont référencées en fonction de la date, de l'heure et du lieu de leur découverte, poursuivait Oliver, je savais que, même sans pouvoir accéder au contenu de la poche de ton père, je saurais au moins *où* il l'avait perdue. Où lui-même était passé. Un peu de chance et beaucoup de persuasion m'ont énormément aidé dans ma quête. Au final, ma découverte m'a mené jusqu'à Tim, qui est devenu un grand ami. Il m'a tellement appris sur l'Ailleurs.

Une fois de plus, Tim arbora le visage radieux d'un parent fier de sa progéniture.

Alice eut l'impression de s'engourdir sur place, tandis qu'elle se sentait de plus en plus inutile.

– Oh… fit-elle simplement.

Oliver tourna une autre page du livre.

– Ah, on y est ! s'exclama-t-il enfin, en tapotant doucement, très doucement, sur celle-ci. (Et le livre gémit, tranquillement, cette fois.) C'est bien elle.

En effet.

C'était la poche de Père.

Alice la reconnut sur-le-champ. C'était la seule poche de sa veste en jean délavé ; elle s'en souvenait, parce qu'il la portait la dernière fois qu'elle l'avait vu, presque trois ans plus tôt.

– Oliver, murmura-t-elle, les yeux rivés sur le livre, les mains jointes sur ses genoux. Je t'en prie, dis-moi ce qui se passe. Qu'est-il arrivé à Père après son arrestation ? Il a réussi à se libérer ? Il se cache quelque part ?

Tim se tourna vers Oliver.

Oliver détourna le regard.

Alice se mordilla la lèvre ; son cœur était submergé par l'émotion et elle ne savait plus comment surnager.

– Qu'est-ce qu'il y a ? C'est quoi, le problème ?

– Ma chère petite, dit Tim avec gravité. Votre père est en prison.

Alice crut que son cœur cessait de battre.

– Et sa peine est très longue, renchérit Oliver.

– Ooooh ! oui… soupira Tim. Nombreux étaient les mots qui composaient la sentence.

Alice se tourna vers Oliver, tandis que les larmes lui montaient aux yeux.

– Donc, quand tu affirmais que tu savais où Père se trouvait, c'était ce que tu voulais dire ? Tu savais qu'on l'avait emprisonné ?

Oliver acquiesça.

– La dernière fois que j'étais ici, j'ai essayé de le faire sortir de manière légale. J'ai pensé qu'en suivant le règlement, je pourrais le faire libérer.

Il secoua la tête.

– Mais à présent je sais que la seule façon de le faire sortir consiste à l'aider à s'évader.

Alice renifla en chassant ses larmes et tenta de faire preuve de courage.

– Donc, on doit faire un truc illégal ?

Oliver acquiesça à nouveau.

– Bon, alors vas-y, je t'écoute, dit-elle en se ressaisissant. (Puis elle regarda Oliver et Tim à tour de rôle.)

Comment ça se passe ? Qu'est-ce qu'on doit faire au juste ?

Aucun des deux ne répondit dans la seconde.

Enfin, Tim se pencha, scruta les deux enfants devant lui et déclara :

– Oliver, n'avez-vous jamais dit à Alice pourquoi vous aviez besoin d'elle ? Sait-elle au moins pourquoi elle est ici ?

– Bien sûr que je sais pourquoi, intervint Alice. Je suis ici pour l'aider à retrouver mon père.

Tim arqua un sourcil.

– Je n'en doute pas une seconde, dit-il. Mais n'avez-vous pas demandé pourquoi Oliver avait besoin de *votre* aide en particulier ?

– Eh bien si, mais… (Alice s'interrompit pour jeter un regard à Oliver, dont le visage avait pris une jolie nuance tomate.) Eh bien… Oliver m'a dit que Père avait demandé après moi. C'est Père qui lui a dit d'aller me chercher. En définitive, je ne sais pas pourquoi, admit-elle en se tordant les mains. Mais peu importe, non ? Père souhaitait ma présence. Père a sollicité mon aide.

Tim retira ses lunettes et soupira. De plus en plus angoissée, Alice posa de nouveau son regard sur lui, puis sur Oliver.

– Oliver, reprit Tim, dont la voix trahissait une grande déception, je suis étonné d'une telle fourberie de votre part. Vous auriez dû lui annoncer clairement ce que vous attendiez et espériez de ce voyage.

– Quels espoirs ? fit Alice en se tournant frénétiquement vers Oliver. Quelles attentes ? Qu'est-ce qu'il se passe ?

Le visage d'Oliver avait viré au bordeaux. Alice avait beau insister, il refusait de la regarder en face ; la gorge nouée, elle ne parvenait pas exprimer sa colère, ni même à lui parler.

– Alice, ma chère, dit Tim en rajustant ses lunettes. Oliver n'a jamais rencontré votre père. Il n'a pas échangé un seul mot avec lui.

Elle faillit dégringoler de son siège.

– M'enfin… il a dit que…

– J'ai bien peur qu'il vous ait menti.

– Non, s'étrangla Alice, en regardant désespérément Oliver. C'est pas possible. J'ai fait une promesse qui… qui m'engageait à ja… jamais…

Tim secoua la tête, dépité.

– Oliver n'a jamais vu votre père, du moins pas en Ailleurs, précisa-t-il avec fermeté. Il n'est jamais parvenu à ce stade.

La pauvre Alice avait le souffle de plus en plus court.

– Faire évader votre père est une bonne idée, enchaîna Tim, mais le problème, c'est que personne ne sait exactement où les prisons se tiennent. Il en existe des dizaines, chacune formant son propre village, et toutes sont fermées par des entrées des plus sécurisées. En d'autres termes, il est quasi impossible d'y accéder. Vous comprenez ? Ce n'est pas aussi simple que… Alice ? Alice… ?

L'esprit d'Alice était en ébullition.

*Oliver lui avait menti.* Ce qui signifiait qu'Oliver lui *mentait*… depuis combien de temps ? Combien de mensonges lui avait-il dit ? Comment s'était-il débrouillé pour la piéger ? Comment pourrait-elle lui faire confiance désormais ? Comment pourrait-elle…

Tim frappa le bureau pour capter son attention.

– Jeune fille ! dit-il d'un ton sec. Vous écoutez, au moins ? Je disais que j'avais besoin de voir vos brochures pour touristes. J'espère de tout cœur que vous les *avez* sur vous, ajouta-t-il dans un froncement de sourcils. On a dû vous les remettre au poste-frontière. Vous êtes bien passée par la frontière, n'est-ce pas ? Si vous étiez ici présente sans une règle, cela aggraverait grandement la situation.

– Non, parvint à répondre Alice. Enfin, oui, je veux dire. Oui, j'ai ma règle. Et les brochures.

Elle plongea la main dans ses poches et en sortit une pile de dépliants sur papier glacé, qu'elle fit ensuite glisser sur le bureau. La peur lui donnait le vertige et elle ne pouvait plus se résoudre à regarder Oliver.

Tim rajusta une nouvelle fois ses lunettes et saisit la première et la plus mince brochure du lot, laquelle s'intitulait :

– CE QU'IL FAUT SAVOIR AVANT LE DÉPART –

**Guide rapide et facile de l'Ailleurs**

Lorsque Tim ouvrit le petit opuscule, celui-ci se déploya sur le bureau, puis par terre jusqu'à ce qu'il ne mesure pas moins de trois mètres de long, dont chaque centimètre était imprimé en lettres capitales serrées et convulsives, le tout constellé d'innombrables points d'exclamation. Alice se sentait submergée par ce fatras d'informations et se félicita de ne pas s'être donné la peine de feuilleter les autres brochures :

– GUIDE DE CONVERSATION DE L'AILLEURS –

**pour comprendre les langues que vous ne parlez pas**

– GUIDE DES DESTINATIONS –

**les 10 villages à visiter absolument cette année**

— ACHETEZ COMME UN AUTOCHTONE —

**le guide secret des meilleurs souvenirs à se procurer en ville**

Parce que tous ces dépliants s'adressaient à des touristes et qu'Alice ne se considérait pas comme telle, mais plutôt comme la courageuse héroïne d'un conte improbable.

– Ah ! fit Tim en tapotant du doigt le texte d'une page. Ici, vous voyez ? Sous la liste des *Objets permis et prohibés*. Elle a été mise à jour récemment, figurez-vous.

Il lança un regard à Alice et s'approcha en lui faisant de la place afin qu'elle puisse mieux voir :

> Le temps est permis jusqu'à ce qu'il soit prohibé ; à savoir jusqu'à ce qu'il ait expiré, autrement dit, jusqu'à ce qu'il ne soit plus valable sous les conditions générales de son acquisition d'origine, lesdites conditions ayant été approuvées à la remise d'UNE (1) règle de l'Ailleurs modèle standard, dont l'obtention est requise pour tous les visiteurs depuis soixante et deux années (voir section 172-5.42). Et en tant que telle, l'acquisition illicite de temps sera punie par la loi de Toutes-les-Terres, et la peine ne devra pas être inférieure à cinq années de DAI (Détention asservie en isolement, ci-avant désignée sous cette abréviation), laquelle peine est régie par les lois de l'exil, dont la durée peut varier. **Modifications afférentes à ajouter : en vue d'insister sur la gravité du délit de vol de temps, la DAI sera dorénavant exécutée en vertu de la loi de la Couleur complexe.**

Alice s'effondra dans son fauteuil. Elle était persuadée que tous ses os s'étaient détachés ; pour un peu, elle aurait juré les entendre, les coudes se cognant aux poignets, les poignets heurtant les phalanges, mais cela n'avait rien à voir. C'était Tim qui martelait de nouveau le bureau pour obtenir son attention.

Elle sursauta sur son siège.

– Alice ? Alice ! disait-il. Comprenez-vous ce que vous venez de lire à l'instant ?

– Oui, répondit-elle d'une voix posée, sans pouvoir se résoudre à le regarder en face. Père a été emprisonné pour avoir gaspillé du temps.

– En effet, ma chère, mais c'est plus compliqué encore. L'Ailleurs a renforcé toutes les peines d'emprisonnement avec la loi de la Couleur complexe.

Alice battit des paupières.

Tim se pencha vers elle.

– Vous savez de quoi il s'agit ?

La mort dans l'âme, Alice lança un dernier regard à Oliver en vue de le faire parler, mais Oliver gardait les yeux rivés au sol.

*Quel lâche*… se dit-elle.

Elle le détestait, de savoir qu'il était au courant de tout cela et qu'il ne lui en avait jamais parlé. Elle croyait qu'ils avaient franchi ces obstacles, qu'ils étaient à égalité désormais, et qu'il aurait partagé tout ce qu'il savait avec elle. Au lieu de quoi, il l'avait piégée pour qu'elle lui accorde sa confiance et lui avait menti dès qu'il avait pu. Elle se sentait plus idiote que jamais. Il s'était prétendu son ami, mais ce n'était qu'un mensonge, pas vrai ? *(Non, ce n'en était pas un, mais nous y viendrons plus tard.)* Alice était furieuse, blessée, dévastée, et elle ne pourrait plus le supporter longtemps. Sa fierté ne le supporterait pas.

– Alice ? répéta Tim.

– Non, dit-elle, d'un ton plus hargneux que souhaité. J'ignore ce qu'est la loi de la Couleur complexe. Est-ce que je devrais le savoir ? Ça n'a pas l'air aussi affreux que le reste de ce que j'ai lu à l'instant.

– Pourtant, ça l'est, dit Tim.

Ses lunettes avaient encore glissé le long de son nez ; il les remonta à nouveau.

– C'est terrifiant. Vous ne vous rendez pas compte ? Ils l'ont dépouillé de sa couleur.

– Quoi ? fit-elle dans un sursaut, tout en sentant Oliver tressaillir.

– Sa couleur, ma chère. Sa couleur.

– Mais je ne comprends pas. Comment pourrait-il…

– Vous devriez le comprendre mieux que quiconque, dans la mesure où vous venez de Ferenwood. Les lois sont les mêmes en Ailleurs : c'est la terre nourricière qui nous donne notre couleur ; c'est la magie que nous consommons qui nous rend radieux. Sans cela, eh bien… (Il désigna le visage d'Alice.) Vous êtes bien placée pour connaître les effets provoqués par une magie déficiente.

Alice eut l'impression d'avoir reçu une gifle magistrale.

Elle savait depuis toujours ce que les gens pensaient d'elle ; elle entendait les murmures dans les rues de la ville. Le peuple de Ferenwood avait une peau, des cheveux, des yeux dans des tons aussi riches et radieux que la terre elle-même ; c'était la magie des fruits et des plantes dont ils se nourrissaient qui donnait aux gens leur teinte. Être coloré signifiait qu'on possédait la magie en soi, si bien qu'on présumait que si Alice n'avait pas de couleur, elle n'avait aucune magie non plus. Et après sa récente contre-performance à la Présentation, Alice était persuadée qu'elle avait confirmé tout ce dont on la soupçonnait à tort. Elle baissa la tête, honteuse. Elle ne chercha même pas à réfuter les arguments de Tim.

– Père me ressemble maintenant, alors ? dit-elle calmement. Il n'a plus la moindre couleur ?

– C'est un peu différent, précisa Tim. Dès lors qu'un détenu est placé en isolement, on le dépouille de toutes ses couleurs vives pour ne lui laisser qu'une version de lui-même dans un nuancier de tons gris. Il n'affiche en revanche aucun éclat, ni dans ses yeux ni sur ses joues. Mais vous, Alice, vous existez tout en couleur et non pas en grisaille. Le soupçon de marron dans vos yeux, voire le léger rose de vos joues, ce sont de vraies couleurs, en dépit de leur présence limitée. Cependant, les prisons de l'Ailleurs sont uniquement construites dans l'échelle des gris. À l'heure où nous parlons, votre père ne possède aucune véritable couleur, ce qui le rend incompatible avec le monde réel. S'il tentait de rentrer chez lui sous l'aspect qui est à présent le sien, les exigences physiques d'une existence en quadrichromie l'anéantiraient. C'est une mesure de sécurité qui rend impossible son évasion.

Un unique sanglot s'échappa des lèvres d'Alice avant qu'elle plaque la main sur sa bouche. On venait de lui asséner une telle série de nouvelles atroces qu'elle ne savait même pas par laquelle commencer.

Au moins, elle comprenait enfin pourquoi Oliver avait tellement besoin d'elle. Il voulait parachever sa mission *à lui* en utilisant son talent *à elle*. Celui-là même qu'elle n'avait partagé avec personne. Celui qu'elle aurait dû montrer lors de sa Présentation, alors qu'elle ne l'avait pas fait.

Ce talent qu'elle détestait.

Oh, elle pourrait le tuer pour la peine. Pour lui avoir menti. Pour l'avoir trompée. Pour lui avoir fait croire qu'il se souciait d'elle, de Père ou du chagrin qu'elle éprouvait depuis l'absence de Père. Oliver ne se souciait pas d'elle, songea Alice. Son seul souci était de terminer sa mission.

Comment pourrait-elle de nouveau lui faire confiance ?

Elle ne pourrait pas. Elle ne le voudrait pas.

Tim revint à la charge. Il était le seul à vouloir lui dire la vérité dans toute son horreur :

– Alice ? Vous comprenez ? Vous comprenez pourquoi on a tellement besoin de vous ?

– Je comprends, dit-elle d'une voix douce. Mais il y a encore un détail qui m'échappe.

– Lequel ?

Alice ne savait pas trop comment formuler sa phrase délicatement.

– Pourquoi ne l'ont-ils pas simplement mangé ? s'enquit-elle. Pourquoi l'avoir mis en prison ?

Tim fut soudain visiblement mal à l'aise.

– *Eh bien*... hésita-t-il. Vous ne devez pas tous nous mettre dans le même panier, mademoiselle Queensmeadow. Nous ne sommes pas tous d'accord pour manger les visiteurs, figurez-vous. En fait, pas plus tard que l'autre jour, j'ai lancé une pétition en vue d'épargner les plus jeunes, voyez-vous, dont la magie est la plus pure, et par conséquent la plus convoitée…

– Malgré tout, insista Alice, pourquoi est-il toujours en vie ?

Tim s'éclaircit la voix.

– Eh bien, voyez-vous, c'est la loi qui l'exige. Elle stipule que les prisonniers doivent être rendus le plus utiles possible avant de… d'être vendus au plus offrant.

– D'accord, acquiesça Alice. Donc, pour être tout à fait clair, vous nous réduisez à l'état d'esclaves, nous exploitez pour ainsi dire à mort, nous vendez, et vous nous mangez seulement *après*.

– Ma foi, mademoiselle Queensmeadow, à la manière dont vous présentez les choses, cela semble presque inhumain…

Alice se leva avec précaution, récupéra ses brochures, sa dignité et son cœur brisé, fourra le tout dans ses poches, puis se tourna vers Oliver.

– Notre accord est rompu, Oliver Newbanks. Tu peux rentrer chez toi. Je retrouverai Père toute seule.

À ces mots, elle tourna les talons, franchit la porte en trombe, dévala les escaliers, traversa les multiples couloirs et se retrouva à l'extérieur en laissant dans son sillage un Oliver tout hébété et un Tim découragé, mais elle ne versa que six larmes et renifla le reste.

Puis elle se mit à courir.

Elle courut le plus vite possible pour s'éloigner de la porte rouge de Tim, s'élança à corps perdu dans la forêt que lui avait interdite Oliver – Alice se moquait de ce qu'il pensait comme de sa première baie de Feren ! – jusqu'à ce qu'elle parvienne aux confins des bois et ne puisse plus aller au-delà. Ce fut là, au milieu de nulle part (à ne pas confondre avec Nulle-Part, le pays homonyme), qu'elle se laissa tomber à genoux et se recroquevilla sur elle-même, dévastée par le chagrin.

*Père était en Détention asservie.*

Cette vérité, le jeune cœur d'Alice ne pouvait la supporter. Depuis trois longues années elle était perdue, torturée, espérant et souhaitant voir Père rentrer à la maison. Elle avait toujours prié pour qu'il aille bien, pour savoir un jour ce qui lui était arrivé, mais à présent qu'elle savait, elle le regrettait. Le cœur serré, les poumons comme pris dans un étau, Alice luttait pour respirer. Elle se sentait totalement impuissante face à l'incarcération de père, mais sa colère la forçait à réagir, si bien qu'elle la saisit à deux mains et refusa de la lâcher. Tant de choses la rendaient furieuse.

À commencer par cela : *Oliver était un menteur*.

Encore une vérité qui brisait le cœur d'Alice. Elle lui avait fait confiance, s'était liée d'amitié avec lui, et Oliver lui avait menti. Il l'avait manipulée. Il n'avait cessé de lui cacher des informations encore et encore, et avait tenu secrets les détails les plus essentiels de l'emprisonnement de son père. Il aurait dû dire exactement à Alice ce qu'il attendait d'elle ; elle aurait dû s'assurer sa participation volontaire à toutes les étapes du plan qu'il avait élaboré. Sans compter qu'il avait pris une ribambelle de décisions inconsidérées et de plus en plus stupides.

Bref, tout cela était entièrement de sa faute *à lui*.

À mon humble avis, cher lecteur, le raisonnement d'Alice concernant la stupidité Oliver était un peu léger pour qu'elle se voie forcée d'abandonner son partenaire, par ailleurs si bien informé des us et coutumes de cette contrée, à une étape aussi critique de l'histoire. Si Alice avait eu le moindre instinct de survie, elle aurait attendu un moment (ou un endroit) plus sûr pour s'échapper. Mais Alice et Oliver avaient plus de points communs qu'ils ne s'en doutaient : tous deux étaient des passionnés à l'esprit ébouriffé, et uniquement coupables d'être jeunes et ignorants.

Alice n'avait ni la maturité ni suffisamment de recul sur elle-même pour s'interroger sur la capacité d'Oliver à mentir avec autant de constance et de talent ; elle ne pouvait alors deviner que ce n'était pas la cruauté mais la peur qui le poussait à mentir. La peur du rejet, de l'abandon, de la solitude infinie. Elle savait très peu de choses sur la vie intérieure d'Oliver, tout simplement parce qu'elle ne lui avait jamais posé de questions à ce sujet.

Oliver n'avait lui non plus fait aucun effort pour comprendre Alice. Sa jeune existence avait toujours été sûre, ennuyeuse et d'un confort prévisible ; il n'avait jamais connu le poids du chagrin ou de la pauvreté. Il ne comprenait pas qu'un cœur brisé, délaissé depuis longtemps, finirait par cesser de battre. Et Alice, dont le cœur était sérieusement abîmé depuis plusieurs années, avait désespérément besoin de quelqu'un pour décharger sa peine. Ce soir-là, elle choisit Oliver. En cet instant précis, la colère engendrait sa propre magie ; elle offrait à Alice l'énergie, l'adrénaline et une forme biscornue d'autosatisfaction qui, uniquement pour une courte période, la pousserait à prendre deux décisions imprudentes.

Abandonner Oliver serait la première.

On continue…
pas de temps à perdre !

**Oliver Newbanks était partagé entre la terreur** et l'angoisse. Il avait fui le domicile du Temps et courait, paniqué, à l'aveuglette, inspectant le moindre lac ou la moindre colline, pour le cas où il apercevrait son amie – mais elle n'était nulle part en vue. Si seulement il avait su où la chercher, il n'aurait eu aucun mal à la retrouver, car elle ne faisait aucun effort pour disparaître. En vérité, elle s'était carrément donnée en spectacle en pensant que personne ne regardait.

Assise par terre au beau milieu des bois – la tête posée dans une main, les jupes retroussées jusqu'aux genoux –, à cet instant Alice transformait toute la forêt en bleu électrique. Elle avait changé la couleur plusieurs fois à présent mais ne parvenant pas à se décider sur la nuance qui conviendrait le mieux. Elle scruta alors les arbres et s'accorda un petit cri de plaisir en songeant : *Oh, ces feuilles auraient meilleure allure en rose, non ?* Puis elle coloria les troncs en rose aussi. Jouer avec la magie lui avait toujours remonté le moral.

Cher lecteur, auquel rien n'échappe, j'imagine que vous avez maintenant deviné, non ?

Je sais que je n'ai pas vraiment tenu cela secret – et peut-être que j'aurais dû –, mais ça me plaît de savoir que vous avez deviné, parce que j'aimerais enfin faire cette déclaration tout à fait sincère : même si Alice prétend le contraire, son talent n'a jamais été celui d'une danseuse. Son véritable don de magicienne était celui d'un véritable pinceau vivant.

Alice pouvait modifier les couleurs de n'importe quoi sans sourciller. Elle parvenait à transformer une personne en bleu, une chose en vert, un endroit en jaune, et même si elle aurait dû être fière d'une pareille habileté, elle ne l'appréciait pas. La détestait. La niait avec une telle véhémence qu'elle avait fini par se convaincre que ce n'était pas un véritable talent. Parce que Alice – *Alice l'Incolore* – pouvait changer la couleur de tout et n'importe quoi, sauf la sienne.

Elle était persuadée qu'il s'agissait d'une magie uniquement destinée à la ridiculiser.

Néanmoins, le simple fait de créer des couleurs l'aidait toujours à apaiser son cœur, et lorsqu'elle en fut pleinement rassasiée, elle s'épousseta les mains, les plongea ensuite dans ses poches en quête des brochures qu'elle avait négligé de lire plus tôt. Alice en avait assez de compter sur Oliver pour prendre les décisions et lui dire où aller. Elle pouvait se débrouiller toute seule, avait-elle décidé, d'autant plus qu'elle connaissait maintenant l'essentiel sur le pays de l'Ailleurs. Et puis elle détenait les informations là, dans ses mains, et n'avait plus qu'à étudier tout ça.

Cependant, elle n'arrivait pas à se concentrer.

Ses mains tremblaient, ses pensées s'embrouillaient et, pour ne rien vous cacher, elle était effrayée. Alice avait espéré se montrer courageuse – plus forte que ses propres frayeurs –, mais elle restait blessée à l'intérieur et, même si sa colère l'aidait à tenir debout, celle-ci ne pouvait la garder en équilibre, si bien qu'elle risquait de glisser à chaque instant.

Fatiguée, inquiète, elle ne cessait de penser à Père, à la vie qu'il avait dû mener ces dernières années, tout en se demandant si elle parviendrait un jour à le rejoindre. Il était en danger, elle le savait désormais et n'ignorait pas non plus que l'Ailleurs ferait de son mieux pour empêcher Père de revoir sa fille. Bref, elle prenait conscience qu'il s'agissait d'une mission peu courante, dont toute la gravité pesait sur ses épaules à présent. Alice doutait d'être assez forte pour sauver qui que ce soit, pas plus elle-même que n'importe qui.

L'air absent, elle se passa les mains sur le visage et se frotta les yeux. Elle attrapa ses brochures, les remit par terre, puis les reprit en main. Elle avait envie de se reposer, mais n'avait pas le temps. Elle aurait voulu prendre un bain, mais n'avait pas le temps non plus. Elle se sentait malpropre, dépenaillée, et il lui fallait à tout prix se laver, mais elle devait avant tout songer à Père. Qu'elle adorait. Qui l'avait laissée quand elle avait le plus besoin de lui. Qui s'était égaré et ne pouvait retrouver son chemin jusqu'à elle. Pas un seul jour ne s'écoulait sans qu'elle pense à lui. Pas un seul jour sans qu'elle ait besoin de lui.

Il lui manquait avec une force qui l'handicapait parfois. Tout lui manquait chez lui, chez eux, leur manière d'être ensemble. La façon dont ils avaient coutume de se chamailler, lui et elle, chaque jour.

Il lui disait qu'elle était belle et elle le traitait de menteur, alors ils se disputaient jusqu'à ce qu'elle cède. Il ne la laissait jamais gagner, ne la laissait jamais le convaincre qu'elle avait raison. Il se battait plus dur pour elle qu'elle ne s'était jamais battue pour elle-même.

Alice ferma les yeux.

*– Ça suffit, disait Père en secouant la tête.*

*Il faisait les cent pas dans la pièce. Il était en colère, avait les joues en feu, les yeux plissés, les sourcils froncés.*

*– Je déteste t'entendre parler de toi en ces termes. Tu es une toile vierge, Alice. Nul autre que toi n'est mieux préparé pour la couleur.*

*Alice levait les yeux sur lui, à la fois contrariée et épuisée.*

*– Alors, quand ? demandait-elle. Quand est-ce que j'aurai ma propre couleur ? Quand est-ce que je vous ressemblerai, à Mère et à toi ?*

*– Alice, ma chérie, disait-il en lui tendant la main. Pourquoi ressembler au reste d'entre nous ? Pourquoi est-ce toi qui dois changer ? Change plutôt la façon dont nous te voyons. Ne change pas ta manière d'être.*

*– Mais comment ? insistait-elle en serrant ses petits poings autour des mains de son père, tandis qu'elle l'attirait à lui. Comment je peux y arriver, Père ?*

*– Tu es une artiste, disait-il en souriant. Tu peux peindre le monde avec la couleur que tu possèdes en toi.*

Les souvenirs l'éreintaient ; elle desserra les poings avec un pincement au cœur.

C'était un moment de faiblesse et elle se l'accordait. Elle sentait qu'elle l'avait mérité. Elle avait décidé depuis belle lurette que la vie serait un long voyage. Elle serait tantôt forte, tantôt faible et s'accommoderait des deux.

Elle mordilla l'intérieur de sa joue, baissa le menton contre sa poitrine, laboura de ses dix doigts ses cheveux emmêlés remplis de nœuds, et s'abandonna à la faiblesse.

Mais à ce moment-là…

Bizarrement, elle réalisait à peine qu'elle n'avait pas du tout pensé à sa chevelure ces derniers temps. Certes, pas autant qu'elle en avait l'habitude. Avant de venir en Ailleurs, il s'écoulait rarement une minute sans qu'elle songe à ses cheveux et à sa peau qui ne ressemblaient à rien. Mais pas ici. De fait, elle trouvait ça idiot à présent, de se préoccuper de ses couleurs absentes. En quoi son apparence avait-elle de l'importance si elle avait un but dans la vie ?

Alice se redressa un peu.

Oliver était un menteur, et alors ? Elle avait raté sa Présentation, et alors ? Elle était perdue dans un pays étrange, sans savoir comment rentrer chez elle, et alors ? Père avait besoin d'elle, et peu importe si elle ne ressemblait à rien. Alice avait sa propre mission désormais, et elle ne reculerait pas. Elle lutterait plus fort pour Père qu'il ne lutterait pour lui-même.

Rien n'entraverait sa route !

**Alice n'avait pas sitôt fait un pas en avant** que le renard l'avait retrouvée.

Il semblait surgir de nulle part et se tenait soudain assis devant elle en remuant sa queue de papier dans la lumière déclinante. Il avait l'air paisible et doux, et penchait la tête chaque fois qu'Alice lui adressait un regard. Elle avait envie de le prendre dans ses bras pour l'emmener chez elle.

Alice entendait l'écho de la voix d'Oliver lui conseillant d'être prudente. Pour un peu, elle imaginait déjà la peur s'inscrire sur le visage de son ami, la mise en garde dans son regard. Mais elle se moquait désormais de l'avis d'Oliver, bien décidée à prouver qu'elle pouvait prendre des décisions plus avisées sans lui.

Elle se pencha devant le renard (ou la renarde ?) en origami et lui gratta le menton ; au contact de ses doigts, le papier rugueux et couleur cuivre prenait un aspect singulièrement chaud. L'animal semblait apprécier, aussi le caressa-t-elle entre les oreilles et il fourra son museau dans la main d'Alice.

– Bonjour, Renard, dit-elle.

Celui-ci bondit en arrière, mordit dans ses jupes et froissa son museau de papier aux pieds d'Alice.

Elle éclata de rire et sentit les fêlures de son cœur se réparer une à une.

Elle prit cela comme un signe. Peut-être que le renard était la chose qui avait échappé à Oliver. Peut-être qu'il lui était spécialement destiné à *elle*.

Et si le renard tentait de la conduire à Père ?

Alice savait déjà ce qu'Oliver dirait et, même en imagination, la condescendance du garçon l'agaçait. Aussi prit-elle une décision soudaine.

– Renard, dit-elle.

L'animal jappa et laissa pendre sa langue de papier.

– Renard, veux-tu me conduire à mon père ?

Le renard hocha vivement la tête.

Alice frappa joyeusement dans les mains.

– Oh ! tu comprends *vraiment* ce que je te dis, hein ?

De nouveau, l'animal acquiesça.

Alice poussa un cri de joie et entoura le renard de ses bras.

– Merci ! Oh ! Merci !

Il se mit bondir et à japper de plus belle et partait déjà en tête dans la forêt, se retournant tous les deux ou trois mètres pour s'assurer qu'elle le suivait. Alice ignorait ce qui l'attendait, mais s'enthousiasmait à l'idée de prendre la situation en main et de décider toute seule, pour une fois. Elle était sûre de faire le bon choix, de pouvoir mieux se débrouiller qu'Oliver pour traverser le pays de l'Ailleurs. Oliver n'était même jamais parvenu jusqu'à

Père, alors comment pouvait-il prétendre le sauver ? Ce renard était la clé de l'énigme, elle en était persuadée !

Son optimisme la porta ainsi dans la demi-heure qui suivit.

Quel que soit l'endroit où vivait le renard, celui-ci se situait loin du lieu où il l'avait trouvée, et plus ils s'éloignaient, plus le paysage devenait étrange. Alice supposa qu'ils étaient toujours en Inertie, mais elle ne pouvait en être certaine. Un bref instant, elle se surprit à souhaiter la présence d'Oliver à son côté pour lui indiquer où ils allaient, mais elle refréna aussitôt son envie et préféra se concentrer sur la certitude que le renard l'aiderait à retrouver Père.

Mais à vrai dire, elle commençait à s'inquiéter.

Sous ses pieds, le sol perdait son herbe, qui devenait de plus en plus sèche et clairsemée à mesure qu'ils avançaient. La nuit avait basculé dans le jour et le soleil était remonté dans le ciel. La chaleur se faufilait partout, dans la moindre cavité, et même si Alice sentait son instinct la titiller, son refus de l'admettre l'empêchait de prendre conscience de l'avertissement.

À la trente-quatrième minute, elle était comme hébétée, un pied suivant l'autre, sans qu'aucun connaisse le chemin. Elle battit des paupières une fois, deux fois, tant de fois avant de voir l'horizon se dresser au loin, et tout le reste glisser sur le côté. C'était bizarre, se dit-elle, très, très bizarre que ses pieds continuent d'avancer alors même qu'elle ne le souhaitait plus. Non seulement elle n'avait plus envie de les voir continuer, mais elle voulait exactement le contraire, sauf que personne ne pouvait dire quoi que ce soit à ses pieds, dans la mesure où son esprit ne répondait jamais présent quand elle en avait le plus besoin.

Sa gorge était affreusement desséchée.

Elle se passa la langue sur les lèvres et le ciel déboula en elle et l'emplit entièrement d'une telle chaleur qu'elle lui colla aux dents. Sous ses pas, la terre crépitait sur les bords, chaque centimètre grillé par le soleil.

Bon sang, qu'il faisait chaud !

Une chaleur horrible, suffocante.

Les pieds endoloris du talon aux orteils, Alice chemina sur des kilomètres, grimaçant sous la lumière aveuglante de ce qui semblait un été interminable, et elle se demanda, dans un moment de lucidité, si Oliver s'inquiétait pour elle.

Elle n'avait aucune idée de l'endroit où elle était.

Elle tenta de regarder alentour, mais elle n'avait pas sitôt tourné la tête qu'elle se retrouva aplatie par terre. Aussi fine qu'une crêpe, collée au sol, sa réalité physique se révélait carrément impossible. Elle suffoquait sous ses yeux, ses lèvres, la longueur de son visage, le poids invraisemblable de son squelette, et sa peau qui l'engonçait beaucoup trop. Elle était trop humaine, avec trop de dimensions pour cet univers, et réalisa seulement que ses paupières étaient fermées quand elle décida qu'il serait judicieux de les ouvrir de force.

Grâce à sa seule volonté, elle parvint à les écarter. Elle pantela, au bord de l'étouffement, son champ de vision s'aplatissant sur les bords et, lorsqu'elle battit à nouveau des paupières, une, deux, trois et quatre fois, elle se retrouva la tête en bas, à contempler un soleil de papier lumineux, agrafé à un fil étincelant et tourbillonnant.

Alice ne pouvait le deviner à ce moment-là, mais elle venait d'entrer au village de Filiforme, une localité en deux dimensions qui ne pouvait la porter.

Elle se redressa lentement en position assise et allongea un bras en avant pour se stabiliser, avant d'entendre quelque chose craquer et se froisser bizarrement ; ses yeux se fermèrent, se rouvrirent, puis se focalisèrent sur un monde entièrement fait de papier. Des nuages en papier flottaient, poussifs, à côté d'un soleil en papier, et tenaient avec de l'adhésif sur des pailles à rayures rouges et blanches. Une demi-lune froissée, pliée et repliée, était épinglée au papier bleu cartonné en toile de fond. Il y avait aussi des arbres en papier, grands et petits, gros et minces, tandis que des animaux sautillaient dans des prairies en forme de parallélogrammes. Quant aux maisons, des rectangles et triangles agrafés, avec des cheminées crachant directement dans le ciel des volutes de papier de soie couleur fumée. Les collines étaient collées l'une sur l'autre dans différentes nuances de vert et des personnages bâtons se promenaient, tout plats et de profil, dépourvus du moindre relief.

C'était déconcertant. Stupéfiant. Alice en avait le souffle coupé. N'en croyait pas ses yeux. Mais elle ignorait qu'elle se trouvait en danger – comment aurait-elle pu le savoir ? Elle s'appuya sur son bras pour se mettre debout, mais tomba en avant, le bras à présent tout mou, alors qu'il aurait dû être ferme. Elle baissa alors les yeux sur son corps et éprouva la plus étrange des sensations.

Et perçut le plus étrange des bruits.

**Alice hurlait probablement**, mais si vous lui posez aujourd'hui la question, elle niera tout net, et je ne sais pas pourquoi. Par fierté, je suppose. Je ne vais pas la culpabiliser pour avoir hurlé ; elle avait de bonnes raisons de le faire. Le renard, rappelez-vous, était toujours avec elle, sauf qu'il tenait à présent le bras d'Alice dans sa gueule et tentait désespérément de l'attirer dans son monde de papier. Alice se trouvait donc à l'orée de Filiforme et subissait toujours les effets de la proximité de ce village qui pouvait la démolir. D'un instant à l'autre, elle risquait de basculer dans cet univers où elle demeurerait à jamais en deux dimensions. Inutile de vous dire qu'elle luttait à mort.

C'était Renard contre Alice.

Elle tira et tira encore, mais il était difficile de savoir avec quelle force elle se battait, parce qu'elle ne ressentait quasiment rien. Une partie d'elle-même était réelle, l'autre fine comme du papier. Disons qu'elle éprouvait vaguement la douleur d'être écartelée, parce qu'un fragment de son corps s'était soudain transformé, mais elle ignorait de quoi il s'agissait. Elle ne s'était pas rendu compte que le renard avait réussi à lui tirer un bras jusque dans le village de papier, et ce ne fut qu'en entendant une déchirure qu'elle comprit que tout cela avait effroyablement mal tourné.

En théorie, elle remporta le combat.

Comme le renard prenait la poudre d'escampette, Alice avait dû gagner. Dans ce cas, pourquoi hurlait-elle à tue-tête maintenant ? (Cela aussi, elle le réfute aujourd'hui.)

Pour quelle raison braillait-elle, alors ? Et pendant que nous nous posons cette question, j'en profite pour me demander pourquoi, au même moment, Alice éprouvait autant de regrets ?

Eh bien, je vais de ce pas vous confier le fond de ma pensée.

Je pense qu'Alice regrettait d'avoir fui Tim et Oliver. Je pense même qu'elle aurait aimé n'avoir jamais quitté Ferenwood. Et qu'elle aurait souhaité que l'Ailleurs n'ait jamais existé, et n'avoir jamais eu de douzième anniversaire, et n'avoir jamais exhibé le mauvais talent.

Oh oui ! Je pense qu'Alice éprouvait des tas de regrets divers et variés.

Elle courut aveuglément, comme une folle, en revenant sur les pas d'un chemin impossible à la gravité impossible, un pied martelant le sol plus fort que l'autre dans la chaleur torride d'un soleil impossible.

Alice était désolée.

Elle était désolée pour tout. Désolée que Mère ne l'aime pas, que Père l'ait laissée, et pour avoir toujours cru qu'elle pourrait le sauver. Alice courut jusqu'à ce qu'elle trébuche, jusqu'à ce qu'elle tombe à genoux et que son visage heurte le sol, jusqu'à ce que les larmes dégoulinent sur ses joues. Alors seulement, Alice comprit ce que signifiait la sensation de perte.

Alors seulement elle découvrit qu'un bras entier lui manquait.

**Elle ne saignait pas**, ce fut la première chose qu'elle remarqua. La deuxième fut que son bras droit avait été arraché à son épaule. Et la troisième, alors que son esprit se remettait à peine à fonctionner, qu'elle était partiellement transformée en papier.

À la place du sang, des mèches de papier de soie. À la place des os, le souffle léger d'une brise étrange. Et même si elle éprouvait l'envie de plier le bras, de serrer le poing, de se ressaisir pour échapper à l'hystérie qui la gagnait et se dire de cesser de pleurer (*Tout va bien. Je suis en vie. Je survivrai...*), elle ne pouvait s'empêcher de contempler l'espace vide occupé autrefois par quelque chose d'important. Ensuite, chers amis, un quatrième détail attira son attention.

Ses bracelets avaient disparu.

La partie d'un bras et d'un bras entier couvert de bracelets (ces derniers constituant bien sûr la plus grosse perte), cela faisait beaucoup trop à digérer, compte tenu des circonstances. Sa tête lui faisait mal après avoir cogné le sol ; elle avait des crampes dans les jambes après avoir couru ; elle se releva en titubant, avança, pantelante, ses deux petites jambes essayant de ne pas trébucher ; ses deux pieds martelant le sol craquelé au rythme de ses battements de cœur. Elle était instable, déséquilibrée à cause de son bras unique, mais refusait de s'arrêter, de réfléchir, d'admettre tout ce qui lui arrivait, pas même un seul instant, pas même jusqu'à ce que la terre se transforme en herbe et que le soleil disparaisse sur le côté et que la nuit grimpe sur le jour, et qu'elle-même se retrouve à son point de départ, en continuant d'avancer pour ne faire que reculer dans le temps.

Finalement, Alice s'effondra.

Elle roula dans l'herbe, l'adrénaline l'empêchant de céder à la panique, et prit le temps de s'émerveiller du crépuscule où elle était retournée. Juste au-dessus de sa tête se dressait la grande porte rouge de Tim, près de laquelle s'étendait un vaste espace avec un étang à proximité. Les criquets stridulèrent alors, histoire de soulager une démangeaison, et les grenouilles coassèrent avec eux parce qu'elles trouvaient l'air entraînant ; les hautes herbes dansèrent avec sensualité dans la brise, et la lune, posée sur un nuage coquin, enveloppait tout de sa brillance. En un sens, même en cet instant parfaitement horrible, la nuit d'Inertie demeurait jolie, parfumée et terriblement enchanteresse… et Oliver Newbanks se tenait devant Alice, évoquant un personnage en verre filé.

Oliver Newbanks, qui semblait recouvrer son souffle. Oliver Newbanks, qui regardait Alice, les yeux exorbités, sa poitrine se soulevant et s'abaissant comme une forge, la sueur perlant à son front.

– Alice ? prononça-t-il avec gentillesse.

Elle répondit dans un doux murmure :

– Oliver ?

– Alice, répéta-t-il avec insistance cette fois, le regard tendu et les yeux brillants. Tu vas bien ?

Sa voix était très basse, comme s'il craignait qu'elle se brise.

Et Alice secoua la tête. *Non*. Non, elle n'allait pas bien.

La Lune s'éleva rapidement dans le ciel et, avec elle, un voile sombre qui occulta Alice en partie. Alors Oliver s'approcha et alors seulement vit ce qui était arrivé à son amie. Il recula d'un bond, plaqua une main sur sa bouche, puis s'écria :

– Oh, bon sang, Alice !

Elle ne savait trop quoi dire.

Oliver tendit la main pour effleurer l'endroit où aurait dû se trouver le bras d'Alice, et elle vit qu'il tremblait.

– Tu as mal ? dit-il d'une voix chevrotante.

Alice secoua de nouveau la tête. *Non*. Non, en fait elle ne sentait rien du tout. Elle n'avait pas encore digéré le choc d'avoir perdu son bras, aussi ne savait-elle pas vraiment comment réagir. Devait-elle s'en effrayer ? Devait-elle se montrer forte ?

– Il va repousser ? fit-elle.

Oliver écarquilla tellement les yeux qu'elle aperçut le cercle blanc autour de ses iris.

– Non, dit-il posément. Les effets de l'Ailleurs, quand on ne peut pas les corriger, sont toujours définitifs.

Ce fut alors qu'Alice éprouva la souffrance.

Les paroles d'Oliver lui firent l'effet d'un coup de poignard dans un coin du cerveau. Une douleur sinueuse, violente, explosa derrière ses yeux et lui coupa le souffle. Sans aucune raison, elle était soudain frappée de désespoir et avait mal, *très mal*, à l'endroit de son bras désormais absent. D'un seul coup, retrouver ses deux bras devint ce qui comptait le plus au monde. D'un seul coup, il existait mille et une choses qu'elle voulait faire avec ses bras, et d'un seul coup elle ne pouvait plus, *d'un seul coup elle ne pouvait plus*, et c'était beaucoup trop dur à vivre. La douleur fulgurante l'irradia, enflamma sa gorge et fit trébucher ses battements de cœur, si bien qu'en un instant elle fut si anéantie qu'elle ne put se calmer assez longtemps pour faire sortir le moindre cri de sa bouche.

Elle regarda Oliver.

– … devoir trouver un peintre, disait-il.

– Quoi ? fit-elle.

Cela ressemblait plus à un grincement qu'à un mot. Alice avait déjà perdu un père, son bras sur toute la longueur, et une kyrielle de bracelets, alors il était logique que sa voix subisse le même sort.

– Oui, disait Oliver. C'est le seul moyen.

Debout à présent, les bras croisés, il faisait les cent pas, toujours sur sa distance habituelle d'un mètre cinquante.

– Le problème, c'est que je ne sais pas au juste comment en trouver un. J'ai simplement entendu des rumeurs, tu sais ? (Il la regarda.) Ça va nous forcer à prendre un détour, ajouta-t-il sans détour, et nous faire perdre beaucoup de temps. (Il regarda au loin, en marmonnant :) Mais à l'évidence, ça en vaudra la peine, conclut-il en donnant l'impression de parler tout seul.

– Attends, grinça-t-elle à nouveau. Qu'est-ce que tu veux dire ?

Oliver s'arrêta de marcher et leva le nez d'un air surpris.

– On doit faire réparer ton bras, dit-il.

– Mais j'ai cru que tu disais que...

Il secoua la tête. Avec véhémence.

– Non, non, il ne va pas repousser. Mais on peut trouver quelqu'un qui va t'en peindre un tout neuf.

Alice allait demander des éclaircissements, mais un espoir soudain avait pris trop de place en elle et l'empêchait de se concentrer. Des sons étranges s'échappèrent de sa bouche. Des couinements stupéfaits qui, à l'évidence, signifiaient qu'elle s'efforçait de ne pas pleurer.

– Alice, dit calmement Oliver. Veux-tu me raconter ce qui s'est passé ? demanda-t-il en lui offrant un mouchoir qu'elle accepta. Où es-tu allée ? Qui t'a fait ça ? Comment es-tu revenue ?

Alice lui relata donc sa mésaventure. Elle lui dit qu'elle avait fait confiance au renard alors qu'elle n'aurait pas dû ; elle lui parla du monde de papier qu'elle avait vu et du renard qui lui avait arraché le bras quand elle avait essayé de s'enfuir.

Oliver était catastrophé.

Alice était honteuse.

Chacun d'eux était convaincu de sa culpabilité, et ils avaient raison de l'être ; ils s'étaient déchiré l'un l'autre et leurs blessures, telles des plaies béantes, n'avaient fait que s'envenimer. En vérité, tous deux partageaient la responsabilité de ce qui s'était passé. Oliver pour avoir rechigné à faire confiance à Alice et ne pas avoir réussi à ce qu'elle se sente dans la peau d'une véritable partenaire ; et Alice, pour avoir pris des décisions motivées par la colère, la peine et la témérité.

Mais les jeunes âmes se révélant plus résistantes que la plupart, tous deux allaient bientôt récupérer.

– On y va ? suggéra Oliver à tout hasard. Le temps est un truc tellement sournois. On ne peut jamais en prendre trop.

Son regard était nerveux et posait toutes les questions qu'il ne pouvait se résoudre à formuler à voix haute. Alice savait qu'il craignait qu'elle l'abandonne encore.

Si bien que lorsqu'elle hocha la tête, Oliver sourit et son soulagement décrispa ses épaules.

– On va aller où ? demanda-t-elle. Pour réparer mon bras ? Comment on se rend là-bas ?

Oliver parut touché en la contemplant, et Alice crut que c'était parce qu'il la plaignait ; mais ça n'avait rien à voir. Oliver était plus que désolé pour Alice. Son cœur avait décuplé depuis qu'il l'avait rencontrée, et les heures où il l'avait perdue avaient failli le démolir. Elle rentrait blessée et il savait que c'était de sa faute à lui – la conséquence de son égoïsme et de sa stupidité… Et il n'était pas certain de pouvoir se le pardonner.

– Sincèrement, je l'ignore, dit-il posément. (Il regarda au loin, puis ajouta :) Mais l'ignorance n'est que temporaire, quand on a l'esprit pour découvrir la solution. On trouvera un moyen.

Alice acquiesça.

Elle avait au bas mot un millier de questions et de préoccupations en tête, mais elle se débrouilla pour les garder pour elle. Pour l'heure, elle s'accommoderait de cette réconciliation, et le reste suivrait, du moins l'espérait-elle.

Oliver s'agenouilla devant elle et lui sourit. Une larme solitaire s'était échappée le long de sa joue et la brise effleura sa tunique, qu'il plissa doucement entre ses doigts.

Il ferma les yeux.

– Je suis tellement désolé, Alice, murmura-t-il. Pardonne-moi, je t'en prie.

Et comme Alice était une fille qui avait plus de cœur que de rancœur, elle lui pardonna à la condition qu'il lui pardonne aussi.

Simple comme bonjour.

Oliver lui prit son unique main et la posa contre son cœur, puis ils s'enfoncèrent, elle et lui ensemble, tous les deux directement dans la terre.

**Quand Alice rouvrit les yeux**, elle sentit la chaleur cuisante d'un soleil familier sur son dos. Tout son corps se crispa et Oliver, qui désormais se montrait très attentif, se méprit sur sa frayeur.

– Désolé, dit-il. Ces issues de secours ne sont pas toujours commodes.

– Des issues de secours ? fit Alice, déroutée.

Oliver hocha la tête.

– Si tu veux rejoindre le plus vite possible le village le plus proche, tu sors toujours par le bas. Mais la transition peut se révéler un peu rude. (Il éclata de rire.) Une fois, j'ai atterri carrément dans un troupeau de moutons morts et j'ai mis des jours à extraire la laine de ma bouche. J'ai toussé et craché des boules de poils pendant des heures…

– Oliver, on devrait s'en aller. Tout de suite. (La terre sous leurs pieds était d'une chaleur torride et la vue d'Alice commençait à se brouiller.) C'est là où le renard m'a emmenée. C'est tout près de l'entrée de ce village en papier. J'en suis sûre.

Oliva se figea, ses paroles coincées au fond de sa gorge ; heureusement, sa stupéfaction ne dura qu'un instant. Il prit Alice par la main et se mit à courir mais, au moment où ils prenaient de la vitesse, Oliver fut renversé sur le côté et heurta violemment le sol. Alice poussa un cri, paniquée, et tenta de l'aider à se relever, mais elle fut aussitôt entraînée vers l'arrière et tomba la tête la première dans la terre, tirée par le bas de ses jupes. Elle lança des coups de pieds, hurla, et parvint à se libérer à deux reprises, avant d'être de nouveau clouée au sol, paralysée par la peur.

Le renard en papier était revenu. Accompagné de ses amis, cette fois.

∞

Quatre renards en origami les cernaient. Trois d'entre eux présentaient une teinte plutôt normale (lire : banale) de papier d'emballage marron et empêchaient Oliver de se relever en l'intimidant. Le seul à avoir une vive couleur cuivrée était celui qui se tenait juste au-dessus d'Alice. Son renard, en somme. Celui du début.

– Alice ! s'égosilla Oliver qu'elle entendait se débattre. Alice, est-ce que tu…

Sa voix fut aussitôt étouffée. Alice lança un regard dans sa direction pour découvrir qu'un des renards avait enroulé sa queue autour de la bouche d'Oliver.

Elle sentit son pouls s'accélérer. Elle suffoquait de chaleur et la sueur perlait à son front. Le renard avait planté son regard dans celui d'Alice et elle faisait tout son possible pour rester calme. Elle savait qu'elle devait dire quelque chose, mais ignorait quoi et comment débuter. C'était un renard de papier, après tout, et, pour ce qu'elle en savait, il n'existait aucune magie susceptible de faire parler les animaux.

Néanmoins, elle devait essayer.

– Que veux-tu de moi ? demanda-t-elle.

L'animal la dévisagea une seconde de trop, avant de donner des coups de pattes agressifs aux poches de sa jupe.

– Qu'est-ce qu'il y a ? fit-elle en se redressant en position assise, tandis que le renard reculait de quelques pas.

Elle palpa ses poches de son unique main et en extirpa leur contenu : quatre brochures touristiques, sa carte noire de la Présentation, et sa règle en bois blanchi.

Alice tendit l'ensemble des objets au renard.

– Qu'est-ce que tu veux ? dit-elle.

L'animal plongea le museau parmi les affaires, prit l'un des opuscules dans la gueule, puis émit un gémissement étrange, en indiquant de la tête qu'elle devait le lui reprendre. Alice ne savait pas trop ce qui se passait mais constatait avec soulagement que sa vie ne courait, du moins pour l'instant, aucun danger. Elle extirpa la brochure des mâchoires du renard origami et jeta un coup d'œil sur le titre :

GUIDE DE CONVERSATION DE L'AILLEURS

**pour comprendre les langues que vous ne parlez pas.**

Alice prit une profonde inspiration. Son regard revint sur le renard, puis sur le dépliant, et elle sentit de nouveau son cœur palpiter, mais cette fois elle n'avait pas peur. Elle était tout excitée. Elle ouvrit la brochure avec un enthousiasme qui chassa ses ultimes frayeurs... mais l'enthousiasme d'Alice se mua bientôt en consternation.

À l'intérieur du livret, les pages étaient blanches.

Le cœur en miettes, elle baissa la tête. Peut-être que le renard (ou Ted), avait commis une erreur ? À moins qu'il s'agisse d'une erreur d'impression, allez savoir ? Bref, quelle que soit la raison de sa malchance, Alice était dépitée. Elle s'apprêtait à refermer la brochure, lorsqu'une voix douce et séduisante s'adressa à elle.

– Laissez-la ouverte.

Alice se figea.

– Mademoiselle Queensmeadow, s'il vous plaît... Regardez-moi.

À cet instant, Alice était persuadée d'avoir l'esprit sens dessus dessous, mais je vous rassure, cher lecteur, elle avait toute sa tête, et dans le bon sens. Le renard s'adressait à elle, sans l'ombre d'un doute, et...

Vous me permettez d'intervenir ? L'ampleur de sa stupéfaction m'échappe quelque peu. Le renard, comme la plupart des animaux, en papier ou non, est tout à fait capable de s'exprimer. Si rares sont nos efforts concertés pour comprendre le langage des renards, voyez-vous... Eh bien, c'est entièrement de notre faute.

Bon, où en étions-nous ?

– Mademoiselle Queensmeadow, s'il vous plaît ? reprit l'animal. Regardez-moi.

Alice leva les yeux, abasourdie.

– Vous êtes en danger, mademoiselle. Vous devez fuir cet endroit sur-le-champ.

– Bien sûr que je suis en danger, dit Alice. Tu as tenté de me tuer deux fois déjà !

Le renard secoua la tête.

– Pas du tout. J'essayais de vous *cacher*. Je vous prie d'accepter mes excuses les plus sincères pour ce qui est arrivé à votre bras...

– Mouais... marmonna Alice.

– ... Mais je pensais que vous seriez plus en sécurité dans mon monde. Vous devriez vous en aller, mademoiselle Queensmeadow. Retournez là d'où vous venez.

– Et pourquoi donc ? Pourquoi te soucies-tu de ce qui m'arrive ?

– Je connais la raison de votre présence. Nous la connaissons tous. Et nous savons aussi que vous n'avez perdu aucun pèreyer dans le village de Somnolence.

Alice faillit s'étrangler de stupeur.

– Votre voyage pour retrouver votre père est une quête d'une grande noblesse, dit le renard. Mais il n'avait aucun droit de se mêler de nos affaires, et vous non plus.

– Comment ça ? En quoi Père s'est mêlé de vos affaires ?

L'animal inclina la tête.

– Il y a fort longtemps que nos territoires ont accepté de ne pas s'immiscer les uns les autres dans leurs affaires magiques respectives. Et votre père – qui, comme chacun sait, collabore étroitement avec les Anciens de la communauté de Ferenwood – a été surpris ici, au pays de l'Ailleurs, à poser bien trop de questions sur notre magie et notre manière de l'utiliser.

– Mais on l'a arrêté pour avoir gaspillé son *temps*...

– Certes, admit le renard. On l'a en effet arrêté pour vol de temps. Mais aussi pour suspicion d'espionnage.

– Quoi ? répliqua Alice en se sentant blêmir.

– Du calme, mademoiselle. L'Ailleurs sait pertinemment que vous êtes ici pour le retrouver, et ce pays n'abandonnera pas un espion aussi facilement.

– M'enfin, il n'est pas... Il ne peut pas...

– Rentrez chez vous, mademoiselle Queensmeadow. À moins que vous ne souhaitiez être tenue pour responsable de ses actes.

– Mais si tu penses que c'est un espion... Pourquoi essayer de m'aider ?

– Vous êtes innocente, répondit le renard en rejetant la tête en arrière. Et je ne tiens pas à ce qu'on vous fasse du mal pour être allée à la recherche d'un être cher. En outre, je réprouve le fait de manger les enfants. Ce n'est pas civilisé.

Alice ne sut quoi rétorquer.

– Il ne vous reste plus beaucoup de temps, mademoiselle Queensmeadow, dit l'animal avec une anxiété grandissante.

Il tournait autour d'elle.

– Tout le monde ici vous guette. Rentrez chez vous. Tout de suite. Avant qu'on vous retrouve.

– Qui ça ? Qui me guette... ?

On entendit soudain un bruissement lointain et le renard lança des regards furtifs de tous côtés. Puis il revint sur Alice avec une nervosité farouche.

– Brisez-la en trois en cas d'urgence.
– Quoi ?
– Faites confiance à un ami qui en a l'apparence.
– Qu'est-ce que tu…
– Nous savons, dit le renard. Nous sommes tous au courant.

Alice sentit un frisson de panique sur la nuque. Elle n'aurait su l'expliquer, mais était certaine qu'un malheur aurait lieu d'ici peu.

– S'il te plaît, murmura-t-elle. Je veux simplement retrouver mon père. Tu ne peux pas m'aider ?

– J'ai bien peur que non. Vous feriez mieux de rentrer chez vous.

Sur ces paroles, il se tourna pour s'en aller.

– Attends ! s'écria-t-elle en l'attrapant par la patte.

L'animal s'arrêta, et regarda la main d'Alice.

– Tu veux bien laisser mon ami s'en aller ?

Il plissa les yeux.

– Vous êtes libre de partir, mademoiselle Queensmeadow, mais je crains que ce garçon ne doive nous suivre.

– Quoi ? s'exclama-t-elle, ahurie. Mais je pensais que tu n'approuvais pas le fait de manger les enfants…

– Je n'accepte pas de manger les enfants *bons*. Mais votre ami est un fourbe doublé d'un goujat, dont la longue liste d'infractions pourrait remplir nos nombreux troncs d'arbres, décréta l'animal en dressant la tête. Les petits menteurs n'ont pas leur place en Ailleurs.

– Mais… il ne voulait faire aucun mal…

– Les menteurs ont la langue bien pendue, mademoiselle Queensmeadow. Un vrai délice que nous apprécions tous. Et voilà si longtemps que nous avons faim, voyez-vous, qu'il est difficile de nous priver d'un repas bien mérité. Je suis sûr que vous comprenez.

Le renard s'inclina alors pour la saluer, se détacha de la main d'Alice et détala en direction d'Oliver.

∞

Alice se releva d'un bond, fourra comme elle le put d'une seule main ses affaires dans ses poches. Les quatre renards s'affairaient déjà à transporter Oliver et, à présent que sa bouche n'était plus obstruée, Alice pouvait l'entendre hurler sous le soleil.

Elle se mit à courir, horrifiée mais déterminée à en découdre, puis sortit la règle de sa poche, en se ruant sur les créatures de papier comme si elle tenait un poignard. Elle la brandit, l'agita en tous sens et les frappa, en criant comme une furie et en leur lançant des coups de pied, tandis qu'ils jappaient à qui mieux mieux et reculaient. Alice n'avait pas réussi à causer de véritables blessures aux animaux (qui, pour être en papier, n'en demeuraient pas moins de farouches adversaires), mais son propre renard qui voulait l'épargner parut si dévasté par la trahison d'Alice qu'elle faillit le plaindre. Heureusement, sa culpabilité s'évanouit bientôt. Elle se moquait qu'on lui ait épargné la vie : aucun renard ne mangerait son ami, même s'il avait dit des tas de mensonges !

Toutefois, les renards ne lâchaient pas prise.

Ils revinrent à la charge plus vite qu'Alice ne put les repousser. Elle parvint à leur asséner quelques violents coups de règle, mais son unique bras ne tarda pas à se fatiguer ; et, même si Alice se tenait à présent devant Oliver comme un bouclier humain, les renards ne montraient aucun signe de vouloir abandonner la partie. Alice avait sous-estimé la puissance de la faim animale ; on avait promis un repas à ces créatures, et elles ne s'en iraient pas sans manger. Oliver tenta plusieurs fois d'aider son amie en se défendant lui-même, mais les renards combattaient avec une telle force – en grognant et en tentant de le mordre – qu'Alice craignait qu'ils ne lui arrachent la tête avec leurs crocs.

– Fuite par en bas ! s'écria-t-elle, accroupie sur le dos d'Oliver. Fuite par en bas, s'il te plaît !

Mais rien ne marchait. (Oliver, à sa décharge, s'était escrimé à persuader les renards de le lâcher, mais la peur avait entamé son talent de persuasion et ses rares étincelles de volonté n'étaient pas assez puissantes pour combattre les quatre renards à la fois.) Pendant ce temps, Alice paniquait de plus en plus. Elle frappait dans le vide, perdait son emprise sur la règle à mesure que son bras faiblissait sous l'effort, et un moment d'hésitation suffit…

Alice se retrouva projetée en arrière. Elle chuta lourdement sur son seul bras, sa tête heurtant violemment le sol. En quelques secondes, elle chassa son vertige d'un battement de paupières, serra les dents contre la douleur sourde qui l'élançait et se redressa, bien décidée à ne pas vaciller. Alice entendait toujours Oliver vociférer et se battre, assénant coups de pied et coups de poing partout où il le pouvait, et elle allait de nouveau se lancer dans la mêlée, sa règle bien en main, quand elle sentit la terre trembler sous elle. L'un des renards avait percuté la mâchoire d'Oliver avec sa tête dans un *crac !* retentissant... et Oliver ne bougeait plus.

Les renards s'agitaient, toutes dents dehors, autour de son corps inerte, luttant à qui mordrait le premier, et Alice sentit son cerveau se disloquer de son corps.

– NOOOON ! cria-t-elle.

Elle trébucha dans son élan et tomba brutalement sur les genoux, ses cris de douleur résonnant dans le paysage aride. Courbée sous la chaleur implacable et la lumière aveuglante de cette région étrange, Alice éprouva un regain de frayeur, tandis que son sentiment de perte forçait l'ouverture d'une sorte de porte métallique dans sa poitrine et, d'un seul coup, tout changea : le paysage, le ciel, les renards et même Oliver avaient disparu.

Alice avait réduit les couleurs de tout ce qui l'entourait – les plus vives, les plus discrètes, et toutes les nuances intermédiaires – à une simple tonalité de noir, et elle était si peu consciente de l'ampleur de sa réalisation que ce fut seulement en entendant les renards frénétiques se bousculer qu'elle comprit qu'elle avait éteint le soleil. Alice elle-même contrastait vivement avec la nuit qu'elle venait de peindre. Elle examina son unique bras – la blancheur de sa peau luisait comme un néon dans l'obscurité – et, pour la première fois de son existence, Alice Alexis Queensmeadow se sentit puissante.

Elle entendit alors les renards prendre la fuite, tous les quatre manquant de courage pour se battre à l'aveuglette. Lorsqu'elle fut enfin certaine qu'ils avaient décampé pour de bon, Alice ferma les yeux, inspira un grand coup et – d'un simple soubresaut de son esprit – elle remit en place les couleurs qu'elle avait si bien dénaturées.

Elle repéra aussitôt Oliver.

Étendu sur le dos, les bras et les jambes en croix, la lèvre en sang… mais, grâce au ciel, il respirait encore ! Alice courut vers son ami, lâcha sa règle et l'attira contre elle.

∞

Elle le secoua, mais il refusait de se réveiller. Elle le gifla, mais il refusait de parler.

– Oliver, je t'en prie ! hurla-t-elle, mais il refusait de bouger.

Les yeux noyés de larmes, elle se cramponnait vaillamment à l'espoir, mais n'était pas sûre de savoir comment lutter, cette fois.

La panique l'avait submergée.

Alice allait recommencer à secouer Oliver comme un prunier, quand ses yeux se posèrent sur la règle qu'elle avait si négligemment laissée tomber par terre. L'inscription sur le bois blanchi semblait la narguer.

Briser en trois en cas d'urgence

Si ça n'était pas une urgence, Alice était un cornichon à l'aneth.

Elle n'hésita pas une seconde, le désespoir ne lui laissant aucun choix. Elle se saisit de la règle, la maintint en place avec son pied, la cassa en trois parties bien nettes et hurla :

– À l'aide ! Au secours ! C'est une urgence !

Et tout se ralentit.

La scène qui s'offrait à sa vue s'estompa et se brouilla et, l'instant d'après, tout se figea. Les abeilles s'immobilisèrent en plein vol, les oiseaux interrompirent leur gazouillis. Seule Alice était libre de se déplacer et elle se releva.

∞

Un *Crac !* Un *Zip !* Et un point d'exclamation plus tard, trois portes orange vif extrêmement fines et d'une hauteur grotesque apparurent devant Alice. Sur chacune d'elle, un panneau différent :

FRANCHISSEZ-MOI POUR RÉPARER VOTRE BRAS

ENTREZ ICI POUR SAUVER VOTRE AMI

OUVREZ-MOI POUR RETROUVER VOTRE PÈRE

Puis, en petits caractères sous chaque écriteau :

*Ne choisissez qu'une porte, ou vous mourrez dans d'atroces souffrances*

**Notre chère Alice ne tergiversa pas** – et c'est une grande preuve de sa bonté. Alice Alexis Queensmeadow sut aussitôt ce qu'elle ferait.

(Elle avait décidé de sauver Oliver, bien sûr.)

Alice ne se laisserait plus intimider par les ruses et les petits jeux de l'Ailleurs. Elle se moquait de ce qu'annonçaient les portes. Elle retrouverait son ami *et* son père. (Et son bras aussi, peut-être.)

Elle inventerait un moyen.

Elle s'approcha donc d'un bon pas de la porte qu'elle avait choisie, tourna la poignée avec une grande conviction et, de la manière la moins flatteuse qui soit, franchit le seuil en trébuchant. L'estomac sens dessus dessous et le cœur dans la gorge – ce qui n'était guère confortable –, Alice dégringola en hurlant dans un ciel pour le moins bizarre. Une voltige et une culbute plus tard, elle tombait en chute libre, et seuls les hurlements stridents d'une autre personne parvinrent à réduire les siens au silence.

Oliver fila dans le ciel comme un boulet de canon, en la percutant si fort qu'elle faillit se cogner la tête en lui écrasant le nez. Elle le stabilisa comme elle le put, lui prit la main en la serrant fort, le soulagement et la joie irradiant tout son corps. Elle ignorait à quel point elle tenait à Oliver, jusqu'à ce qu'elle ait failli le perdre.

– Ne t'inquiète pas, furent les premières paroles qu'elle lui réserva. Tout va bien se passer.

Et Oliver la regarda d'un air radieux.

Après s'être assurée qu'il était effectivement en un seul morceau et non en deux, Alice s'empressa de lui expliquer tout ce qui s'était passé avec le renard, la règle, les portes de secours, prenant soin de faire abstraction de l'épisode où elle avait changé les couleurs. (Alice n'était pas encore prête à aborder ce sujet.) Sous le poids de toutes ces nouvelles et effrayantes informations, Oliver avait le tournis mais, bizarrement, malgré toutes les horreurs qu'ils avaient vues, un énorme sourire s'affichait sur son visage, d'une joue à l'autre. (Alice l'avait choisi *lui*, voyez-vous. Alice avait choisi de le sauver *lui*, et Oliver était euphorique. Tout cela se révélait assez touchant.)

Mais Alice avait d'autres pensées en tête à présent.

Il faut dire que ça faisait un petit moment qu'ils dégringolaient dans le ciel, et ils n'avaient toujours pas atteint le bas de quoi que ce soit, ce qui commençait à l'angoisser sérieusement. Pire, elle avait un mal fou à écarter ses jupes de sa figure (avec un seul bras, rendez-vous compte !) et la fatigue commençait à la gagner.

– Oliver…

– Oui ?

– Quand est-ce qu'on arrivera en bas ?

– De quoi ?

– De...

Alice balaya du regard le vide qui les entourait. Le ciel d'un bleu lumineux, quelques nuages, et aucun soleil apparent.

– De ça, dit-elle en hochant la tête sans rien désigner de précis. Quand est-ce qu'on arrivera en bas de ça ?

– Aucune idée, répondit-il simplement.

Et ils touchèrent terre au même moment.

*Pouf ! Pouf !* Alice et Oliver se posèrent l'un après l'autre ; leurs dents s'entrechoquèrent et leurs genoux bleuirent sous l'impact.

– Bien, dit Alice en se relevant, un peu sonnée et étourdie. (Elle contempla le décor ambiant en plissant les yeux.) J'imagine que t'es jamais venu dans ce coin, si ?

Oliver secoua la tête.

Ils se trouvaient dans une allée étroite bordée par des haies trois fois plus hautes qu'Oliver, et si abondamment fleuries de roses, de lys, de pivoines, de lilas (et de gardénias, de freesias et de jacinthes...), que tous deux pouvaient à peine respirer. Les fleurs étaient fabuleuses, mais leur parfum suave si enivrant qu'il en devenait écœurant, et plus ils avançaient, plus ils peinaient à le supporter.

– Bon, reprit Alice, je suppose qu'on est sur le point de mourir, non ?

– Tu plaisantes, dit Oliver en haussant un sourcil, mais c'est tout à fait possible.

Alice lui décocha un sourire mi-figue mi-raisin.

– Alors, on devrait s'échapper par le bas ?

Oliver s'esclaffa.

– Tu ne peux pas passer ton temps à fuir par le bas dans l'Ailleurs, Alice. T'as seulement le droit de le faire tous les cinq villages.

– Tu vois... comment tu peux savoir ça ? répliqua-t-elle en levant sa seule main d'un air vaincu. Je ne saurais même pas comment m'y prendre pour dénicher une information pareille. (Elle soupira puis marmonna :) Quoi qu'il en soit, je me demandais pourquoi ça n'avait pas marché pour moi tout à l'heure.

Oliver lui adressa un regard compréhensif.

– Pour ne rien te cacher, avoua-t-il, j'avais le journal de ton père pour me guider. Sinon je me serais perdu.

Alice soupira encore, donna un coup de pied dans la terre puis continua à marcher.

Calmement, elle reprit :

– Je suppose que je nous ai carrément déviés du parcours, non ? (Elle leva la tête.) J'ai semé la pagaille.

– Pas du tout, lui assura Oliver d'un ton enjoué. Je sais que c'est peut-être pas l'impression qu'on en a, mais tu te débrouilles exceptionnellement bien en Ailleurs. La plupart des gens ne vont jamais aussi loin.

– Oliver, dit-elle, visiblement gênée, j'ai tenté de faire cavalier seul pendant cinq minutes et je me suis fait arracher le bras ! Ce qui nous a obligés à emprunter un chemin inconnu, et on s'est fait attaquer par une bande de renards qui ont failli t'arracher la tête, et ça m'a forcée à casser ma règle en trois.

Elle posa son unique main sur sa hanche.

– Je ne pense pas que ça fasse de moi quelqu'un de doué pour l'aventure.

– Eh bien… euh… peut-être que t'es pas une experte, mais…

– Oh, ne te fatigue pas, Oliver. Toute seule, je suis nulle et on le sait, toi comme moi.

Oliver se mordilla la lèvre et fit la grimace.

Et Alice ne put s'empêcher d'éclater de rire.

Si bien qu'Oliver aussi.

Tous deux rigolèrent et rigolèrent encore jusqu'à ce que des larmes dégoulinent sur leurs visages et, pendant un petit moment, ni l'un ni l'autre ne s'inquiéta de l'étrange allée florale qu'ils traversaient, des dangers auxquels ils avaient échappé ou de ceux qu'ils rencontreraient bientôt. Ce fut un moment de détente, où tout semblait facile, et même si toutes ces fragrances leur montaient à la tête en les rendant malgré eux un peu foufous, ils venaient surtout de découvrir l'une des plus merveilleuses astuces de la vie : le rire était une friandise qui adoucissait les moments les plus difficiles.

– Tu as raison, disait Oliver. Dorénavant, on devrait sans doute se serrer les coudes.

– Oui, s'il te plaît, dit Alice en gloussant encore. Je n'ai plus aucun intérêt à agir toute seule. Et j'espère que tu vas au moins *essayer* de m'en empêcher si je tente une nouvelle fois

– Je suis ravi d'entendre ça, dit-il, les yeux brillants. Tellement ravi.

Alice sourit.

Oliver lui rendit son sourire.

Il manquait un bras à Alice et, en un sens, ça lui était égal ; elle était bien plus heureuse à présent que lorsqu'elle en avait un de rechange.

– Alice, reprit Oliver une fois leur fou rire évanoui.

Il regardait l'unique main de son amie.

– Oui ? dit-elle.

– Tu as vraiment brisé ta règle en trois morceaux ?

Elle acquiesça et, après les avoir sortis de sa poche, lui tendit les fragments restants pour qu'il puisse les voir.

Oliver parut soudain nerveux.

– Tu sais, en cassant ta règle comme ça… c'est… enfin, je t'en suis vraiment reconnaissant, mais…

– Quoi ? fit Alice en plissant les yeux. Qu'est-ce qui cloche ?

– Il se trouve que… ta règle est un récipient. Si tu la brises, son contenu s'éparpille et tu perds tout le temps qui t'était imparti. Et… si tu perds tout le temps qui t'était imparti, tu vas devoir vivre sur du temps emprunté ; et si on te surprend à en emprunter, tu seras arrêtée pour vol.

Alice avait ouvert grand la bouche.

– Alors pourquoi il est inscrit dessus de briser la règle en cas *d'urgence* ?

– Leurs raisons sont d'un pur égoïsme, je suppose. Sitôt ton urgence réglée, tu te retrouves embarquée pour vol de temps.

– On va m'arrêter, alors ?

Oliver resta muet.

– Oliver !

– Probablement, dit-il, l'air angoissé. Peut-être. J'en sais rien, Alice. Je n'ai aucune véritable expérience dans ce domaine. Uniquement des hypothèses.

Alice gémit.

– Je suis sincèrement désolé. Mais je peux me tromper, tu sais.

Alice soupira, démoralisée, et regarda au loin. Le Temps s'était retourné contre elle et elle ignorait combien il lui en restait.

– Peut-être, suggéra-t-elle en essayant de ne pas trop espérer, peut-être que si on m'arrête, tu pourrais utiliser ta solution d'urgence pour m'aider ?

Oliver secoua la tête.

– J'aimerais bien. Mais tous les Tibbins sont différents. Le mien n'a rien à voir avec le tien.

– Un Tibbin ? Ça s'appelle comme ça ?

– Oui. L'Ailleurs aime bien faire croire que ses dirigeants sont justes et indulgents, afin d'offrir à chaque visiteur un peu d'aide lors de son séjour dans le pays. Mais cette assistance diffère d'une personne à l'autre, et c'est toujours le poste-frontière qui décide. Une fois la décision prise, elle est inscrite au dos de ta règle. Ça s'appelle un Tibbin.

Alice fronça les sourcils.

– Comment peuvent-ils savoir l'aide dont j'aurai besoin pendant mon voyage, avant même que je l'aie commencé ?

Oliver arqua un sourcil.

– T'as pas une petite idée ?

– M'enfin, Oliver, répliqua-t-elle, déconcertée, utiliser la magie pour prédire l'avenir… Ils n'ont quand même pas…

– Tu crois ? L'Ailleurs fait ce qui lui plaît.

– Mais la coïncidence est la forme de magie la plus instable, la plus imprécise. Même l'Ailleurs aurait assez de jugeote pour ne pas se fier à une magie qui n'offre que des bribes de l'avenir.

– Tu as une trop haute opinion de ce pays, si tu ne le crois pas capable d'avoir recours à une stratégie minable. Souviens-toi, l'Ailleurs n'a aucun intérêt à jouer franc-jeu. Les gens d'ici pourraient nous attraper à n'importe quel moment, Alice. Et nous tuer là, maintenant, s'ils le souhaitaient. Tu ne comprends pas ? Si on est encore en vie, c'est qu'ils le veulent bien.

– C'est pas logique du tout.

– C'est tout à fait logique. Ailleurs n'a pas envie de tuer et de gagner ses repas sans tambour ni trompette. Sinon, ce serait bien trop facile, trop lassant. (Oliver secoua la tête.) Non, ici on aime bien s'amuser avec la nourriture.

– Mais Oliver, hasarda Alice, tu penses que c'est possible qu'ils nous torturent un peu plus qu'ils ne le font à la plupart des gens ?

– Qu'est-ce qui te fait croire ça ? s'enquit-il, les sourcils en point d'interrogation.

– Un truc que m'a dit le renard, répondit-elle en détournant le regard. Il a dit que Père était suspecté d'espionnage. Qu'ils pensaient que c'était un espion de Ferenwood venu s'immiscer dans leur magie.

– *Waouh… !* fit Oliver, avant d'émettre un sifflement. C'est une toute nouvelle information pour moi. Mais, bon sang ! ça expliquerait beaucoup de choses.

Alice le regarda.

– Tu penses ?

Oliver hocha la tête.

– Les premiers journaux de ton père n'ont jamais exprimé une frayeur aussi grande que celle que j'ai ressentie pendant mes déplacements. Ce serait logique que ton père ait fait quelque chose pour les mettre en colère. Du coup, on se retrouverait sur une espèce de liste noire de gens à surveiller, et notre chemin serait volontairement semé d'embûches. (Il hésita.) C'est pourquoi je suis maintenant encore plus inquiet que tu aies utilisé ton Tibbin.

Alice se mordit la lèvre.

– C'est si terrible que ça ? Tu n'en as jamais utilisé auparavant ?

– Non. J'en avais un aussi la dernière fois, mais je m'en suis toujours méfié. J'aime pas accepter les offres d'assistance en provenance de l'Ailleurs.

Alice se mordillait les phalanges à présent. Elle était de plus en plus anxieuse.

– Eh bien, j'avais pas le choix, non ? De toute manière, qu'est-ce qu'il dit, ton Tibbin, cette fois-ci ?

Oliver n'eut même pas besoin de consulter sa règle. Il gardait la phrase en mémoire.

– « Faites confiance à un ami qui en a l'apparence. » Et j'ai aucune idée de ce que ça signifie. Du charabia, à mon avis.

Mais Alice venait juste de se rappeler un détail.

– Oliver, dit-elle. Le renard…

– Oui ?

– Il m'a dit cette phrase *mot pour mot*. Juste avant de s'en aller. D'abord, il a déclaré : « Brisez-la en trois en cas d'urgence », puis « Faites confiance à un ami qui en a l'apparence. » (Alice plissa le front.) Au début, j'ai pensé que c'était n'importe quoi, mais maintenant que j'y réfléchis, il était…

– En train de te lire nos Tibbins ? fit Oliver, bouche bée. Ce sont des informations censées être personnelles !

Alice secoua la tête, dépitée.

– En gros, il m'a dit : Je connais la raison de votre présence. Nous sommes tous au courant. Et aussi qu'il savait que j'étais ici pour retrouver Père.

Oliver semblait convaincu à présent.

– Ils nous surveillent, c'est sûr. Ils connaissent nos Tibbins *et* savent que je leur ai menti à la frontière. Bon sang... c'était un renard drôlement serviable, pas vrai ? Pour un peu je l'aurais apprécié, s'il n'avait pas essayé de me dévorer.

– Moi aussi, admit-elle. Sinon, il était très gentil. Mais tout ça était bizarre. C'était un renard très bizarre. (Puis elle ajouta, pensive :) Je me demande au juste... *d'après toi*, qu'est-ce que Père faisait ici ?

Il s'agissait d'une excellente question, encore qu'Alice aurait peut-être dû la poser plus tôt. Le problème, c'est qu'elle n'avait pas vraiment voulu réfléchir à la raison de la présence de Père dans cette contrée, parce qu'elle n'avait jamais voulu croire qu'il avait quitté exprès la maison. (Alice, vous le noterez, avait la fâcheuse habitude d'ignorer ce qui la dérangeait dans sa vie – voir aussi la ferveur avec laquelle elle refusait d'accepter son véritable don magique –, quelles qu'en soient les conséquences.) Alice espérait encore que Père se soit fait piéger, duper ou entraîner de force en Ailleurs ; elle ne pouvait comprendre pourquoi il l'aurait quittée de son plein gré, ni ce qu'il comptait faire ici dans un pays si éloigné de Ferenwood.

– Eh bien, dit Oliver en se tordant les mains. Ça… ça pourrait être pour toutes sortes de raisons, non ?

– Mais pourquoi aller fourrer son nez dans la magie de l'Ailleurs ? Tu ne penses pas qu'il espionnait vraiment ? Si ?

– Non, répondit Oliver d'un ton ferme. Je ne pense absolument pas que c'était un espion. Je dirais néanmoins que l'Ailleurs est plus que paranoïaque.

– Alors, pourquoi serait-il venu ici ? Pourquoi les gens viennent au pays de l'Ailleurs, *d'ailleurs* ? insista Alice. Qu'est-ce qui les attire ici ?

– Les vacances ? suggéra Oliver un peu trop fort. Peut-être voyager un peu…

– Oliver, s'il te plaît. Tu ne dois plus rien me cacher. Je peux accepter la vérité quelle qu'elle soit, dit-elle en le regardant droit dans les yeux. Vraiment, je t'assure.

– Sincèrement, Alice, soupira-t-il, les raisons de ton père, je ne les connais pas au juste. Je n'ai que mes propres suppositions.

– C'est-à-dire ?

Il haussa les épaules.

– Les visiteurs viennent uniquement en Ailleurs quand ils veulent quelque chose qu'ils ne peuvent trouver ailleurs. C'est un pays qui flirte avec le danger et l'illégalité ; si ce que tu cherches n'existe nulle part ailleurs, il y a de fortes chances pour que ça existe ici. Mais venir ici est incroyablement compliqué. C'est un voyage périlleux, et les enjeux sont trop importants pour des besoins et des désirs superflus. Non, ajouta Oliver en secouant la tête, les gens viennent en Ailleurs seulement quand ils cherchent à tout prix quelque chose de capital. Quelque chose qui mérite tous les risques à encourir.

Il leva la tête et planta son regard dans celui d'Alice.

– Alors, dis-moi… Y a-t-il quelque chose que ton père souhaite plus que tout au monde ?

Elle prit le soin de cogiter avant de répondre :

– Je ne pense pas. Mais comment je le saurais, en fait ?

Oliver secoua encore la tête.

– C'est inconcevable qu'il soit venu ici sans raison. Réfléchis bien, Alice. Tu es en train de négliger un détail majeur.

– Lequel ?

– *Toi.*

– Moi ?

– Oui. Tu sous-estimes l'amour que ton père te porte.

– Quoi ? fit Alice dont le cœur faisait des bonds dans sa poitrine. Tu penses que Père est venu ici pour *moi* ?

– D'après moi, ce que ton père souhaite le plus au monde, c'est ton bonheur.

Alice battit des paupières, l'émotion lui picotant les yeux, et détourna le regard.

– Et qu'est-ce qui, selon ton père, pourrait te rendre heureuse ? demanda Oliver. Quel est le désir secret au fond de ton cœur ?

Oliver savait.

Évidemment qu'il savait.

Il connaissait le désir secret d'Alice depuis la première fois qu'il l'avait rencontrée ; ça faisait partie de son talent. Et le désir enfoui d'Alice n'était pas seulement la vérité concernant son don réel, c'était aussi son souhait le plus profond. Son fantasme de toujours.

– La couleur… avoua-t-elle, un sanglot dans la voix. Je veux la couleur.

– Et tu ne crois pas, poursuivit Oliver avec calme, que ton père, connaissant ta peine, serait venu ici pour toi ? En quête d'une solution ? L'Ailleurs utilise la magie comme jamais Ferenwood ne l'a fait ; c'est un lieu d'expérimentation sans fin, offrant des possibilités infinies. C'est logique qu'il soit venu y poursuivre cette quête, surtout que ce n'était pas sa première visite.

Alice en avait le cœur tout chamboulé.

Elle pouvait à peine parler, et même si elle l'avait pu, elle ignorait quoi dire. De penser que Père ait pu courir un tel danger – qu'il ait risqué autant – pour *elle* ? Impossible de décrire le chagrin et la joie qu'elle éprouvait en même temps ; aussi se félicitait-elle en pensée de ne pas être obligée de le faire. Parce que, au moment où elle entrouvrit les lèvres pour s'exprimer, Oliver fit preuve d'une grande gentillesse et changea de sujet.

– Quoi qu'il en soit, dit-il, le regard perdu dans le lointain, j'espère bien qu'on pourra toujours le retrouver.

– Comment ça ? rétorqua Alice, en oubliant aussitôt la minute de gentillesse. Pourquoi on n'en serait pas capables ?

Oliver plaqua une main sur sa nuque et continua de regarder au loin.

– Il m'a fallu soixante-huit villages, juste pour découvrir l'essentiel des faits concernant l'emprisonnement de ton père. Et comme je n'ai pas réussi à parvenir jusqu'à lui, je me suis dit qu'il nous faudrait recommencer suivant le même processus... sauf que j'ai pensé qu'on devrait mieux s'y prendre, cette fois. Ça m'a demandé un tel travail, ne serait-ce que pour entrevoir l'endroit où ton père avait disparu, que j'avais trop peur de procéder différemment. Je ne voulais pas perdre sa trace. Mais depuis qu'on a quitté Tim, on a pris des chemins que j'avais jamais empruntés et j'ignore au juste ce que ça signifie pour nous.

– En tout cas, j'ai pas envie de perdre Père, dit Alice nerveusement. Peut-être qu'on devrait revenir au plan d'origine, Oliver... Je pense que ça pourrait...

– Non, trancha-t-il. Absolument pas. On va retrouver ton père, oui, mais on va d'abord te remettre en état.

Il regarda le vide à la place du bras droit d'Alice.

– C'est une urgence, ajouta-t-il en douceur. C'est pas une perte de temps. Dans les cas de blessures ou de dangers physiques, l'Ailleurs est réputé ne pas regarder à la dépense ; ton père ne souffrira pas de notre retard. Je peux te le promettre.

– T'en es sûr ? s'inquiéta Alice. Parce que j'ai déjà un bras, et je suis certaine de ne pas avoir besoin des deux. Je préférerais vraiment retrouver Père.

– Alice, dit Oliver dans un éclat de rire, t'es tellement, tellement bizarre !

Il la dévisageait en souriant à pleines dents, et Alice réalisa alors combien il avait changé en si peu de temps. Elle n'aurait su expliquer pourquoi, mais savait désormais que les choses avaient pris une nouvelle tournure entre eux. Oliver était devenu son ami de manière absolue, sans prise de tête. Elle avait fini de le combattre, et Oliver de lui mentir.

Leur amitié avait changé de saison.

Et maintenant, après toutes les épreuves qu'ils avaient traversées, elle ne pouvait s'imaginer reprendre la vie ferenwoodienne sans lui. Elle ne se voyait pas dormir avec les cochons, se disputer avec Mère et partager la même chambre que ses tout petits frères, et s'inventer des manières de passer le temps toute seule. Comment pourrait-elle oublier cette folle aventure avec Oliver ? Que deviendrait sa vie lorsqu'ils rentreraient enfin chez eux ?

Curieusement, elle n'y avait pas songé jusqu'à cet instant.

Ça l'effrayait un peu.

– Une nouvelle aventure nous attend ! s'écria Oliver qui partit en courant.

– Ravie de te voir aussi enthousiaste ! s'exclama Alice en riant, tandis qu'elle pressait le pas pour le rattraper. Mais on ne sait toujours pas comment trouver le peintre qui réparera mon bras. Qu'est-ce qu'on fait maintenant ?

– On trouve une solution, répondit Oliver, tout sourires. L'Ailleurs est une contrée où règnent la ruse et le mystère, alors on doit utiliser les seuls outils dont on dispose.

– Lesquels ?

Oliver rayonna.

– Nos cerveaux, bien sûr !

**Alice et Oliver avaient cheminé longtemps** avant que l'allée bordée de haies fleuries s'ouvre enfin sur une grande étendue de verdure. Des collines se profilaient au loin, leurs pentes douces ponctuées de fleurs sauvages. Une exquise lueur dorée filtrait au travers des branches d'arbres dont l'enchevêtrement évoquait des toiles d'araignées, le tout suscitant une impression de délicatesse et d'affabilité que la contrée de l'Ailleurs ne méritait pas. Le plus curieux, toutefois, n'était autre que le grand lac miroitant qu'on apercevait par-delà les collines. On avait construit une longue jetée de pierre au milieu de l'eau, où le chemin se divisait ensuite en deux : des passerelles séparées menaient sur chaque rive du lac – l'une à gauche, l'autre à droite –, mais Alice ne pouvait voir jusqu'où cela conduisait.

– Splendide ! s'extasia Oliver, impressionné, en regardant alentour. Et bien plus intéressant. J'aurais juré qu'on se trouvait dans un autre village.

– Et c'est pas le cas ?

Oliver désigna le plan d'eau d'un signe de tête.

– Ta porte d'urgence nous a entraînés au cœur d'une intersection. (Il se tourna vers Alice.) C'est un point décisif pour le voyageur.

– On doit donc choisir dans quelle direction aller ?

– Oui.

– Et… j'imagine que ça ne sera pas facile.

Oliver éclata de rire.

Ils ne parlèrent pas en gravissant les collines en pente douce, mais Alice scrutait le paysage idyllique comme s'il fallait s'en méfier. Les oiseaux virevoltaient dans l'air, les agneaux bêlaient leur mélancolie, tandis que les fleurs se courbaient et se balançaient au vent, comme si un nouveau jour parfait s'annonçait. Mais Alice n'en croyait rien.

Et lorsqu'ils se postèrent enfin, malgré eux, à l'extrémité de la jetée sise au beau milieu du lac, Oliver et elle ignorèrent quelle direction prendre.

– Bon, dit Alice. À gauche ou à droite ?

– Faux, rétorqua Oliver.

Alice le regarda, un sourcil en point d'interrogation.

– On a *quatre* choix et non pas deux, rectifia-t-il. En haut, en bas, à gauche ou à droite.

– En bas ? suggéra Alice, décontenancée. Dans le lac… tu veux dire ?

– Ou en haut dans le ciel. Oui.

– Oh, pour l'amour de Feren ! s'exclama-t-elle en s'asseyant.

Elle n'avait pas la moindre idée de la direction à prendre, mais son orgueil l'empêcha de l'avouer. Oliver comptait à présent sur le fait qu'ils utilisent leur cerveau pour se diriger en Ailleurs, et comme elle se révélait actuellement la personne la plus intelligente de sa connaissance (hormis Père, bien entendu), Alice ne souhaitait pas perdre ce titre au profit d'Oliver. Elle avait envie de faire ses preuves. De se montrer utile.

(Et d'être plus dégourdie qu'Oliver.)

Elle fut alors frappée par l'inspiration.

– Peut-être que la réponse se trouve dans les brochures ! s'écria-t-elle.

Et l'instant d'après elle sortait les papiers de sa poche, puis ouvrait dans la foulée *CE QU'IL FAUT SAVOIR AVANT LE DÉPART*, dont les trois mètres de long se déployèrent avec un bruissement sur la jetée.

Tandis qu'Alice parcourait les documents, Oliver papillonnait d'un air fébrile, lui lançait des regards sceptiques en affirmant que « *lui* n'avait jamais dû se fier aux brochures pour sillonner l'Ailleurs » et que « tout ça ne rimait à tien, de toute façon, et ne servait qu'à nous dérouter », mais Alice fit la sourde oreille. Elle continua sa lecture, et bientôt l'anxiété d'Oliver céda la place à l'approbation, à tel point qu'il s'installa à son côté après quelques instants. Tous deux étudièrent de près les pages, dans l'espoir de dénicher ne serait-ce qu'un mot utile, et même s'il leur fallut près de dix minutes pour tomber dessus, ils trouvèrent finalement leur réponse en grosses lettres agressives.

**AVIS DE TRAVAUX : TOUTES LES INTERSECTIONS !**

ISSUES VERS LE HAUT ET VERS LE BAS FERMÉES EN PERMANENCE POUR CAUSE DE RÉPARATIONS, INTERDICTION DE DESCENDRE SANS PERMISSION ! INTERDICTION DE MONTER DU LUNDI AU VENDREDI OU AU SAMEDI, ET ABSOLUMENT PAS LE DIMANCHE !!!

EN CAS D'URGENCE, LES SORTIES DROITE ET GAUCHE SONT EN CONSTRUCTION, MAIS ACTUELLEMENT OPÉRATIONNELLES. À EMPRUNTER AVEC PRUDENCE !!!

ATTENTION, LES DESCENTES SONT REFUSÉES LE LUNDI DE 14 HEURES À 18 HEURES !

– Bon, ça ne nous a pas aidés du tout, si ? soupira Alice.

– Comment ça ? répliqua Oliver, rayonnant. Il est indiqué que les sorties par le haut et le bas sont fermées ! Ça réduit le champ des possibilités, non ? Maintenant, on n'a plus qu'à choisir entre la gauche et la droite.

– D'accord, mais on part sur la gauche ou la droite ?

– Ooooh… fit Oliver, dont le sourire s'effaçait. J'en sais rien.

– Allons à gauche, décida Alice en se relevant. Tout le monde part toujours sur la droite, et si tant de gens prennent cette direction-là, à coup sûr, c'est pas la bonne, je pense.

– Entendu, alors. (Oliver la regardait avec fierté. Et surprise. Mais surtout avec fierté.) Va pour la gauche. À gauche toute !

– À gauche toute ! répéta Alice avec ardeur.

Ils empruntèrent donc la passerelle de gauche et coururent le plus à gauche possible…

**… Jusqu'à ce qu'ils percutent un mur.**

Ils tombèrent à la renverse, l'un après l'autre, en poussant deux petits cris étouffés. *Oups ! Oups !* Et atterrirent douloureusement sur les fesses. Oliver se plaignit. Alice gémit.

– Ma tête, dit-il.

– Mes yeux ! s'écria-t-elle. Je ne vois plus rien.

– Alice ?

– Oliver ?

– Oui ?

– Ça va ?

– Ça va, dit Oliver.

– Ah, tant mieux. Moi pareil.

Ils se turent un instant.

– Bon, reprit-il, j'y vois rien.

– Moi pareil, dit-elle. Et ça sent la terre.

– Et le bois. Ça sent la terre et le bois, on dirait.

– Oui, c'est ça, hein ?... T'es où ?

Alice ignorait à quel endroit ils se trouvaient. Elle se remit debout tant bien que mal et avança prudemment, tendant son unique bras pour retrouver son ami. Alice et Oliver soupirèrent de soulagement quand ils entrèrent en collision et il lui reprit aussitôt sa seule main en la serrant bien fort tandis qu'ils avançaient, l'odorat, le toucher et l'ouïe aux aguets pour ce qui viendrait ensuite.

Ils heurtèrent mur après mur de bois ancien et moisi – étrangement humide – jusqu'à ce qu'ils tombent sur une porte. Le cœur d'Alice exécuta un salto joyeux et Oliver éclata d'un rire nerveux, puis… ils hésitèrent.

Alice avait envie de tourner la poignée, mais Oliver disait qu'ils devaient frapper.

– Ce sont les us et coutumes de l'Ailleurs, lui rappela-t-il. Il est incorrect de franchir une porte qui n'est pas la sienne sans y être invité. On doit toujours frapper.

– Mais si personne ne répond ? questionna-t-elle. Si on frappe sans arrêt et que personne ne vient ?

– Impossible, dit Oliver en agitant la main. Il n'existe aucune porte en Ailleurs qui ne meurt pas d'envie d'être ouverte.

Alice inspira un grand coup.

– Très bien, dit-elle. Si t'en es sûr…

– Tout à fait certain.

Ils restèrent muets un instant.

– T'es prêt ? demanda Alice.

– Toujours, répondit Oliver.

Ensemble, ils frappèrent donc à la porte constituée d'un bois humide et moisi, s'efforçant de ne pas trop penser à ce qui risquait de les attendre de l'autre côté.

∞

Au bout d'un petit moment, la porte s'ouvrit dans un grincement. Le bois faisait pression sur le bois et le panneau ne semblait plus tenir dans l'encadrement. La porte était si vieille et voilée que personne ne semblait l'avoir ouverte jusqu'à cet instant précis.

Alice avait la chair de poule sur tout le corps.

Centimètre par centimètre, la lumière entra dans la pièce où ils se trouvaient, et bientôt une grande clarté l'illumina sur toute la longueur, à tel point qu'Alice et Oliver durent plisser les yeux pour découvrir qui se tenait de l'autre côté.

Alice battit des paupières encore et encore, jusqu'à ce qu'une silhouette lui apparaisse nettement, mais notre jeune amie n'en demeura pas moins confuse. Il s'agissait soit d'un hibou, soit d'un très vieil homme, elle n'aurait su dire. Elle voyait bien, en revanche, qu'il était très heureux de les rencontrer. Elle le comprit quand il fondit aussitôt en larmes.

– Honorables visiteurs de Gauche, dit-il en sanglotant, vous êtes tout à fait bienvenus dans notre pays. Oh ! honorables visiteurs, pleurnicha-t-il, mille mercis d'accorder vos bonnes grâces à notre humble contrée. Mille mercis d'avoir choisi Gauche quand vous auriez pu partir à Droite. Mille mercis, ajouta-t-il d'une voix brisée, car voilà si longtemps que nous souhaitions un visiteur. Nous avons espéré et dansé dans l'espoir qu'un autre se présenterait. Nous avons attendu tant et plus de rencontrer un nouvel ami. Oh, mes honorables visiteurs !

Il était à demi prosterné, ses mains cramponnant ses genoux, et pleurait. À présent, Alice voyait bien qu'il s'agissait d'un vieil homme et non pas d'un hibou, et elle était si surprise, si émue, si touchée et si hésitante qu'elle ne savait trop comment réagir.

Elle regarda Oliver.

Il haussa les épaules.

– Je vous en prie, dit le vieil homme après s'être ressaisi. Je vous en prie, répéta-t-il en leur faisant signe d'approcher vers la lumière. (Il s'écarta pour les laisser passer.) Entrez dans la contrée de Gauche. Celle où je réside. Une contrée, ajouta-t-il avec une fierté soudaine en gonflant sa poitrine d'oiseau, qui n'est plus ignorée désormais. Qui n'est plus négligée. Ô joie ! Ô joie ! Quelle journée ! Quelle journée !

Oliver s'avança prudemment et passa la tête dans l'embrasure. Elle l'entendit étouffer un cri de surprise, puis il se retourna, les yeux exorbités, et s'efforça de sourire.

– Rien à craindre, murmura-t-il.

Alice prit la main qu'il lui tendait et le suivit en franchissant la porte. Elle ne savait pas trop quel était son sentiment le plus fort : la nervosité ou l'excitation, ou une sorte d'excitation nerveuse, mais bon… cet endroit, elle ne le connaissait pas et peu importe, parce c'était à fois beau et étrange. Le petit vieillard débordait de joie et elle ne pensait pas avoir jamais vu quelqu'un de plus ravi de la voir qu'à ce moment-là.

Mes amis, figurez-vous qu'ils venaient de sortir d'un tronc d'arbre.

C'étaient des arbres aussi hauts que des géants qui seraient déjà grands pour leur taille. Des arbres grands comme des montagnes, des troncs aussi larges que les cimes, des arbres débordant de feuilles si vertes qu'Alice pouvait à peine les regarder. Ils se trouvaient en altitude, loin au-dessus du sol, mais dans la contrée de Gauche on distinguait nettement le sol en contrebas ; à des centaines de mètres au-dessous d'eux, s'étendait de la verdure à perte de vue ; elle apercevait des petites fleurs jaunes qui constellaient les hautes herbes folles. Le plus intéressant n'était pas seulement le réseau d'arbres interconnectés. Ce n'étaient pas les nombreux habitants vaquant à leurs occupations dans cette forêt merveilleusement illuminée. Enfin si, c'était un peu tout ça, je veux dire, mais il y avait plus étonnant encore : ici, les maisons étaient bâties dans des coquilles d'œufs vides, dont la plupart étaient complètes ou aux trois quarts intactes, chacune peinte dans un motif géométrique. Vives et solides, elles étaient suspendues aux branches par de l'épaisse corde d'un blanc scintillant. Chaque coquille abritait un petit monde, un foyer de cœurs et d'esprits, et il parut aussitôt évident pour Alice – et Oliver – que le peuple de Gauche était du genre joyeux.

Toutefois, son expérience de l'Ailleurs avait appris à Alice à se méfier.

Le vieux petit bonhomme les attendait sous une voûte de branches juste assez ombragée pour les protéger du soleil, même si de temps à autre la lumière perçait ici ou là et leur rappelait à tous combien il faisait sombre sans elle.

Alice et Oliver avancèrent prudemment en équilibre sur une branche et suivirent leur nouveau guide. Tout à coup, il s'arrêta net et fit un bond de surprise en se retournant vers eux.

– Oh là là ! s'exclama-t-il. J'en oublie mes bonnes manières ! (Il secoua la tête et s'inclina légèrement.) Veuillez, je vous prie, pardonner mon étourderie. C'est juste que je suis tellement enchanté de vous voir que j'en ai oublié le reste.

Il planta alors son regard dans le leur.

– Je m'appelle Paramint. Et c'est un immense honneur et un privilège pour moi de vous rencontrer tous les deux.

Alice et Oliver se présentèrent à leur tour et, ce faisant, Alice remarqua que leur hôte arborait une tenue qu'elle n'avait jamais vue portée par quiconque auparavant : une chemise couleur moutarde entièrement boutonnée sous un gilet bleu vif, et une veste à rayures rouges sur rouille, ainsi qu'un pantalon en velours vert olive. Sans oublier les bottes couleur chocolat, tellement lustrées qu'Alice aurait juré les avoir entendues scintiller ! Il tenait de surcroît à la main une très grande canne en sucre d'orge qui l'aidait vraisemblablement à se déplacer.

Tant d'habits pour un seul homme, Alice n'en revenait pas.

Elle avait toujours vu Père porter simplement des tuniques amples et des pantalons de lin. À l'occasion, sa veste en jean par temps froid. Mais non seulement Paramint était vêtu d'une chemise, d'un gilet, d'un pantalon *et* d'une veste, mais il avait aussi une espèce de tricot – une écharpe, peut-être ? – autour du cou, et il avait glissé un mouchoir dans la poche poitrine de son veston. Du coup, Alice se demanda s'il éternuait beaucoup.

Mais peu importe tous ces détails, parce que Paramint était le vieux monsieur le plus charmant et le plus soigné qu'elle ait jamais rencontré. Il expliqua que sa tâche consistait à garder la porte des Visiteurs et à se tenir toujours prêt pour eux ; voilà ce qu'il faisait toute la journée durant. Il veillait à être préparé et présentable pour le jour où la contrée de Gauche recevrait enfin une visite.

Il affirma avoir attendu cinquante-six ans.

Paramint les conduisit ensuite de branche en branche, tout en clamant haut et fort à qui voulait bien l'écouter qu'Alice et Oliver étaient les honorables visiteurs enfin arrivés. Bon nombre de gens retinrent leur souffle à cette annonce, d'autres poussèrent des petits cris et, çà et là, une personne s'évanouit. Oliver avait la fâcheuse habitude de rire nerveusement quand cela se produisait.

Tous les habitants de Gauche portaient des tenues complexes. Certaines dames arboraient un costume semblable à celui de Paramint, et même si celui-ci était bien coupé et haut en couleur, Alice en vérité détestait les costumes autant que les pantalons, si bien que seules les robes trouvaient grâce à ses yeux. Quelques dames – et même un monsieur, voire deux ou trois – portaient de fort jolies robes composées d'une jupe fluide et d'un corsage aux motifs chargés, et leurs coiffures ne manquaient pas d'intérêt. Alice contempla ses propres vêtements déchirés, tout en effleurant ses cheveux emmêlés pleins de nœuds ; l'espace d'un court instant, elle eut même la sottise de se sentir triste de ne pas être plus présentable. Elle songea qu'Oliver et elle devaient paraître très bizarres. Ils formaient un duo de touristes drôlement négligés, en fait. Hormis les chaussons de danse bleus qu'Oliver lui avait fabriqués, Alice n'aurait pas eu de quoi pavoiser, car ces ballerines bleues constituaient désormais la plus belle de ses possessions. Et elle avait beau courir, sauter et quasiment frôler la mort, les chaussons semblaient toujours flambant neufs. Oliver avait vraiment réussi son tour de passe-passe.

En parlant de lui, d'ailleurs, il allait de stupeur en émerveillement. Les yeux écarquillés, le visage radieux, il était littéralement sous le charme de la contrée de Gauche. Alice pensait qu'Oliver avait vu tout ce qu'il y avait à voir en Ailleurs et que plus rien ne l'étonnerait, comme lorsqu'elle était arrivée au début, mais visiblement elle se trompait. Oliver s'était certes habitué aux choses qu'il avait déjà vues, mais au-delà de ça, il se révélait aussi vulnérable qu'elle. Et Alice comprit qu'ils devraient donc se montrer plus vigilants que jamais ; sans les mises en gardes constantes d'Oliver, ils devraient aussi redoubler d'efforts pour éviter de tomber dans les traquenards… et les chaudrons de l'Ailleurs.

Alice reprit nerveusement son souffle et pressa la main d'Oliver. Il la lui pressa en retour.

Ni l'un ni l'autre n'était en terrain familier et ici, dans la contrée de Gauche, ils allaient devoir affronter un nouveau défi.

# Oliver me traite de vraie nullité pour les têtes de chapitres

**Paramint ne voulut jamais les laisser repartir.**

Il avait attendu des visiteurs pendant cinquante-six ans ; autrement dit, il avait eu cinquante-six années pour préparer tout ce qu'ils feraient quand les visiteurs arriveraient enfin.

Alice en prit conscience seulement quand ils arrivèrent chez lui. Les maisons suspendues se révélaient vraiment spacieuses et robustes, en dépit de leurs façades en coquilles, ce qui poussa Alice à se demander d'où pouvaient bien provenir ces fameux œufs. Quel genre de créature en pondait d'aussi énormes ? Elle décida alors qu'elle n'avait pas envie d'y réfléchir. Dans ce cas, elle allait aussi oublier le grand parchemin que Paramint avait sorti d'un coffre pour le dérouler dans toute sa maison, mais elle ne pouvait pas faire grand-chose pour l'en empêcher.

– Nous allons commencer par une cérémonie, bien sûr, déclara Paramint comme le parchemin se déroulait à ses pieds. Et ce sera un très grand jour, en effet. Un banquet pour tout le monde, même les petits ! Nous aurons des gâteaux par dizaines, toutes les baies de saison et des jarres de fairysnip et de feuilles de maïs confites. La musique sera à l'honneur ! Nous chanterons et danserons jusqu'à l'aube, et tous les soirs !

Assis sur le tout petit canapé couleur citrouille de Paramint, Alice et Oliver ne pipaient mot.

– Bien entendu, nous devrons d'abord prévenir les reines, poursuivit Paramint. Lesquelles préviendront les princesses, lesquelles préviendront les jumelesses, lesquelles…

– Paramint… intervint Alice en toussotant poliment.

– Oui, Votre Honorablitude, dit-il en lâchant un instant son rouleau. De quelle bonté puis-je vous gratifier ?

Peu habituée à pareilles attentions, Alice hasarda un sourire timide et répondit :

– Nous apprécions tellement, tellement votre gentillesse et sommes tellement enthousiastes de nous trouver dans la contrée de Gauche…

– C'est réellement un endroit des plus charmants, renchérit Oliver, tout sourires, en regardant alentour.

– Oh, merci monsieur, dit Paramint en rougissant. Merci infiniment.

– Mais je crains que nous ne puissions rester très longtemps, reprit prudemment Alice. Pourrions-nous éventuellement écourter les festivités ?

Paramint observa un silence de mort pendant quelques instants à peine avant de hocher la tête avec fébrilité.

– Bien sûr, dit-il. Bien sûr. Pardonnez-moi, Votre Honorablitude, je n'aurais pas dû supposer que vous souhaitiez participer à autant de cérémonies.

Alice sourit, soulagée.

– Je vais procéder aux changements qui conviennent dans notre planning, ajouta Paramint sans cesser de hocher la tête. Je suis certain qu'avec le programme idoine, nous pouvons toujours passer un excellent moment – et faire tout autant la fête ! – sur une période de dix ans. (Paramint souriait à présent d'un air un peu chagrin.) Cela vous conviendra, vous pensez ? Ce sera difficile, certes, et nécessitera beaucoup de journées fort chargées, mais je suis sûr qu'ensemble nous pourrons faire en sorte que ça fonctionne.

Alice regarda Paramint, puis Oliver, avant de passer d'Oliver à la maison-œuf, puis de la maison-œuf au monde qui existait au-delà, et la panique la gagna de la tête aux pieds.

Chaque parcelle de son corps paniquait. Et elle ne savait comment réagir.

**Oliver non plus, apparemment**.

Ils restaient muets, l'un comme l'autre. Alice restait assise là, pétrifiée comme une statue, et Paramint ne sembla même pas le remarquer. Envahie par l'appréhension, l'inquiétude, l'effroi, elle ne savait vraiment pas comment ils allaient s'extraire de cette situation ; franchement, elle ne voyait pas. Elle ne cessait de retourner encore et encore les paroles de Paramint dans sa tête.

Combien y avait-il de reines ici ? Combien de princesses ? Combien de jumelesses ? Plus important encore : quelle serait la colère des jumelesses si Alice et Oliver tentaient de s'échapper ? Et d'où, *d'où* provenaient ces énormes coquilles d'œufs ?

Alice n'était pas certaine de vouloir connaître les réponses à ses propres questions. Toutefois, elle savait qu'il leur fallait un plan.

Paramint les avaient laissés seuls un petit moment (afin de préparer leurs bains, avait-il dit), et ils demeuraient assis sur ce mini canapé dans la maison-œuf ; ils échangeaient des regards jusqu'à ce que chacun pense trouver une solution dans le cerveau de l'autre. À propos de cerveau, l'utilisation du leur s'était révélée une très mauvaise idée, et Alice en fit la remarque à Oliver.

Il ne parut pas s'en émouvoir du tout.

– Oh, ne t'inquiète pas au sujet de Paramint, dit-il en agitant la main et en se relevant. C'est pour ça je suis là, tu te rappelles ? Je peux toujours le persuader de nous laisser partir. Je ne me fais pas de souci.

Le soulagement submergea Alice d'une manière si violente qu'elle aurait eu besoin de s'asseoir si elle n'avait pas déjà été assise.

– Pourquoi tu ne l'as pas dit plus tôt ? fit-elle en s'affalant sur le dossier, chaque muscle de son corps se décrispant. Et pourquoi tu n'as pas essayé de convaincre Paramint pendant qu'il était encore là ?

– Parce que j'ai pas la moindre idée de l'endroit où aller si on s'en va d'ici, dit Oliver. Il nous faut un lieu sûr jusqu'à ce qu'on trouve un moyen de dénicher un peintre. Peut-être que Paramint pourrait nous aider.

Alice émit un petit bruit en guise d'approbation avant de se laisser envelopper par la douceur du canapé. Elle était si fatiguée et remplie de craintes et de soucis qu'elle comprenait presque à quoi ça ressemblait d'être une vraie adulte. Quoi qu'il en soit, elle avait à tout prix besoin d'une pause et n'était pas mécontente de pouvoir baisser sa garde, ne serait-ce qu'un tout petit peu plus longtemps.

Mais Oliver ne voulait rien entendre.

– Debout ! lâcha-t-il brusquement. C'est pas le moment de paresser, Alice. On doit veiller à redoubler de vigilance tant qu'on est là, surtout maintenant qu'on sait qu'on nous observe de plus près que la plupart des autres visiteurs.

Alice lui décocha un regard renfrogné et se leva tant bien que mal du canapé.

– Bon, je ne pense pas qu'on doive se méfier de Paramint, reprit Oliver. Cependant, gardons les yeux et les oreilles aux aguets pour tout ce qui nous semble intéressant ou suspect. Peut-être qu'en écoutant attentivement, on pourra dénicher un truc nouveau. Pendant ce temps, je vais voir ce que je peux apprendre à propos d'un peintre.

Ce n'était pas grand-chose pour la suite de l'aventure, mais ils allaient devoir s'en contenter.

Alice soupira. Rester optimiste était un vrai combat. Tout avait déjà tellement mal tourné et, chaque minute qu'ils passaient à chercher quelqu'un d'autre que Père, Alice était de plus en plus anxieuse. Elle se sentait égoïste et en éprouvait une écrasante culpabilité, à tel point que s'ils ne trouvaient pas le peintre d'ici peu, elle insisterait pour qu'ils abandonnent l'idée de réparer son bras. Père devait rester la priorité des priorités, et elle ne pouvait risquer de le perdre à nouveau.

**Alice et Oliver avaient cruellement besoin d'un bon bain.**

Paramint les entraîna sur une branche moussue menant à une échelle clouée au tronc d'un arbre voisin. Ils grimpèrent alors jusqu'à la cime qu'on avait tronçonnée et aplatie depuis belle lunette. Le haut de l'arbre ressemblait donc à présent à un vaste espace lisse et rectangulaire de bois ciré, parsemé d'une dizaine de baignoires étincelantes en porcelaine.

Des dames et des messieurs, vêtus peu ou prou comme Paramint, attendaient l'arrivée d'Alice et d'Oliver avec serviettes de bain, peignoirs, bouquets de fleurs et moult casseroles d'un liquide chaud.

Alice était si enthousiaste à l'idée d'être à nouveau propre qu'elle défaisait déjà les liens de ses jupes. Voyant qu'elle se déshabillait, Oliver, toujours aussi gentleman, se trémoussa et toussota en fixant une branche d'arbre avec attention. Malheureusement pour lui, sa gêne n'en était pas une pour Alice qui ne le voyait pas rougir et gigoter. Elle détestait les vêtements et n'était pas mécontente de s'en débarrasser.

Elle suivit donc avec joie une dame avenante vers une baignoire vide et se détendit ; elle allait prendre un bain et, juste cette fois, s'autoriserait à profiter de l'Ailleurs. Elle se baignerait et serait belle et proprette. Elle avait hâte !

La dame qui assistait Alice se présenta sous le nom d'Ancilly, et Alice décida qu'elle aimait son visage souriant, son teint miel et sa crinière rousse et frisée. Ancilly aida Alice à ôter le reste de ses vêtements et à entrer dans la baignoire ; une fois à l'intérieur, Alice replia les jambes contre sa poitrine en s'aidant de son unique bras. Elle frissonna sous la caresse d'une brise un peu frisquette.

Ensuite, ce fut un pur délice.

Mes amis, ce n'était pas un bain d'eau chaude, mais de lait chaud ; avec sa texture riche et veloutée, il permit au corps entier d'Alice de se détendre. Ancilly versa des litres et des litres de liquide dans la baignoire jusqu'à ce qu'il lape les épaules d'Alice. Elle s'immergea avec délectation et laissa ses membres se fondre dans le lait et, juste au moment où elle croyait que cet instant privilégié atteignait son apogée, Ancilly apporta les bouquets qu'elle avait tenus en main au début. Elle détacha les fleurs par poignées et les laissa doucement tomber dans le bain. Les pétales flottèrent en surface, cerises arc-en-ciel sur le gâteau d'une expérience fabuleuse, et Alice ferma les yeux en profitant de chaque minute. Les fragrances l'apaisèrent, le lait chaud l'apaisa, et les couleurs l'apaisèrent. Et bientôt Alice se retrouva dans un délicieux cocon, puis se rappela, tout à coup, pourquoi l'Ailleurs était si dangereux. Alice savait qu'elle pouvait rester à jamais allongée dans ce bain, mais aussi qu'elle devait se montrer d'autant plus prudente à mesure que le temps s'écoulait.

*Bientôt*, se promit-elle. Très bientôt, elle se méfierait.

Mais pour l'instant – *uniquement pour l'instant* – elle se détendrait.

∞

Ancilly revenait déjà avec une serviette tiède, et Alice était déjà toute sèche et propre et exhalait un parfum de soleil. Ancilly l'aida à enfiler rapidement un peignoir moelleux, puis passa un peigne dans ses cheveux mouillés.

Tout en lui défaisant ses nœuds, Ancilly fredonna et, sitôt qu'elle eut terminé, chanta une ballade douce et triste en lui tressant les cheveux. Sa voix était suave et apaisante – presque un murmure – et Alice, quasi enivrée de détente, n'en comprit que les dernières paroles.

*Dans le ciel*
*Dans le ciel*
*Un jour je suis tombée*
*Dans le ciel*

*Dans le ciel*
*Dans le ciel*
*Un jour je suis tombée*
*J'ai appris à voler.*

Alice, quant à elle, *tombait* littéralement de sommeil. Elle rouvrit les yeux juste à temps, se rappelant l'avertissement d'Oliver : ne jamais dormir sans rêver. Mais la chanson d'Ancilly était si sombre et si puissante qu'Alice s'était muée en pâte à modeler entre ses mains. Attendrie et grisée, notre jeune amie laissait les mains douces d'Ancilly entrelacer des fleurs avec ses cheveux. Alice réprima un bâillement. Les touches de couleurs inopinées, contrastant avec la blancheur lumineuse de sa chevelure et de sa peau, rendirent Alice très, très heureuse.

Elle remercia Ancilly à profusion et la dame rougit, refusant la gratitude d'Alice.

– Je vous en prie, Votre Honorablitude. C'est un trésor de vous avoir parmi nous. Si vous voulez bien attendre un instant, je m'en reviendrai avec un présent.

Alice attendit donc. Elle s'assit sur une petite chaise, songeant que c'était bien agréable d'être propre, et bien étrange de n'avoir qu'un bras, et bien frustrant de vouloir se servir du membre perdu uniquement pour se rappeler qu'il avait disparu. Bref, toutes ces pensées l'occupèrent jusqu'au retour d'Ancilly, et sa patience fut bientôt récompensée par quelque chose d'extraordinaire. Ancilly tenait entre ses mains la plus sublime des robes qu'Alice ait jamais vue.

Une véritable explosion de lumière. Cette toilette était l'œuvre d'un véritable artiste, confectionnée dans les étoffes les plus riches qu'Alice ait jamais eu le privilège de toucher, et plus belle que tout ce qu'elle avait pu coudre elle-même. Les nombreuses jupes et le corsage de la tenue évoquaient une cascade de couleurs : le rubis se fondant dans le noir crépusculaire ; des dorés se transformant en verts ; du bleu, du prune, et du framboise éclaboussant subtilement l'ourlet. Chaque couche de tissu s'imbriquait dans l'autre avec une précision délicate et délibérée ; mille et une soieries festonnées et fines comme de la dentelle, dont le chatoiement évoquait les ailes brisées d'un papillon. Les jupes étaient amples et solides, et pourtant légères, aériennes. Alice était persuadée de flotter, de s'envoler dans cette robe.

– Ancilly… s'extasia-t-elle, en tenant la toilette contre sa poitrine, vous l'avez confectionnée vous-même ?

– Oh ! non, Votre Honorablitude, répondit son interlocutrice en inclinant la tête. Cette robe fut réalisée par la plus grande couturière de la contrée de Gauche. Selon la tradition de notre contrée, nous n'offrons à nos visiteurs que les présents les plus raffinés. (Sa voix s'entrecoupa.) Nous… n'au… n'aurions jamais cru recevoir d'autres visites, dit Ancilly, qui semblait au bord des larmes. Nous sommes si fiers, Votre Honorablitude. Si reconnaissants que vous honoriez de vos bonnes grâces notre humble contrée. Gauche est si souvent négligée !

– Oh, Ancilly, tout le plaisir est pour moi.

Même si Alice le pensait vraiment, elle ne pouvait s'empêcher de se sentir coupable. Elle savait qu'elle devrait s'en aller sans tarder, et par conséquent décevoir un village entier. Ça lui brisait le cœur, mais il n'y avait pas d'autre moyen, elle en avait conscience.

Ancilly l'aida à passer sa nouvelle tenue. Alice remarqua que celle-ci n'avait aucune manche et s'adaptait donc à merveille à son unique bras, et elle prit le temps d'admirer les détails de la toilette en glissant brochures, carte noire et vestiges de sa règle dans les poches profondes de la robe. Une gerbe de plumes garnissait l'encolure en créant l'illusion qu'Alice avait des ailes ; chaque couture était une œuvre d'art, et Alice ne pouvait s'empêcher d'en admirer tout le raffinement. Elle n'avait jamais porté une toilette aussi élégante de toute sa vie. La fluidité de la soie donnait à chacun de ses pas une grâce virevoltante et ondoyante.

Cela lui rappela la sérénité qu'elle avait ressentie, autrefois, en dansant seule dans la forêt, le rythme de son cœur s'harmonisant à celui du monde. Alice en avait les larmes aux yeux.

L'ensemble se révélait absolument fabuleux. Alice était sincèrement touchée et ne pouvait croire un instant qu'Ancilly souhaiterait un jour la manger. Après tout, Oliver avait affirmé qu'il existait des bons et des mauvais partout, et ces gens-là, songea-t-elle, devaient compter parmi les bons. Ce qui la poussa à s'interroger.

– Ancilly, reprit Alice en admirant toujours la robe. Si vous avez une couturière ici à Gauche… avez-vous aussi un peintre ?

Ancilly parut surprise.

– Je crains que nous n'en ayons pas, Votre Honorablitude. Pourquoi cette question ?

D'un hochement de tête, Alice désigna le vide qu'aurait dû occuper son bras.

– J'espérais pouvoir réparer les dégâts, expliqua-t-elle. Et on m'a dit que je devais trouver un peintre. (Elle soupira.) Vous n'en connaîtriez pas un, par hasard ?

Ancilly secoua la tête.

Sans pouvoir se l'expliquer, Alice éprouva une grande déception. Elle savait pourtant que c'était la tâche d'Oliver de soutirer des informations par la persuasion, mais Ancilly lui semblait être quelqu'un à qui elle pouvait se confier. Par ailleurs, les choix d'Oliver et d'Alice demeuraient très limités. Et le temps leur manquait déjà.

Ils devaient rencontrer un peintre *incessamment*.

– Y a-t-il quelqu'un susceptible de savoir où je pourrais trouver un peintre ? insista Alice. Peut-être la couturière ?

Ancilly se crispa.

– Peut-être, ajouta aussitôt Alice, peut-être que les artistes de l'Ailleurs se connaissent entre eux...

Mais elle avait dit ce qu'il ne fallait pas.

La chaleur d'Ancilly se mua en une froideur instantanée, tandis qu'elle se détournait afin qu'Alice ne puisse lire sur son visage. Lorsque Ancilly reprit la parole, elle s'exprima d'une voix heurtée.

– La couturière aurait pu savoir où trouver un peintre, mais elle a été poussée de la branche il y a longtemps.

Alice resta stupéfaite.

– Poussée de la branche ? Vous voulez dire...

– Elle a disparu.

– Je croyais pourtant qu'elle avait réalisé cette robe ? dit Alice. Comment peut-elle avoir disparu ?

– Elle a travaillé pendant de nombreuses années à confectionner des vêtements de toutes formes et de toutes tailles pour le jour où nos visiteurs arriveraient. Nous devions nous tenir prêts, dit Ancilly d'une voix calme, même si rien ne nous garantissait la venue de quiconque.

Alice effleura le bras d'Ancilly.

– Ancilly, je suis si…

– Je vous prie de m'excuser, Votre Honorablitude.

D'un mouvement vif, Ancilly se redressa et se mit aussitôt à ranger les affaires de toilette. Elle ne dit plus un mot.

Alice était atterrée – convaincue d'avoir dit ou fait quelque chose qui avait offusqué Ancilly – et tenta de demander pardon

– Je suis infiniment désolée, hasarda-t-elle. Je ne…

Mais Ancilly, fredonnant très fort, faisait la sourde oreille. Découragée, Alice détourna les yeux.

Elle entendit alors Ancilly chanter.

La même ballade que tout à l'heure – elle reconnut la mélodie –, mais Alice écouta attentivement cette fois.

*Dans le ciel je suis tombée un jour*
*Et je n'ai pas souffert du tout*
*Dans le ciel je suis tombée un jour*
*Mais je ne suis pas tombée du tout*

*J'ai vu une dame me saluer*
*Elle m'a dit de ne pas m'effrayer*
*J'ai vu une dame me parler*
*Elle m'a dit qu'on allait m'aider*

*Me disait-elle la vérité*
*Ou bien disait-elle un mensonge*
*Elle me paraissait bien étrange*

*Mais sa main le ciel a montré*
*J'ai su où je devais aller*

*Dans le ciel*
*Dans le ciel*
*Un jour je suis tombée*
*Dans le ciel*

*Dans le ciel*
*Dans le ciel*
*Un jour je suis tombée*
*J'ai appris à voler*

**Oliver l'attendait à la maison-œuf**.

Paramint la leur avait cédée pour la soirée et la durée de leur séjour. Alice, jugeant qu'il s'agissait d'un grand sacrifice, lui en était fort reconnaissante. En fait, elle avait oublié tout ce que Paramint avait fait pour eux depuis leur arrivée.

Ça pouvait paraître égoïste de se faire autant plaisir ici, dans la contrée de Gauche, mais si Alice était honnête avec elle-même, elle pouvait admettre qu'elle avait besoin de souffler un peu. Ces passages d'un village à l'autre commençaient à se faire ressentir, et elle souhaitait être au mieux de sa forme lorsqu'ils trouveraient enfin leur chemin vers Père.

Elle s'était laissée tomber sur le canapé à côté d'Oliver, et lui parlait déjà d'Ancilly et de la singulière histoire de la couturière, quand elle remarqua qu'il l'observait d'une façon très bizarre.

– Qu'est-ce qu'il y a ? demanda-t-elle. Qu'est-ce qu'il s'est passé ?

– Rien, répondit Oliver. C'est juste que t'as l'air… différente.

– Ah bon ? fit-elle en baissant les yeux sur sa robe. Je pense que c'est parce que je suis propre. Et parce que je porte cette tenue absolument hallucinante, *bien sûr*.

Elle éclata de rire et admira ses jupes. Oliver et elle s'étaient déjà extasiés ensemble sur les cadeaux qu'ils venaient de recevoir. Oliver s'était vu offrir des mètres et des mètres de colliers des perles les plus fines de Gauche, qu'il portait désormais autour du cou et sur la poitrine, ce qui créait l'illusion d'un plastron.

Oliver pencha la tête.

– Peut-être… dit-il.

– Toi, en revanche, tu es le même, répliqua-t-elle en le détaillant du regard. Comment fais-tu pour rester toujours aussi impeccable ?

Il sourit et ignora la question.

– Très bien, dis-m'en plus sur la couturière.

À la fin du récit d'Alice, Oliver écarquillait des yeux comme des soucoupes. Tant de pensées et de questions se bousculaient dans sa tête qu'il ne pouvait guère tenir en place. D'ailleurs, il marchait déjà de long en large.

– C'est une nouvelle très, très intéressante, dit-il. Très intéressante.

– Et la chanson ? dit Alice. Drôlement bizarre, non ?

Oliver croisa son regard à l'autre bout de la pièce.

– Très bizarre. On dirait qu'Ancilly essayait de te dire quelque chose sans te le *dire* vraiment.

– Oui, je suis d'accord. Je me demande ce que tout ça signifie.

– Moi aussi… hésita Oliver. Mais je ne vois pas comment les secrets de la couturière pourraient nous mener à un peintre.

– Eh bien, dit Alice, en cherchant un lien, ce sont tous deux des artistes. Peut-être qu'ils se connaissaient vraiment.

Oliver fronça les sourcils.

– Possible. Peu probable, mais possible.

Alice soupira.

– Mais cette chanson. Si étrange.

– Et si *triste*. Quand on pense que la couturière a été poussée de la branche ! Je me demande ce qui a bien pu se passer.

Oliver haussa un sourcil.

– Tu penses que la chanson est vraie, alors ? Tu penses que la couturière s'est envolée ?

– Si par *s'est envolée*, tu veux dire *a fait une chute mortelle*, alors oui, dit Alice. Je pense que c'est la vérité.

– On est toujours dans l'impasse. Excuse-moi, dit-il en retenant un sourire, mais je suppose qu'une couturière morte ne risque pas d'avoir grand-chose à dire.

– Eh bien c'est tout ce qu'on a pour l'instant, dit Alice, découragée.

Elle s'enfonça davantage dans le canapé et leva les jambes. Puis, très, très doucement – si doucement qu'elle souhaitait presque qu'Oliver ne l'entende pas –, elle ajouta :

– J'espère qu'on n'a pas commis une grave erreur en faisant passer la réparation de mon bras avant la recherche de Père.

Oliver la rejoignit sur le canapé.

– Alice… dit-il avec gentillesse.

Elle bougonna dans son coin.

– Alice… Regarde-moi, s'il te plaît.

Elle obtempéra, mais à contrecœur. Les yeux d'Oliver étaient d'une nuance de violet si stupéfiante. Si vive en comparaison de son teint.

– Trouver un moyen de réparer ton bras, dit-il, ne sera jamais une erreur. Tâche de le comprendre, s'il te plaît.

Alice détourna le regard.

– Mais si on ne retrouve jamais Père à cause de moi ?

– Ça n'arrivera pas.

– Mais…

– Impossible.

– Bon, d'accord, soupira Alice. Mais j'espère vraiment qu'on va trouver un moyen pour passer à la suite. On ne peut pas se permettre de rester ici plus longtemps.

– Je sais, admit Oliver dans un petit rire. C'est carrément dommage. En d'autres circonstances, je crois qu'on aurait passé de bons moments dans la contrée de Gauche. Je veux dire… je ne suis pas idiot au point de croire que l'Ailleurs ne nous réserve que des choses fabuleuses, mais ils sont tellement gentils avec nous. Ça va me faire de la peine de les quitter, surtout qu'ils ont attendu des visites pendant cinquante-six ans, dit-il en secouant la tête. J'imagine déjà la tête de Paramint, accablé de chagrin.

– Moi aussi, reconnut Alice. Je pensais la même chose tout à l'heure. Je ne crois pas qu'ils puissent avoir l'intention de nous manger, et toi ? Tu ne penses pas qu'ils font partie des braves gens ?

Oliver acquiesça.

– Si, en effet. J'ai lu dans le cœur de Paramint à notre arrivée, et tu sais quel était son plus grand secret ? Son plus grand souhait ?

Alice crut pouvoir le deviner, mais laissa malgré tout Oliver le lui annoncer.

– Il voulait être capable d'ouvrir cette porte, dit-il. Son plus grand secret, son souhait le plus ardent était d'avoir un visiteur dans la contrée de Gauche.

– Maintenant j'ai l'impression d'être quelqu'un d'horrible, dit Alice. Mais on n'a pas le choix, non ? Il faut qu'on s'en aille.

– Je sais, dit-il. Pas de problème. On doit aller de l'avant. Après tout, on vit à Ferenwood et pas en Ailleurs.

Cette dernière phrase arracha un sourire à Alice.

– Et j'ai beau aimer l'aventure, enchaîna Oliver, j'ai vraiment hâte de rentrer chez moi. Je pense avoir eu ma dose de l'Ailleurs pour un long moment.

– Moi pareil, dit Alice. Moi pareil, répéta-t-elle en effleurant les seuls bracelets qui lui restaient. Mais je souhaite que Père rentre aussi. J'ai pas envie de repartir sans lui.

Oliver acquiesça.

– Je sais, dit-il.

– Et toi, au fait ? répliqua-t-elle d'une voix plus enjouée. Qu'est-ce qui te manque le plus, de Ferenwood ?

– Moi ? fit Oliver, étonné. (Il pencha la tête comme s'il n'avait jamais réfléchi à la question.) Oh, j'en sais trop rien. Peut-être le réconfort de ne pas frôler la mort chaque jour.

Alice s'esclaffa, puis insista :

– Non, franchement… Tu es proche de tes parents ? Tu ne leur as pas manqué pendant ton absence ?

– Je ne crois pas, répondit-il dans un haussement d'épaules. Je n'en suis pas sûr. Je ne connais pas réellement mes parents. Et je doute qu'ils me connaissent vraiment.

– Comment ça ?

– Mon talent, soupira Oliver, est à la fois une bénédiction et un fardeau. Dès le plus jeune âge, j'ai découvert comment manipuler mes parents pour qu'ils fassent exactement ce que je souhaitais... et deviennent tels que je les souhaitais. J'ai appris seulement des années plus tard que l'idée qu'on se fait des parents parfaits à cinq ans est loin d'être idéale. Mais c'était trop tard à ce moment-là. Quand j'ai cessé d'intervenir pour les laisser reprendre la main, ils ne pouvaient se rappeler comment agir. Ils me reconnaissaient à peine, j'avais confisqué les années essentielles de notre vie de famille. C'est tout juste s'ils se rappelaient comment j'avais grandi. Et le problème ne touchait pas uniquement mes parents. J'avais agi comme ça avec tout le monde. Je n'en ai jamais eu l'intention, continua-t-il calmement. Je ne comprenais pas les conséquences de mes actes. C'est lorsque mon père a contracté la distomatose que j'ai réalisé à quel point il était fragile... et qu'un jour je le perdrais. J'étais désolé de ne jamais lui avoir laissé l'occasion de m'apprendre ce qu'il savait. D'être mon père comme *lui* avait envie de l'être.

Oliver laissa échapper un petit rire peiné, avant d'ajouter :

– Bref, à l'âge de dix ans et sans l'aide de personne, j'avais détruit toute relation importante dans mon existence.

Il hésita, puis ajouta :

– J'ignore absolument quels parents j'aurais eus si je ne les avais pas transformés de si bonne heure.

Alice prit une profonde inspiration en retenant un sanglot.

– Oh, Oliver, dit-elle en lui prenant la main. C'est franchement l'histoire la plus triste que j'aie jamais entendue.

– Parfois, j'ai l'impression que toute ma vie n'est qu'une histoire que je me raconte à moi-même. Un mensonge après l'autre, en modelant les gens à ma guise jusqu'à ce qu'ils deviennent exactement ce que je veux. Je déteste ça, soupira-t-il.

– Dans ce cas, pourquoi ne pas t'arrêter ?

– Arrêter quoi ?

– De changer tout le monde. Arrêter de manipuler les gens. Je sais que ça ne modifiera pas le passé, mais ça changera certainement l'avenir. Il n'est pas trop tard pour apprendre à connaître tes parents.

– Oui, je suppose… admit Oliver, très tranquille à présent.

– Mais t'en as pas envie ?

Oliver secoua la tête.

– C'est pas que j'en ai pas envie… C'est… je ne sais pas, en fait.

Alice attendit.

Oliver finit par relever les yeux.

– J'ai peur, murmura-t-il.

– De quoi ?

– M'enfin, tu ne comprends pas ? dit Oliver en baissant les paupières. Personne ne m'aimerait si je ne l'en persuadais pas. (Puis il la regarda droit dans les yeux.) C'est pourquoi j'étais aussi méchant avec toi au cours moyen. Non pas parce que je trouvais vilaine. Je ne le pensais pas du tout. C'est parce que je savais que tu ne m'aimais pas et que je ne pouvais pas te convaincre du contraire. Je ne comprenais pas pourquoi ça ne fonctionnait pas sur toi – je ne savais rien sur ta promesse –, et ça m'effrayait. Dans tout Ferenwood, la seule personne ne pouvant être influencée par mes mensonges ne m'appréciait pas. Ça confirmait toutes mes frayeurs : si je laissais les gens être eux-mêmes, ils m'abandonneraient tous. Mes parents ne m'aimeraient pas.

– Mais Oliver, dit Alice en lui pressant la main, je ne t'appréciais pas parce que t'étais l'une des personnes les plus mauvaises que j'aie jamais rencontrée. T'étais arrogant, méchant, et une vraie tête de lune enragée.

Oliver gémit et se leva pour s'en aller.

– Attends ! s'écria-t-elle en l'attrapant par sa tunique. J'ai d'autres trucs à ajouter, promis !

Oliver lui lança un regard noir.

– D'autres trucs *gentils*, précisa-t-elle.

Il céda et se laissa choir dans le canapé.

– Entendu, alors. Je t'écoute…

– Eh bien… regarde-toi à présent ! T'es la personne la plus agréable, sympathique et loyale ! Qui pourrait ne pas t'apprécier maintenant ? Tes parents t'adoreraient. De toute manière, moi je te trouve merveilleux, et tu peux me faire confiance. Pas besoin de tour de passe-passe.

Le visage d'Oliver s'était couvert de marbrures rouges.

– Tu me trouves vraiment merveilleux ?

Alice acquiesça radieuse.

Oliver détourna le regard et marmonna quelque chose qu'elle ne put comprendre.

Il lui souriait maintenant et la dévisageait d'un air plus niais que jamais, et elle était certaine de lui sourire aussi, d'un air encore plus niais que lui. Alors ils restèrent assis là un petit moment, aucun des deux n'étant une tête de lune, et Alice comprit à cet instant qu'Oliver était son premier meilleur ami.

Un moment qu'elle n'oublierait jamais.

**Finalement, Oliver s'éclaircit la voix**.

– Maintenant que je t'ai confié tous mes secrets, dit-il, veux-tu me confier les tiens ?

Alice se mordit la lèvre et baissa la tête. Son cœur s'était mis à battre la chamade.

– Tu les connais déjà, Oliver. J'aimerais ne pas être obligée de les répéter.

– Alice, dit-il gentiment. Franchement, je ne comprends pas. Pourquoi ne pas accepter que tu as un talent incroyable ? Qu'est-ce qui t'embête à ce point ?

Nous y voilà.

Le plus gros déchirement de sa vie.

Le talent qu'elle refusait, celui-là même qu'elle aurait souhaité ne jamais posséder, celui dont elle s'était elle-même persuadée qu'il ne lui appartenait pas, et tout cela parce qu'il ne fonctionnait pas là où il avait le plus d'importance. Alice souhaitait dire la vérité à Oliver, mais elle craignait de fondre en larmes et n'avait absolument pas envie de pleurer. Néanmoins, il était grand temps d'aborder le sujet et Oliver avait mérité de savoir.

– Bon, dit-elle en hochant la tête. Je peux changer les couleurs des choses.

Un frisson la parcourut ; son ventre faisait déjà des bonds. Elle n'en avait pas parlé depuis longtemps, bien avant que Père ne les quitte.

Oliver lui reprit la main et la pressa affectueusement.

– Je peux changer la couleur du ciel, reprit-elle. Du soleil. De l'herbe, des arbres, des insectes et des feuilles. tout ce que je veux… Je pourrais transformer le jour en nuit et la nuit en jour. Changer la couleur de l'air qu'on respire ou de l'eau qu'on boit.

– Mais tu ne le fais pas, dit Oliver. Tu ne le fais pas et je ne sais pas pourquoi. Un si grand talent… un si grand talent, et…

Alice secoua vivement la tête en lui coupant la parole :

– Un si grand talent, et j'arrive même pas à changer ma couleur *à moi*, dit-elle en plantant son regard farouche et désespéré dans celui d'Oliver. Je pourrais te changer toi, ajouta-t-elle en posant un doigt sur la joue d'Oliver, dont le visage vira du marron au rouge, puis au vert. L'espace d'un battement de cils, je pourrais te faire passer par dix nuances de bleu, ajouta-t-elle doucement en baissant la main. Je peux modifier la couleur de tout le monde, mais impossible de changer *cette peau-là*, dit-elle en se passant la main sur le visage. Je ne peux pas changer mes yeux. Je ne peux même pas me transformer à l'image de ma propre *famille*, ajouta-t-elle d'une voix entrecoupée. Tu sais à quel point c'est dur d'avoir le pouvoir de tout changer, sauf soi-même ?

– Alice…

– Je n'ai aucune couleur, Oliver… (Sa voix n'était plus qu'un murmure.) Aucun pigment. Je ne ressemble pas du tout aux gens que j'aime.

– Mais Alice, dit Oliver avec gentillesse, même si t'avais une peau de girafe, les gens qui t'aiment s'en moqueraient.

Alice contempla le tapis sous ses pieds et faillit sourire.

– Père s'en moquerait sans doute, dit-elle. Père m'aimerait sans doute quoi qu'il arrive.

– Et ta mère. Elle t'aime aussi.

Mais Alice secoua la tête.

– J'en sais rien, dit-elle, avant de se mordiller la lèvre. Mère était si enthousiaste dès qu'elle a su quel don j'avais ; c'est Père qui le lui a dit, alors que je lui avais demandé de se taire. (Elle hésita.) Mais après le départ de Père, quelque chose est arrivé à Mère. Un truc a changé en elle et l'a rendue mauvaise.

Elle marqua une pause, le temps de se remémorer.

– Mère m'a incitée à m'entraîner tous les jours devant le miroir : je devais m'exercer à changer ma couleur. Mais ça n'a jamais marché, et Mère s'est vite lassée de moi. Puis elle s'est souvenue à quel point elle raffolait des baies de Feren…

Oliver retint son souffle.

– … Et elle m'a poussée à aller les cueillir. (Alice regarda au loin.) Cueillir des baies de Feren, c'est la seule chose que je sois capable de faire.

– Mais… Je croyais que les baies de Feren étaient invisibles ! s'exclama Oliver, les yeux écarquillés. (Il chuchota ensuite :) et je pensais qu'elles étaient interdites, selon le code des denrées alimentaires autorisées de Ferenwood.

– Elles ne sont pas vraiment invisibles, rectifia Alice en grimaçant. Ce sont juste d'excellents caméléons. Elles se fondent à la quasi-perfection dans n'importe quel décor, ce qui les rend difficiles à dénicher, dit-elle en haussant les épaules. Mais il me suffisait d'en trouver une seule, et je pouvais alors toutes les transformer dans une couleur que je pouvais distinguer. Si bien qu'il m'arrivait d'en ramasser des dizaines d'un coup.

Oliver était visiblement impressionné.

– Et j'ignorais qu'elles étaient bannies en vertu du code des denrées alimentaires autorisées de Ferenwood, ajouta Alice nerveusement.

Oliver était si interloqué qu'il dut se lever, puis :

– Dis donc, ta mère a l'air absolument atroce. Pardon… (Il plaqua une main sur sa bouche.) J'ai parlé sans réfléchir. C'est pas à moi de…

– Pas de problème, dit Alice en grimaçant un sourire. Mère ira mieux quand Père sera rentré. Il l'a toujours rendue plus gentille. Mais je pense que j'ai déçu Mère depuis le départ de Père. Peut-être même sur tous les plans. Et à présent, le seul être qui m'ait jamais aimée est pris au piège et souffre quelque part, perdu dans un monde qui veut le garder prisonnier à jamais… Alors je ferai tout pour le récupérer. Absolument tout. (Alice effleura la soie de sa robe.) Tu sais, ajouta-t-elle d'une voix posée, Père me disait que j'étais belle.

Comme les yeux d'Alice s'embuaient, elle savait qu'il était temps de s'arrêter. Elle se leva aussi élégamment que possible, s'excusa et dit à Oliver qu'elle avait besoin de prendre l'air.

Il la laissa passer sans dire un mot.

Une fois à l'extérieur, Alice oublia facilement sa peine. Ici, dans la contrée de Gauche, et plus que nulle part ailleurs, tout était un enchantement pour les yeux. Le soleil avait amorcé sa descente et le ciel se parait d'un bleu poudreux, charbonneux même ; les ambres, les ors et les violets se fondaient à l'horizon et, tel un kaléidoscope, perçaient au travers des branchages pour floconner de tous côtés en spectaculaires motifs lumineux. Les verts les plus vifs disputaient la vedette aux marrons les plus riches, dans une atmosphère débordante de fraîcheur ; un grand bol d'air suffit à chasser les larmes d'Alice, qu'elle remisa avec soin en elle pour un autre jour.

Puis elle ferma les yeux et laissa la brise l'envelopper.

*Elle était plus forte que Mère.*

Et si elle ne l'était pas, elle le deviendrait. Elle le serait assez pour se battre pour Père et ne pas s'écrouler en miettes sans lui. Il avait besoin d'une fille intelligente, qui reste en vie et continue à lutter. L'amour qu'elle vouait à Père la rendait courageuse. Il la rendait meilleure.

Et prête.

D'autres chapitres suivent…

– **Aimeriez-vous goûter quelque chose** en particulier ? leur demanda Paramint.

Il avait passé la tête par la porte de la maison-œuf pour voir comment ils allaient. Oliver et Alice étaient assis par terre et dressaient une liste de tout ce qu'ils feraient avec Père quand ils le ramèneraient enfin à Ferenwood. La liste était une idée d'Oliver. La première chose qu'il lui avait suggérée quand elle était revenue dans la maison. Selon lui, Père voudrait savoir ce qui s'était passé en son absence, et comme il s'était passé des tas de choses, ils devraient sans doute établir une liste.

– Il voudra être au courant des nouveaux étangs et des arbres à pêcher et... Oh ! Il faudra qu'on lui montre les bateaux qui sont tombés dans le jardin de Pénélope ; on ne peut pas oublier ça ! dit Oliver en attrapant une liasse de feuilles. Et les buissons-piécettes près du ruisseau ? Ils sont si grands, maintenant ! Tu ne penses pas qu'il aimerait voir ça, Alice ?

Elle était si émue, qu'elle pouvait à peine parler.

Ils étaient donc assis, lui et elle, à faire des projets pour le jour où Père rentrerait, quand tout à coup Paramint leur demanda s'ils souhaitaient goûter.

– Goûter ? fit Alice en se redressant. Que voulez-vous dire ?

– Eh bien, répondit-il, toujours debout dans l'entrée, nous avons un menu dégustation fort généreux à votre disposition. Peut-être pas aussi grandiose que ce à quoi vous êtes accoutumés, ajouta-t-il en rougissant, mais nous avons certes un filet mignon absolument divin que je recommande, en toute humilité, pour le plaisir de vos papilles gustatives. (Il s'inclina un brin.) Il a été préparé tout spécialement pour vous par notre chef attitré, assaisonné au sel gemme et aux feuilles de thé, servi sur un lit de couscous épicé et accompagné de risotto aux truffes. Mais, bien sûr, si ce n'est pas à votre convenance, nous tenons à votre disposition un grand choix de sandwichs, de rôtis et de jambons…

– Oh là là ! fit Alice en lançant un regard à Oliver, j'ai bien peur de ne pas savoir à quoi ressemble tout ça.

Paramint s'était figé sur place, les paroles encore coincées dans sa bouche. Il eut toutefois le grand mérite de se dégeler assez vite en disant :

– Sinon, puis-je vous proposer autre chose, Votre Honorablitude ?

Alice réfléchit un instant, puis répondit :

– Auriez-vous des tulipes, par hasard ?

– Nous… hésita Paramint, un peu confus mais surtout terrifié de l'avoir déçue – ce qui gêna Alice au plus haut point. Ma foi, Votre Honorablitude, nous avons…

euh… nous avons un certain nombre de fleurs, mais aucune n'est éclose à cette heure, je le crains.

– Mon cher Paramint, intervint Oliver, ne vous inquiétez pas pour les fleurs, je vous prie. Alice ne fait que vous taquiner, ajouta-t-il en décochant un bref regard à son amie signifiant : *Laisse-moi gérer la situation*. Peut-être nous dispenserons-nous de la dégustation principale ce soir, pour passer directement aux desserts. Le voyage a été long, et quelques douceurs nous conviendraient à merveille.

– Oh, que voilà une *riche* idée, Votre Honorablitude ! s'exclama Parmint, si excité qu'il en avait bondi sur place. Une *riche* idée, vraiment ! Je m'en vais de ce pas vous quérir un grand choix de gâteaux, tartes et autres muffins dont vous vous délecterez !

Tous les traits de son visage souriaient, tellement il était prêt à faire n'importe quoi pour les rendre heureux.

– Y a-t-il une autre bonté dont je puisse vous gratifier, Vos Honorablitudes ? Après votre dégustation, peut-être aimeriez-vous consacrer un peu de temps aux rêves ?

Cette dernière phrase capta l'attention d'Alice, qui hochait déjà la tête, avant même de demander des détails.

– Ça me paraît merveilleux, dit-elle. J'aimerais beaucoup rêver.

– Parfait, Votre Honorablitude ! fit Paramint, radieux. Parfait, parfait. Je m'en reviens sur-le-champ.

Une révérence et un sourire plus tard, Paramint avait disparu.

Alice se tourna immédiatement vers Oliver, débordante d'enthousiasme.

– Rêver me manque tellement ! J'adore rêver, tu sais. C'est la partie que je préfère dans le sommeil.

Oliver éclata de rire.

– J'en reviens pas que le sommeil te passionne plus que les desserts.

– Au fait, répliqua Alice d'un air distrait, c'est quoi au juste, un *filet mignon* ?

Oliver se crispa, la bouche ouverte et figée en un parfait petit « O ».

– Rien dont tu doives t'inquiéter, se hâta-t-il de répondre. Rien du tout.

**Alice ne s'était jamais rendu compte** du plaisir de se réveiller simplement le matin. Oliver et elle n'étaient jamais restés assez longtemps dans une localité de l'Ailleurs pour s'offrir le luxe du sommeil (ou des rêves). Et à présent, pour la première fois dans une période qui semblait avoir duré très, très longtemps, elle ouvrait ses yeux troubles en battant des paupières et accueillait l'aurore d'un bâillement, en étirant son bras et ses deux jambes au maximum.

Elle avait l'esprit un peu confus et embrumé, voire encore à moitié endormi, mais elle était plus heureuse qu'elle ne l'avait jamais été en Ailleurs et se sentait prête à affronter le début d'une nouvelle journée interminable.

Alice bondit hors du lit et gagna le cabinet de toilette privé de Paramint (qu'ils pouvaient utiliser, leur avait-il dit) et s'aspergea le visage d'eau fraîche, en prenant le temps de laper les quelques gouttes qui tombèrent sur ses lèvres.

*Une saveur de menthe*, constata-t-elle.

Elle avait rêvé toute la nuit : des songes qui partaient dans tous les sens, sans doute inspirés par son séjour en Ailleurs. Elle courait la tête en bas, ses pieds martelant le plafond de maisons qu'elle ne reconnaissait pas, tandis qu'elle poursuivait un homme qu'elle pensait être Père. Le problème, c'est que chaque fois qu'elle s'en approchait suffisamment, Oliver surgissait par une fenêtre pour lui arracher le bras, et elle perdait à nouveau la trace de Père. Pour la troisième fois déjà, Alice dut se rappeler de ne pas en vouloir à Oliver de l'avoir autant perturbée dans ses rêves, et juste au moment où elle allait se le rappeler une quatrième fois, elle sortit de la salle de bains pour le trouver dehors qui l'attendait.

– Bonjour, dit-elle en souriant.

– Bonjour, dit Oliver, qui avait une mine de papier mâché, l'air à moitié endormi et un peu maladif. Excuse-moi, Alice, ajouta-t-il en désignant le cabinet de toilette d'un hochement de menton. Tu permets ? Je ne me sens pas très bien…

– Oh, Oliver… Je peux faire quelque chose ?

Au prix d'un pénible effort, il secoua la tête.

– Je pense que je vais juste me reposer ici en espérant que cette sensation se dissipe, dit-il en se passant la main sur le visage. Je jure de ne plus jamais remanger de la tarte, ajouta-t-il en essayant de rire.

Alice le regarda d'un air compréhensif et hocha la tête. Alors qu'elle avait seulement pris quelques bouchées par-ci par-là, Oliver avait quasiment goûté à la moitié de tout ce que Paramint leur avait apporté la veille au soir. À plusieurs reprises, elle avait demandé à Oliver de faire attention – ce qui était manifestement la seule raison pour laquelle il n'avait pas dévoré l'ensemble des dix gâteaux, sept tourtes, quinze muffins et quatre puddings – et elle se félicitait à présent de l'avoir freiné, sinon cela aurait été pire encore pour lui. Alice ignorait qu'Oliver adorait à ce point ces desserts décadents, même s'il le regrettait à coup sûr ce matin. Elle lui tapota l'épaule et le laissa passer.

Tandis qu'il s'enfermait dans les toilettes, Alice mit un peu d'ordre dans le reste de la maison. Comme elle espérait que ce serait leur dernier jour ici, elle souhaitait faire bonne impression à Paramint et veiller à laisser une demeure tout aussi ravissante qu'à leur arrivée. Elle roula les sacs à rêver que Paramint leur avait apportés, des petits sacs de couchage avec des oreillers cousus à l'intérieur (très moelleux et douillets), et mit de l'ordre dans ses papiers, en prenant soin de ranger la liste qu'ils avaient établie pour Père. Elle la glissa dans la poche de sa nouvelle robe en soie (laquelle s'était révélée très confortable), puis s'assit sur le canapé couleur citrouille et attendit Paramint et Oliver.

Sauf qu'elle se lassa bientôt d'attendre et décida de mettre le nez dehors.

Comme elle s'y attendait, c'était une journée splendide. Le soleil se levait à peine et la contrée de Gauche était déjà en activité. Ses habitants s'affairaient à étendre leur linge lavé de frais, à acheter du pain qui sortait à peine du four, et s'arrêtaient pour bavarder avec leurs voisins de sujets fascinants. À la vue d'une telle effervescence, elle éprouvait plus que jamais le mal du pays.

– Bien le bonjour, Votre Honorablitude ! s'exclama un Paramint tout sourires et plein d'ardeur, qui s'étonnait de la trouver debout d'aussi bonne heure.

– Bonjour à vous, Paramint, dit-elle en souriant tout autant.

– Avez-vous bien rêvé ? Avez-vous apprécié la dégustation ?

– Oui, l'un comme l'autre, répondit-elle joyeusement. (Puis, d'une voix plus posée…) Toutefois j'ai bien peur qu'Oliver n'ait un peu trop dégusté.

Paramint écarquilla les yeux un bref instant, avant de partir d'un rire tonitruant.

– J'en suis fort aise, Votre Honorablitude ! Cela me réjouit de savoir qu'il a pris autant de plaisir.

Alice n'eut pas le courage de préciser que le plaisir d'Oliver n'avait pas duré.

– Il s'est bien régalé, c'est sûr, dit-elle. Encore merci.

– Mais de rien, voyons ! répliqua Paramint qui se trémoussait, tout guilleret. Ma foi, je ne vais pas garder le secret plus longtemps, Votre Honorablitude !

– Garder le sec…

– Nous avons une GRANDE nouvelle, Votre Honorablitude. UNE GRANDE NOUVELLE !

– Oh ?

– Oui, en effet. Aujourd'hui sera une EXCELLENTE journée, Votre Honorablitude. La nuit dernière était des plus PALPITANTES, et nous avons là une matinée des plus ENTHOUSIASMANTES ! Une nouvelle si INCROYABLE !

– Oui, c'est… fabuleux, dit poliment Alice.

Elle n'aurait su dire pourquoi au juste, mais la surexcitation de Paramint la mettait mal à l'aise.

– J'espère que la contrée de Gauche nous réserve de bonnes surprises.

– Tout à fait ! Les meilleures ! Les PLUS BELLES !

– Eh bien, c'est très gentil. Je ferais mieux de retourner…

– Vous, dit Paramint en la menaçant du doigt, vous avez fait une très vilaine chose, Votre Honorablitude. Très, très vilaine ! Mais votre vilaine chose a constitué la meilleure nouvelle qui soit pour la contrée de Gauche ! La meilleure !

Alice manqua s'étrangler, puis s'efforça de parler en dépit de la vague de panique qui l'envahissait.

– Je ne suis pas certaine de savoir à quoi vous faites allusion, parvint-elle à articuler.

Paramint rit de plus belle, encore et encore.

– Vous avez enfreint la loi ! Vous avez volé du temps ! Des heures et des heures ! Pas plus tard qu'hier soir, on nous a notifié la présence d'une criminelle parmi nous. (Il rayonnait de bonheur.) *Dans la contrée de Gauche !* Vous vous imaginez ? *Notre* visiteuse… une criminelle ! Oh, vous nous avez rendus célèbres, Votre Honorablitude. Cela faisait cinquante-six ans que les Anciens n'étaient pas entrés en contact avec nous. Et voilà qu'une visiteuse attire l'attention sur notre contrée ! Quelle journée, quelle journée !

– C'est donc *ça* qui vous rend heureux ? fit Alice en manquant s'évanouir de soulagement. Eh bien… je suis ravie d'avoir pu vous rendre service.

Paramint baissa la voix et se pencha vers elle :

– À présent, nous allons faire de notre mieux pour empêcher les Anciens de vous arrêter, mais nous ne pourrons pas les retenir très longtemps. Nous allons devoir agir avec promptitude ! Alors suivez-moi, suivez-moi... nous avons beaucoup à faire !

Alice refusa de bouger.

– Comment ça ? Où allons-nous ?

– Préparer le festin, bien sûr ! s'écria Paramint. Normalement, nous ne l'aurions prévu qu'à la fin de votre séjour, précisa-t-il à voix basse, mais à présent que nous savons que vous avez enfreint la loi, il n'y a aucune raison d'attendre. En outre, votre arrestation ne ferait que compliquer la situation, ajouta-t-il en agitant la main. Mais si nous prenons les choses en main avant l'arrivée des autorités, tout le monde sera satisfait ! Voilà bien trop longtemps que les reines n'ont pas fait un repas complet, et votre ami et vous avez certes de quoi satisfaire un gros appétit. Les jumelesses vont être aux anges !

Pétrifiée de peur, Alice hocha la tête du mieux qu'elle put avant que Paramint – ce *brave* Paramint – ne file comme une flèche, certain qu'elle le suivrait. La gorge nouée, Alice avait d'horribles sueurs froides. Pourquoi s'était-elle autorisée à se sentir en sécurité en Ailleurs ? Aucune idée... En revanche, elle savait à présent qu'il ne lui restait qu'une chose à faire.

S'enfuir !

**Le cœur palpitant, Alice regagna la pièce au plus vite**, dans l'espoir de rejoindre Oliver, puis de ressortir avant le retour de Paramint. Elle tambourina à la porte des toilettes et cria plusieurs fois le nom de son ami. Pas de réponse. Elle n'avait d'autre choix que de briser une règle capitale de l'Ailleurs et d'ouvrir la porte sans permission.

Grâce au ciel, elle le fit !

Oliver gisait étendu à terre, quasi inerte, à demi conscient et d'une lourdeur de plomb. Il semblait même presque mort. Soudain, sa discussion avec Paramint aida Alice à porter un regard neuf sur ce qui s'était passé. Oliver n'avait pas simplement abusé des gâteaux. Paramint avait tenté de les *empoisonner* en vue du festin qui allait avoir lieu. Il les souhaitait tous les deux faibles et malléables ; drogués, en somme. Alice rassembla donc tous ses efforts pour éviter de céder à la panique.

À la place, elle gifla Oliver en pleine figure.

Ses paupières papillonnèrent.

– Oliver, dit-elle, toujours en évitant (sans trop de succès) de paniquer. Oliver, je t'en supplie... je t'en supplie, réveille-toi...

– Désolé, Alice, dit-il, le souffle court. J'ai peur de ne pas... (Il déglutit avec peine...) de ne pas me sentir bien.

– Oui, oui, je sais, mon ami, mais tu dois te relever, insista-t-elle. Je t'en prie, je t'en prie, essaie de te mettre debout, parce qu'on doit partir. Tout de suite !

– Quoi ? fit-il entre deux battements de paupières. Pourquoi, Alice ? Qu'est-ce qui se passe ?

Elle hésita, terrifiée, puis répondit :

– Ils veulent nous manger.

Oliver écarquilla les yeux. Il n'était pas assez niais pour perdre du temps à lui demander des explications. Une autre fois, dans un autre état d'esprit. Oliver aurait peut-être pu dissuader leurs hôtes, mais il était souffrant, pas dans son assiette, et Alice savait qu'elle ne pouvait lui demander de leur sauver la vie.

Pour la deuxième fois, c'était à elle de *le* sauver.

Bizarrement, alors même qu'elle vivait l'un des épisodes les plus effroyables de sa vie, elle éprouva un élan d'affection pour Oliver, parce qu'elle savait qu'il avait décidé à cet instant précis de remettre sa vie entre ses mains et de la suivre.

– Allons-y, dit-il.

Et, n'écoutant que sa grande détermination, il se mit debout.

Alice passa la sacoche par-dessus son épaule *à lui*, son bras pesant par-dessus son épaule *à elle*, et laissa Oliver s'appuyer contre son corps bien plus frêle. Et même si à n'importe quel autre moment, cela aurait paru impossible, leurs deux poids conjugués importaient peu à présent ; ils n'écoutaient que leur instinct, l'adrénaline leur donnait des ailes.

Ou presque... Alice eut l'impression qu'il leur fallut des siècles pour atteindre la porte d'entrée. Dans sa tête, chacun de leurs lents mouvements les rapprochait de Paramint et chaque bruit inopiné signifiait qu'il allait leur sauter dessus sans prévenir. En fait, Alice tenait tellement à échapper à Paramint qu'elle n'avait même pas songé à l'endroit où ils allaient fuir pour le semer... jusqu'à ce qu'ils atteignent la porte et qu'Oliver demande :

– On va où maintenant, Alice ?

Elle n'en savait rien.

Cette fois, la panique la gagnait. Elle regarda de tous côtés ; ils étaient cernés par l'armée de fouineurs agités vivant dans cette contrée, si bien qu'il n'existait aucun autre endroit où aller, aucune autre personne digne de confiance. À perte de vue, des maisons-œufs suspendues aux branches d'arbre... Alice n'ignorait pas que s'ils tentaient de s'y cacher, on les retrouverait facilement. Un bref instant, elle envisagea même de tout changer en noir. Cela avait marché avec les renards, non ? Mais ils n'étaient pas dans un paysage en deux dimensions, ce qui rendait l'entreprise plus périlleuse. Alice et Oliver auraient pu partir en courant, mais à l'aveuglette sur une succession de cimes... un seul faux pas, et ils feraient le plongeon de la mort.

Mais peut-être que...

*Peut-être qu'en restant sur place.* En attendant le bon moment et en se montrant gentils avec Paramint jusqu'à ce qu'ils aient mis un vrai plan au point – jusqu'à ce qu'Oliver se sente mieux et puisse les persuader d'avoir quelqu'un d'autre en guise de dîner. Peut-être qu'Oliver et Alice auraient les idées plus claires d'ici une heure ou deux. Après tout, Paramint prévoyait un *festin*. Ils ne seraient pas mangés dans les cinq prochaines minutes.

Peut-être qu'Alice s'était trop emballée en se laissant dévorer par l'angoisse et la panique. Oui, elle en était sûre. À vrai dire, elle était maintenant persuadée qu'ils feraient mieux de rester. Prendre la fuite sans avoir de plan ne les aiderait pas du tout, se dit-elle. Elle poussa donc un long soupir et lança un regard en arrière sur la maison-œuf, prête à exposer à Oliver sa nouvelle idée.

Sauf qu'en regardant par-dessus son épaule, elle tomba sur Paramint, qui se dandinait d'un pied sur l'autre à côté de sa porte d'entrée et lui souriait d'une manière dont elle se méfiait désormais. Il tenait dans une main un très grand sac en toile. Dans l'autre, un très grand couteau de boucherie.

Alice poussa un cri intérieurement, mais ne souffla mot.

Paramint ne la quittait pas des yeux et, lorsqu'il prit la parole, sa voix était soudain trop haut perchée, trop joyeuse, et sonnait faux.

– Où allez-vous donc, Vos Honorablitudes ?

En d'autres circonstances, ils auraient peut-être pu rebrousser chemin en passant comme des flèches devant Paramint, mais Oliver pouvait à peine tenir debout, alors encore moins piquer un sprint. Alice scruta le sol de la forêt en quête de solutions, mais le vide de trois cents mètres en contrebas ne la rassura guère. Certes, Oliver avait dit qu'une chute dans l'Ailleurs se révèlerait trop décevante pour être mortelle, mais Alice était sûre que celle-ci ferait exception à la règle. Après tout, s'il n'y avait rien à craindre en tombant d'aussi haut, pourquoi avait-on poussé la couturière de la branche ?

Toutes ces pensées grouillèrent dans l'esprit d'Alice en un quart de seconde, mais cette dernière question lui rappela un détail qu'elle avait failli oublier. Quelque chose qu'Ancilly avait dit… ou plutôt *chanté*.

*Dans le ciel je suis tombée un jour*
*Et je n'ai pas souffert du tout*
*Dans le ciel je suis tombée un jour*
*Mais je ne suis pas tombée du tout*

Était-ce possible ? Ancilly essayait-elle de lui dire comment s'échapper ? Alice n'en avait aucune idée, mais faire confiance à Ancilly était pour l'instant sa seule solution, alors que Paramint brandissait toujours un couteau de boucher prêt à la découper en morceaux. Alice se retrouvait à court de possibilités et sans la moindre réserve de temps, mais elle n'avait pas encore perdu espoir. Elle prit donc une grande inspiration, avant de chuchoter :

– Tombe, Oliver, tombe…

Alors ils tombèrent.

**Oliver et elle se cramponnèrent l'un à l'autre** en dégringolant et, dans sa tête, Alice lui présentait déjà ses excuses pour avoir causé sa mort. Elle était partagée entre l'espoir et l'épouvante quant à leurs chances de survie. Elle avait envie de croire en la pertinence de la ballade d'Ancilly, mais comment était-ce possible ? Alors qu'elle descendait en chute libre vers la mort ? Pire encore, elle n'avait pas l'impression de voler. Mais de mourir plutôt. Encore que cette mort, songea Alice, serait une mort moins épouvantable. Elle n'avait aucune envie d'être mangée.

Ils dégringolaient donc vers la mort.

Aucun des deux ne hurlait (dans la mesure où ça n'aurait pas servi à grand-chose, semble-t-il), et tout ce qu'Alice voyait, c'étaient les yeux exorbités, effrayés et tristes d'Oliver, si bien qu'elle ferma les siens, resserra encore plus fort son unique bras autour de celui de son ami, et pria pour qu'ils connaissent une sortie rapide et relativement indolore de ce monde. Toutefois, ils avaient beau rendre cet instant dramatique – les muscles tendus, murmurant tranquillement un au revoir à leurs êtres chers –, leur imminent trépas commençait à se faire attendre.

Finalement, Alice rouvrit les yeux et constata qu'Oliver avait fait de même. Certes, ils tombaient et certes, la terre se rapprochait d'eux, mais quelque chose d'étrange se produisait : plus ils chutaient, plus ils ralentissaient, et bientôt ils ne se précipitèrent plus vers le sol, mais flottèrent, doucement et régulièrement, vers le bas.

Ils se posèrent, les pieds bien à plat, sur le sol de la forêt. Oliver et Alice furent si étonnés d'être toujours en vie qu'ils passèrent les premiers instants à simplement se dévisager.

– Ça va ? lui demanda-t-elle enfin, alors qu'il tenait debout tout seul et semblait bien réveillé à présent. Tu te sens bien ?

Il hocha la tête.

– Je pense que ça a tout bonnement fait disparaître ma nausée.

– Eh bien, béni soit le ciel pour ses modestes attentions, dit Alice, qui se sentait faiblir.

Puis elle s'affala sur le sol.

– Tu ne penses pas qu'ils vont nous sauter dessus, non ?

Alice le regarda, surprise.

– Je ne…

– Ils en seraient capables, dit une voix qu'elle ne reconnut pas.

**Alice se releva d'un bond** en reculant et sa tête heurta la poitrine d'Oliver, dont le cœur battait aussi fort que le sien ; il la tint par l'épaule contre lui, tandis que tous deux regardaient en direction de l'étrangère.

La voix provenait en effet d'une femme, du genre de celles qu'Alice n'avait jamais vues, sauf peut-être dans un miroir. Pâle comme un clair de lune et d'une stature exceptionnelle, elle arborait une cape entièrement constituée de feuilles dorées : jaune vif, moutarde, citron, miel, safran et soleil. Les feuilles superposées évoquaient un amoncellement de fragments d'ailes, créant une illusion tout à la fois de monstruosité et de beauté.

La longue robe ample de l'étrangère balayait le sol, avalant ses bras et ses jambes ; seules ses mains, plus pâles encore que celles d'Alice, demeuraient visibles. La capuche de sa pèlerine, également formée de feuilles, ne masquait qu'à moitié son visage. De longues boucles d'or invraisemblables, à peine visibles sous son chaperon, tombaient sur ses épaules, et son visage d'une blancheur spectrale était éclairé par une paire d'yeux dorés.

– Ils en seraient capables, répéta-t-elle. Alors, vous feriez mieux de me suivre.

Il émanait de cette femme quelque chose de terrifiant, une lueur sublime et menaçante, mais autre chose aussi dans son regard. Elle avait connu un vrai chagrin dans le passé et, curieusement, Alice savait que c'était authentique.

Une fois encore, elle songea à Ancilly.

Ancilly, dont la chanson leur avait sauvé la vie.

*J'ai vu une dame me saluer*
*Elle m'a dit de ne pas m'effrayer*
*J'ai vu une dame me parler*
*Elle m'a dit qu'on allait m'aider.*

– Qui êtes-vous ? finit par demander Alice.

– Je suis Isal, répondit l'inconnue sans sourciller. Auriez-vous envie de mourir ?

– Non ! répondit aussitôt Oliver, dont Alice entendait le pouls s'accélérer. Bien sûr que non !

– Alors, venez avec moi, dit la femme avant de tourner les talons.

Tout en marchant, elle laissait une traînée de feuilles dorées dans son sillage, tel un escargot qui ne pouvait s'empêcher de laisser une trace de son passage. Mais Isal n'avait rien d'un escargot, c'était évident, et Alice enviait sa force tranquille et constante. Elle avait envie de la suivre.

De toute manière, ils n'avaient guère le choix.

Oliver et elle lui emboîtèrent donc le pas, échangeant des regards en coin, qui leur rappelaient simplement qu'ils n'étaient pas seuls. Ils suivirent Isal au plus profond du labyrinthe de cette forêt, ce qui n'avait rien d'une promenade de santé puisqu'il leur fallait zigzaguer entre les troncs géants d'arbres immenses dont la cime constituait la contrée de Gauche. Quant aux racines recouvrant le sol, elles se révélaient d'une taille prodigieuse et sans doute les plus volumineuses et les plus hautes qu'Alice verrait jamais. Tandis qu'Oliver et elle faisaient de leur mieux pour les enjamber, Alice apprécia soudain la cape d'Isal aux multiples nuances dorées, sans laquelle ils l'auraient perdue de vue depuis longtemps.

Finalement ils parvinrent dans une petite clairière, où une chaumière délabrée flanquait sans ménagement un tronc d'arbre bien plus épais qu'elle. La maison était toute simple, la façade badigeonnée d'une couleur sourde. Deux fenêtres étaient découpées dans un mur que l'arbre ne dissimulait pas, mais les vitres semblaient ternes et jaunies, comme des carreaux n'ayant jamais vu une brise.

De hautes herbes sauvages poussaient sur les côtés de la masure et le toit semblait un peu défoncé en plein milieu. Alice comprit pourquoi : cinq arbres verternels s'étaient plantés au-dessus de la maison, à la limite d'étouffer la cheminée en briques inclinée, tandis que des touffes d'herbe et de racines ayant surgi au hasard avaient pris possession du toit et s'y agrippaient. Cette chaumière semblait avoir poussé au cœur de la forêt.

Isal ouvrit la porte et se tourna vers eux.

– Vous pouvez entrer.

Toutefois Alice et Oliver hésitèrent.

– Qui êtes-vous ? demanda Oliver.

Isal s'avança vers lui.

– Je suis Isal.

– Oui, mais ça ne nous aide pas beaucoup, répliqua-t-il.

Isal parut décontenancée.

– Ta compagne porte une de mes créations, lui dit-elle. Et cependant, tu ne sais pas qui je suis ?

– La couturière… murmura Alice.

Isal acquiesça d'un hochement de tête.

– Oui, dit-elle avant de détourner les yeux, où transparut un voile de mélancolie. J'étais la couturière. Je ne le suis plus.

Alice resta sans voix. Il y avait matière à s'effrayer – tant de choses inquiétantes à ce moment-là ; mais elle ne pouvait être qu'émerveillée par la femme qui se trouvait devant elle. Isal, en dépit de sa solitude – de sa tristesse, même – se révélait d'une élégance irréelle. Elle représentait tout ce qu'Alice avait espéré devenir : forte, courageuse, digne. Et pourtant, Isal était bel et bien réelle. Un joyau enfoui au cœur de la forêt.

Une paria.

Alice éprouva une sorte d'affinité avec cette étrangère, sans pouvoir trouver les mots pour l'exprimer.

Isal s'avança encore et effleura les plumes de la tenue d'Alice.

– Je me souviens de cette robe, dit-elle doucement. Il m'a fallu deux ans pour réunir suffisamment de plumes-de-lys afin d'achever le col. (Elle baissa la main.) Ancilly m'a fait savoir que vous viendriez.

– Elle vous a prévenue ? dit Alice. Mais…

– Elle fut mon apprentie, voilà bien des années. Bien avant qu'on me pousse de la branche.

– Ils vous ont donc vraiment poussée de la branche ? intervint Oliver, atterré. Pourquoi ?

Isal se mit à battre des paupières.

– Il y a cinquante-six ans, reprit-elle, quand nous avons reçu notre dernière visiteuse – une jeune fille guère plus âgée que toi, dit-elle à Alice, j'ai tenté de la prévenir pour qu'elle s'en aille. Je savais qu'en définitive elle serait sacrifiée pour les reines… Je désapprouvais les méthodes des reines, mais on n'a pas apprécié mes actes. On m'a considérée comme une traîtresse et poussée de la branche.

Alice écarquilla les yeux comme jamais.

– Ils ont donc cru que vous alliez mourir, dit Oliver.

Isal hocha la tête.

– Mais il existe une grande magie au pied des arbres, et elle ne veut aucun mal. J'ai été en sécurité ici.

– Ils sont au courant ? s'enquit Oliver en désignant d'un geste le ciel, la contrée de Gauche. Ils savent que vous êtes ici en sécurité ?

– Ils soupçonnent que je pourrais bien l'être, dit-elle, mais n'en sont pas sûrs. Alors nous devons nous dépêcher. Nous ignorons s'ils ne vont pas se lancer à votre recherche. Je vous en prie, entrez. Je peux vous aider.

– Mais vous affirmez vivre ici depuis des lustres, répliqua Alice d'une voix nerveuse, et pourtant ils ne vous ont jamais découverte. Comment savoir si votre histoire est vraie ? Et si vous étiez de mèche avec tous les autres ? Et si on entrait chez vous pour se retrouver aussitôt mis au four ?

Isal esquissa un étrange sourire triste, puis retira son capuchon. Ses cheveux d'or, qui n'étaient plus encadrés par le jaune de sa pèlerine, se révélaient plus ternes. Privés de leur éclat. Elle semblait presque aussi blanche qu'Alice, pâle sur pâle, toute couleur extraite de sa peau. Et lorsqu'elle reprit la parole, elle s'adressa à Oliver :

– Peut-être devrais-tu faire confiance à une amie qui en a l'apparence.

**Oliver n'en croyait pas ses oreilles.**

– Comment avez-vous su ? dit-il. Comment avez-vous connu mon Tibbin ?

Isal le regarda attentivement.

– L'Ailleurs n'est qu'occasionnellement aussi serviable qu'il le prétend, dit-elle. Tous les Tibbins sont créés à dessein – conjointement avec les citoyens de l'Ailleurs – et en accord avec la coïncidence de votre parcours à travers le pays. Dès votre arrivée, votre avenir a été mesuré, des hypothèses établies, et on m'a notifié mon rôle pendant votre voyage. Et à présent que vous êtes là, ma tâche consiste à vous prodiguer un conseil qui vous aidera à achever votre voyage. Quand vous aurez reçu mon aide, ma mission sera remplie.

Alice et Oliver en furent abasourdis.

– Nous n'avons jamais l'autorisation de divulguer nos rôles dans tout ceci, dit Isal, mais comme j'ai cessé d'être loyale envers l'Ailleurs depuis belle lurette, je ne vois pas quel mal il y a à vous en parler. Néanmoins, refuser un Tibbin est une transgression morale et non légale, aussi suis-je tenue par l'honneur de vous assister. (Elle inclina légèrement la tête, puis ses yeux se posèrent sur les expressions interloquées d'Alice et Oliver.) Personne ne m'a jamais trouvée, vous savez.

– Oui, dit Oliver en regarda alentour. Je peux l'imaginer.

– Non, vous ne comprenez pas : un Tibbin rattaché à moi ne témoigne pas d'une grande générosité, précisa Isal. Gauche est une contrée oubliée de longue date et moi, Isal, demeure la plus oubliée de tous. (Elle fit une pause pour les regarder attentivement.) Vous assigner un Tibbin rattaché à moi signifie que les Anciens ne veulent pas vous aider, et même qu'ils s'attendaient à ce que vous échouiez bien plus tôt. Que vous soyez assez intelligents pour me trouver signifie que vous êtes sur le point d'accomplir ce que vous souhaitez. Mais avancez prudemment, les Anciens ne peuvent se réjouir de ça.

Alice et Oliver ravalèrent leur frayeur et restèrent muets.

– Maintenant, reprit Isal en joignant les mains, j'ai fait plus que répondre à toutes vos questions. Aussi dois-je insister une dernière fois pour que vous entriez chez moi. Si vous restez dehors plus longtemps, je décline toute responsabilité si vous passez de vie à trépas.

Leurs cœurs battant à l'unisson, Alice et Oliver suivirent donc Isal dans son humble demeure. L'Ailleurs se révélait plus malveillant et tortueux qu'Oliver ne l'avait imaginé. Ils savaient désormais que leur moindre déplacement était programmé et orchestré : on avait truqué les cartes en leur défaveur. Leurs talents combinés les avaient gardés en vie suffisamment longtemps pour se rendre d'un village à l'autre, mais plus ils restaient en Ailleurs, plus la chance leur filerait entre les doigts, si bien qu'ils allaient devoir être plus vigilants que jamais afin de conserver un espoir de survie pour le restant du voyage. Bref, ils étaient à présent des fugitifs. En cavale.

Et leurs deux Tibbins avaient été utilisés.

Alice replongea brusquement dans la réalité en découvrant le désordre harmonieux de la maison d'Isal. Sa chaumière évoquait une sorte d'entrepôt de luxe. Chaque mur était tapissé de peintures à l'huile dans leur cadre – « Toutes mes affaires furent sauvées et poussées de la branche par cette chère Ancilly », avait-elle dit –, alors que la surface était réservée à son matériel de couture. Les épingles, aiguilles, bobines et autres rouleaux de tissus fabuleux s'entassaient jusqu'au plafond. Mannequins, boîtes remplies de bijoux et paniers regorgeant de plumes s'alignaient avec soin. Sa demeure était petite, mais propre et débordante de couleurs, et sitôt que tout le monde fut à l'intérieur, Isal retira sa cape.

Cette femme réussissait à afficher une beauté sans nulle autre pareille. La soie bleue qui lui drapait le corps la faisait ressembler à un rêve au souvenir un peu trouble, insaisissable. C'était la première fois qu'Alice pensait qu'une personne au teint pâle pouvait se révéler jolie, ce qui lui donna beaucoup d'espoir. Isal n'était pas comme elle, pas tout à fait, car elle irradiait l'or, en dépit de sa pâleur ; toutefois, elle demeurait fort différente de tous les habitants de Ferenwood.

– Donc, déclara Isal tout de go, vous cherchez un peintre.

– Oui, répondit Oliver, surpris. En effet. Comment l'avez-vous su ?

Isal le regarda en plissant les yeux comme s'il était tant soit peu obtus.

– Il manque un bras à ton amie.

– Exact, répliqua-t-il aussitôt. Oui, bien sûr.

– Et vous êtes sûrs que c'est la seule information que vous recherchez ? Il n'y a pas une question plus importante que vous souhaiteriez me poser ?

Le cœur d'Alice bondit de plus belle. Elle lança un regard fébrile à Oliver. Serait-ce leur dernière chance pour demander de l'aide ? Ne devraient-ils pas en profiter pour se renseigner au sujet de Père ?

– Oliver, commença-t-elle, tu ne crois pas que…

– Ce n'est pas à toi de décider, l'interrompit Isal en décochant à Alice un regard pas tout à fait hostile, mais un peu froid. Ce n'est pas à ton Tibbin d'intervenir.

– Mais…

– Je suis certain, déclara Oliver avec fermeté, qu'on a besoin de faire réparer son bras.

– Oliver, s'il te plaît… intervint Alice.

– On peut toujours faire les deux, lui dit-il en lui prenant son unique main. Je te le promets, Alice. On trouvera un moyen. Même si on doit tout recommencer à zéro. Mais avant qu'on fasse autre chose, tu va récupérer ton bras.

La gorge serrée, Alice était au bord des larmes.

– Fort bien, reprit Isal. Votre solution est simple. Choisissez n'importe quel tableau (elle désigna les murs) et entrez dedans.

– C'est tout ? fit Oliver, les sourcils en accent circonflexe.

Isal acquiesça.

Alice et Oliver échangèrent un regard, tandis qu'un sourire se dessinait sur leurs visages et qu'un grand soulagement affluait dans leurs veines.

– D'accord, dit Oliver, toutes dents dehors. (Il promena son regard sur les peintures.) Que dirais-tu de… Bah, j'en sais trop rien… Celle-ci ? suggéra-t-il à Alice.

Isal se planta devant lui.

– Choisissez de manière avisée, prévint-elle. Si le peintre refuse de vous laisser entrer chez lui, vous resterez ici, précisa-t-elle en touchant la toile. Dans le tableau de votre choix.

– Quoi ? s'exclama Oliver.

– Pour combien de temps ? demanda Alice.

– Pour toujours, répondit Isal.

Épouvantée, Alice sentit ses genoux se dérober.

– Comment ça ? demanda Oliver. C'est quoi, cette aberration ? Pourquoi ne pas nous avoir dit qu'il y avait un piège avant de nous donner votre réponse ? Vous avez dit que la solution était *simple*, s'énerva-t-il, son cou rougissant à vue d'œil.

– Ce n'est pas à moi de vous protéger des conséquences de vos propres questions, riposta Isal d'un ton peu amène. Vous vouliez savoir comment trouver un peintre. Je vous ai donné ma réponse. Ma tâche est remplie.

– Mais…

Tout à coup, le sol gémit et les murs tremblèrent ; de l'autre côté des fenêtres, une tornade de feuilles d'or s'était collée aux vitres. Alice comprit sur-le-champ qu'il s'agissait d'un signe. C'étaient les feuilles qu'Isal avaient laissées dans son sillage et qui venaient à présent la retrouver.

– Ils sont là, déclara leur hôtesse d'une voix douce, le regard perdu dans le vague.

Le temps qu'Alice et Oliver reprennent leur souffle, on entendit frapper quatre coups à la porte : un coup pour chaque série de phalanges, ce qui signifiait que quatre personnes attendaient sur le seuil.

Alice sut qu'elles ne resteraient pas polies très longtemps.

Isal s'empara de sa cape.

– Choisissez judicieusement, murmura-t-elle. Et bonne chance…

**Affolé, Oliver croisa le regard d'Alice**. Elle savait qu'ils n'avaient pas le temps de tergiverser. Elle lui prit la main, balaya du regard les peintures en quête d'une scène qui lui rappelait le plus sa maison, l'amour et Père, puis enfonça leurs mains jointes dans la peinture.

C'était en effet d'une grande simplicité.

Leurs corps furent aspirés par une force qu'Alice n'aurait su qualifier, avant d'être aussitôt ballotés, poussés et comprimés jusqu'à ce qu'elle soit persuadée qu'ils allaient exploser. Et lorsqu'elle rouvrit les yeux, Oliver et elle se tenaient dans ce qui ressemblait à une ancienne prison ; ça empestait la rouille et le moisi, avec un plafond si bas qu'Oliver était obligé de se courber.

Tous d'eux n'eurent même pas le temps de paniquer qu'un mince panneau dans le mur s'ouvrait, en laissant passer un rai de lumière. Alice plissa les yeux, éblouie.

– Quelle est la raison de votre visite ? leur aboya une voix – distinctement masculine, mais impossible de l'affirmer.

– Je… je suis venue faire réparer mon bras, balbutia Alice. J'ai… entendu di… dire que vous étiez pein…

– De quel bras s'agit-il ? rétorqua l'inconnu.

– Le droit.

L'homme bougonna mais n'ajouta rien.

– S'il vous plaît, dit-elle. S'il vous plaît, aidez-nous…

Le panneau se referma d'un coup.

Plus tourmentée que jamais, Alice allait éclater en sanglots.

C'était leur dernière chance, et elle ignorait ce qu'ils feraient si le peintre ne leur accordait pas la permission d'entrer. Elle se demandait déjà s'il n'allait pas les laisser simplement croupir dans cette cellule quand l'un des murs s'ouvrit. Oliver et elle se retrouvèrent projetés sans cérémonie dans trente centimètres de neige fraîchement tombée.

Quand elle eut chassé d'un mouvement de tête les flocons qui lui occultaient la vue, Alice tenta de se repérer dans ce nouvel environnement ; mais elle avait beau battre des paupières, impossible de distinguer la moindre couleur. Le problème, c'est qu'il n'y en avait aucune.

On aurait dit une photo découpée dans un journal et plaquée telle quelle en guise de décor. Ils se retrouvaient au beau milieu d'un paysage enneigé que l'absence totale de relief rendait absolument sinistre : pas un seul arbre en vue et chaque ombre, chaque teinte n'étaient qu'une variation en noir et blanc. Comparée à ce monde, Alice faisait presque penser à un néon, de même que sa blancheur paraissait subitement nuancée, dégradée, constituant une couleur bien à elle. Alors qu'Oliver et elle se sentaient vivants, tout dans cet univers semblait terne et brumeux, et franchement un peu mort. À croire qu'on avait éteint toutes les couleurs, extrait la vie pour les remplacer par un ciel gris, un vent gris, un froid gris. Devant eux et au-delà, il n'y avait rien, hormis une seule bâtisse solitaire.

Un dôme géant, entièrement constitué de verre gris.

Son contenu était rudimentaire, quoique surprenant : les touches de noir qui formaient le mobilier offraient un contraste marqué avec la neige immaculée, ce qui participait à la beauté de l'ensemble.

Plus romanesque encore, des flocons tombaient du ciel.

Des confettis de neige virevoltaient et s'entassaient tout autour d'eux, recouvrant d'une couche de givre le haut de la coupole grise. Elle évoquait une grosse boule de Noël abandonnée, tombée et figée dans la neige. Plus Alice contemplait cette scène en noir et blanc, plus elle commençait à apprécier les subtiles variations d'ombre et de lumière ; et même si elle finissait par trouver tout cela fort joli, ça lui paraissait bien étrange. Oliver et elle ne se trouvaient pas au cœur du tableau qu'elle avait choisi – riche de couleurs automnales –, ce qui devait forcément signifier qu'on ne leur avait pas refusé l'accès au peintre.

*On ne le leur avait pas refusé.*

Quel choc ! Alice crut qu'elle allait se mettre à hurler.

Ce qu'elle fit, d'ailleurs. Elle se laissa tomber dans la neige et poussa des cris de joie, puis saisit Oliver par le bras en disant :

– C'est pas la peinture que j'ai choisie, pas du tout ! Celle que j'ai choisie représentait une prairie en automne, avec des feuilles mortes qui jonchaient le sol, et des petites maisons un peu partout, et… oh, Oliver, on a réussi !

Il s'assit à côté d'elle, l'air grave mais attentionné, et la prit par les épaules.

– Oui, dit-il gentiment. Je crois bien qu'on y est.

Ils s'étreignirent un long moment, rien que pour le plaisir d'être dans les bras l'un de l'autre, heureux d'être en vie, contents d'avoir survécu à une nouvelle étape de leur expédition dans l'Ailleurs. Frôler tout le temps la mort, ça devenait fatigant à la longue. Alice se promit alors que s'ils rentraient sains et saufs à Ferenwood, elle ne se plaindrait plus jamais du manque d'aventure dans sa vie. Elle serait parfaitement heureuse d'aller faire un tour sur la grand-place ou de jeter un coup d'œil sur les bateaux dans le jardin de Pénélope. Elle essayait de se convaincre que cela lui suffirait, qu'elle serait enchantée de mener une vie toute simple et sans heurts, bien ancrée dans Ferenwood, alors qu'en ce moment même, à la toute fin d'une péripétie, elle ne pouvait pas vraiment contrôler tout ça. Parce qu'elle savait que ce n'était pas vrai. Elle avait envie de rentrer, certes, et de passer plus de temps avec Père, de manger des tulipes, de s'asseoir au bord de l'étang… mais, même après les épreuves et les tribulations en Ailleurs – ou peut-être à cause d'elles –, Alice ne se voyait pas vraiment reprendre un jour une existence ordinaire. Elle savait qu'elle ne renoncerait jamais à l'aventure.

Elle s'écarta d'Oliver et le regarda d'un air radieux.

– Ne va pas coller tes fesses dans la neige ! leur cria quelqu'un. Nom d'un chien, jeune fille, tu vas attraper la mort !

Alice et Oliver levèrent le nez et découvrirent un homme qui les enguirlandait. Il paraissait assez humain, en tout cas, mais la distance entre son monde et le leur semblait infinie. Elle réalisa alors qu'un homme en noir et blanc paraissait se noyer dans la grisaille, carrément impossible à atteindre, comme s'il existait dans une autre dimension.

Quelque chose turlupinait Alice dans un coin de sa tête.

Une bribe de conversation.

Quelque chose que Tim lui avait dit.

– Hé ! Je vous cause ! se remit à brailler le bonhomme, et Alice sursauta.

L'individu les menaçait tous deux de sa canne. Alice remarqua qu'il avait une barbe noire négligée, un bonnet de laine enfoncé sur les yeux et, entre ses lèvres, une pipe éteinte qui s'agitait quand il parlait.

– Assise dans la neige avec une robe en soie ! grommela-t-il. Levez-vous tous les deux, dit-il en désignant Oliver de son bâton. Venez à l'intérieur.

Alice et Oliver se redressèrent tant bien que mal et dévisagèrent leur interlocuteur.

– Vous êtes le… commença-t-elle.

– Bien sûr que je le suis, répondit-il. Tu vois quelqu'un d'autre dans les parages ? Maintenant, dépêchez-vous. J'ai mis la bouilloire sur le feu et je suis sûr qu'elle siffle déjà.

Ils obtempérèrent et suivirent le vieil homme en direction de la maison-coupole. Il s'arrêta net à quelques pas puis disparut peu à peu depuis les chevilles jusqu'à la tête ; ce ne fut qu'en s'approchant qu'Alice comprit qu'il descendait un escalier.

Ils se hâtèrent de lui emboîter le pas.

Lui le premier, ensuite Alice, puis Oliver s'enfoncèrent dans le sol pour remonter ensuite… sauf que lorsqu'ils arrivèrent devant une porte, celle-ci s'ouvrit au-dessus d'eux.

À mesure qu'ils remontaient, Alice tapait du pied pour faire tomber la neige, et lorsqu'ils franchirent le seuil pour pénétrer dans la maison de verre, elle fit de son mieux pour ne pas laisser de traces sur le sol.

Tout à coup, Oliver et elle se retrouvaient au beau milieu d'un dôme transparent et observaient le monde enneigé depuis le confort de ce sanctuaire chaud et douillet.

Comme promis, la bouilloire commençait à siffler. Le vieil homme se déplaçait vite et facilement pour quelqu'un qui utilisait une canne, au point qu'elle se demanda pourquoi il l'utilisait. Elle remarqua alors qu'il n'y avait pas de véritable cuisine, de salon ou de chambre, mais un seul grand espace où tout était disposé au vu et au su de tout le monde ; aucun secret ici, ni portes closes, ni murs, ni fenêtres.

Le mobilier était réduit et sans fioritures : lignes pures, formes simples, coussins d'assise noirs, oreillers gris, couverture élimée soigneusement pliée et posée sur le lit. De franches nuances de gris constellaient le champ visuel d'Alice ; elle découvrait un endroit dépourvu de couleurs et de motifs. C'était stable, solide, et d'une propreté immaculée. Sous ses pieds, le tapis se révélait doux, gris et duveteux, et sans l'ombre d'une tache.

Alice et Oliver ne savaient pas trop quoi faire.

Étrange maison pour un peintre, d'autant plus qu'il n'y avait nulle part trace de ses tableaux. Alice s'éclaircit la voix tout en se dandinant sur place, et attendit le retour du vieil homme.

Il revint en marchant d'un bon pas – sans l'aide de sa canne à présent – tenant deux tasses de thé bien chaud qui se renversait dans les soucoupes à mesure qu'il avançait ; il les posa sur une table basse autour de laquelle étaient rassemblés un grand canapé et quelques fauteuils. Ni lait ni sucre, ni *s'il vous plaît* ou *merci*.

– Asseyez-vous donc, dit-il en regardant Alice et Oliver à tour de rôle, d'un air manifestement agacé.

Il ôta son bonnet de laine, révélant une abondante tignasse de cheveux sombres qui restèrent un instant dressés sur son crâne avant de lui retomber sur le visage et, comme Alice et Oliver prenaient place, il les imita.

Il paraissait bien plus jeune qu'elle ne l'avait d'abord cru. En fait, elle aurait même juré qu'il n'était pas vieux du tout. Juste un peu grincheux. Elle essaya de l'observer plus attentivement, mais il avait baissé le menton et ses yeux disparaissaient en partie sous sa touffe de cheveux. Alice s'adossa à son siège, décontenancée.

Ça lui revenait en mémoire à présent – sa conversation avec Tim – et elle regardait alentour, répertoriant avec soin tous les gris ambiants. Pas une seule tache de couleur nulle part, si bien que sa certitude se renforçait de plus en plus.

Il devait s'agir d'un village-prison.

Mais comment était-ce possible ? Le peintre était-il aussi un détenu ? Alice ne pouvait l'affirmer. Elle ne connaissait pas assez bien l'Ailleurs.

Elle se tourna vers Oliver et faillit lui dire ce qu'elle pensait (à savoir que s'il s'agissait *vraiment* d'un village-prison, peut-être que cet homme pourrait lui indiquer comment retrouver Père), mais la crainte l'empêchait de nourrir le moindre espoir, aussi garda-t-elle ses hypothèses pour elle.

Au tour d'Oliver de s'éclaircir la voix.

Le peintre croisa les jambes et se cala dans son fauteuil, et elle remarqua qu'il portait d'épaisses chaussettes de laine. Il les fixa tous deux d'un regard qu'elle ne pouvait soutenir. Alice se sentait trop transparente, trop vulnérable et trop innocente, aussi détourna-t-elle les yeux.

– Tu es donc venue pour ton bras ? lui dit-il.

Alice hocha la tête.

– Et comment tu t'es débrouillée pour le perdre ?

Elle le regarda en battant des paupières, puis baissa la tête en fronçant les sourcils.

– Je... j'ai commis une erreur, bredouilla-t-elle en plantant la pointe de sa ballerine dans le tapis.

– Quel genre d'erreur ?

– J'ai suivi un renard en origami, expliqua-t-elle calmement. Mon bras droit s'est transformé en papier. (Elle hésita.) Puis le renard me l'a arraché.

Alice ignorait pourquoi elle s'exprimait de manière aussi guindée, ni, surtout, pourquoi le peintre la rendait aussi nerveuse ; mais sa main transpirait, son cœur tambourinait et ses émotions tentaient de lui transmettre un message qu'elle ne pouvait pas encore entendre.

Le peintre éclata d'un rire tonitruant et dépourvu d'humour.

– Tu as suivi un renard en papier et il t'a arraché le bras. (Il soupira.) Mouais. Ça me paraît normal.

Sa voix était un peu rauque par manque de pratique en raison de sa vie solitaire, mais certaines intonations donnaient à Alice des bouffées de chaleur. Il y avait quelque chose dans cette espèce d'enrouement qui lui rappelait quelqu'un qu'elle ne parvenait pas à situer…

– Comment t'appelles-tu ? s'enquit-il en penchant la tête et, l'espace d'un instant, ses mèches s'écartèrent de ses yeux.

Alice crut défaillir.

– Oliver ! s'écria-t-elle. Oliver…

– Tu t'appelles Oliver ? Bizarre comme nom, pour une fille.

– C'est *moi*, Oliver, dit Oliver qui s'était levé d'un bond et regardait Alice d'un air angoissé. Qu'est-ce qui ne va pas ? Qu'est-ce qui se passe ?

Mais Alice ne pouvait sortir les mots de sa bouche. Sa vision se brouillait, elle avait l'impression de s'étouffer.

– Alice ? fit Oliver, paniqué. Alice, qu'est-ce que…

– Elle s'appelle Alice ? fit le peintre, qui s'était à présent levé.

– *Père…* dit-elle d'une voix entrecoupée. *Père…*

Puis elle s'évanouit.

!!!!!!!!!!!!!!!!!!!!!!!

**J'ignore combien de temps s'écoula** entre le moment où elle défaillit et celui où elle reprit connaissance – Oliver affirme que cela dura plusieurs minutes –, mais lorsqu'elle ouvrit enfin les yeux en battant des paupières, ils étaient déjà noyés de larmes.

Alice Alexis Queensmeadow avait enfin retrouvé son père.

Sans le vouloir, par hasard (un *heureux* hasard), Alice avait retrouvé Père, et son bonheur était pour ainsi dire insubmersible.

Leurs retrouvailles furent longues et joyeuses ; des larmes furent versées, des rires échangés, des anecdotes racontées par tous les trois. Celles d'Alice et Oliver vous sont déjà familières, aussi ne vais-je pas vous ennuyer en vous les relatant à nouveau, mais l'histoire de Père était nouvelle, et certes nouvelle pour vous aussi, alors je vais faire de mon mieux pour me rappeler exactement ce qui fut dit. Toutefois, avant de commencer, j'aimerais revenir sur un détail qui doit vous déranger.

Étrange, devez-vous penser, que Père n'ait pas lui-même reconnu Alice ?

Votre interrogation est fort judicieuse. Et lorsque Alice m'a raconté au début comment tout cela s'est passé, j'ai également trouvé cela bizarre. Mais nous devons nous rappeler que Père avait été enfermé depuis trois années ferenwoodiennes au cœur même d'une contrée invraisemblable. Père n'avait jamais rêvé – jamais osé croire – que sa jeune fille puisse, primo, connaître ne serait-ce que l'existence de l'Ailleurs et, secundo, avoir survécu assez longtemps pour le retrouver, alors que lui, un adulte, subsistait tout juste. Il n'aurait jamais imaginé que Alice puisse faire son apparition. En fait, quand Père avait vu Alice et Oliver demander la permission d'accéder à son village, il avait accédé à leur requête uniquement parce que la jeune fille qu'il voyait – avec ses cheveux blancs et sa peau blanche – lui rappelait beaucoup la sienne.

Alice aussi ignorait à quel point elle avait changé depuis la dernière fois qu'elle l'avait vu. La jeune fille qui se tenait à présent assise devant Père se révélait bien différente de la fillette de neuf ans dont il se souvenait. Cette nouvelle Alice était pétrie de confiance et d'audace ; elle s'exprimait bien et avec passion ; elle était devenue une personne qui avait traversé de dures épreuves et survécu avec grâce. Père la reconnaissait à peine. Encore qu'elle n'eut guère de peine à lui rafraîchir la mémoire.

À présent, revenons à leurs retrouvailles.

Comme vous l'imaginez peut-être, Alice et Oliver avaient des milliers de questions à poser à Père. Que s'était-il passé après son arrivée en Ailleurs ? Pourquoi était-il venu ? Pourquoi n'en avait-il parlé à personne ? Que s'était-il passé pour qu'il s'y retrouve bloqué ? Était-il vraiment un espion ? Et ainsi de suite… Mais alors que leur conversation abordait moult sujets, sans cesse déviés par des digressions et ponctués de larmes et d'étreintes silencieuses, je vais, par souci de pragmatisme, faire un effort pour résumer tout ce qui fut dit en quelques courts paragraphes.

Père avait en effet été arrêté pour avoir gaspillé du temps, et la Détention asservie constituait assurément sa peine. On l'avait donc condamné au village de Grisaille, celui-là même où il vivait à l'isolement depuis lors. C'était un cadre confortable – il disposait de sa propre maison et ne portait pas de chaînes – mais à quoi ressemblait la vie sans couleurs ? Ni amis ni famille (pas même un codétenu !), pas une seule chose à lire, Père était seul et très déprimé. Il était devenu grincheux et colérique, et son amertume l'incitait à rejeter quasiment toutes les demandes d'intervention qu'il recevait. Être peintre, voyez-vous, constituait son asservissement. Il était forcé d'exécuter des tâches pour l'Ailleurs en guise de pénitence, laquelle consistait à peindre de nouveaux membres à ceux qui les avaient perdus. À l'occasion, père peignait à quelqu'un une jambe au lieu d'un bras, ou un doigt à la place d'un orteil, juste pour éviter la routine, mais la plupart du temps c'était un travail d'une monotonie affligeante.

– Vous seriez surpris, leur dit-il, du nombre de gens qui perdent un membre en Ailleurs.

Cependant, l'histoire la plus importante de Père remontait à bien des lunes, en commençant par sa propre Présentation et la mission que les Anciens de Ferenwood lui avaient confiée. Père, comme vous le savez, s'était vu octroyer la cartographie des nombreuses contrées magiques et, après avoir vécu et survécu au pays de l'Ailleurs aussi longtemps, il se dit qu'il n'aurait aucun mal à y survivre à nouveau.

– Ce que je ne mesurais pas, expliqua-t-il, c'était que mon cerveau avait changé depuis ma jeunesse. J'avais réussi à l'époque parce que mon esprit était vif et mes idées sur le monde assez malléables. Je n'avais aucun mal à me frayer un chemin parmi les ruses et les astuces de l'Ailleurs, dit-il en soupirant. Mais en vieillissant, j'ai acquis certaines convictions. Il m'était plus difficile d'en démordre et il me fallut plus de temps pour tout saisir. J'avais bien plus à perdre cette fois-ci, et la peur m'a handicapé. J'étais trop nerveux, trop prudent. Je commettais trop d'erreurs. (Il secoua la tête.) Je n'aurais jamais dû revenir. Je n'aurais jamais osé si je n'avais pas pensé que le jeu en valait la chandelle.

Oliver, voyez-vous, ne s'était pas trompé à propos des raisons ayant poussé Père à revenir au pays de l'Ailleurs. Il n'espionnait personne.

Ses efforts étaient entièrement motivés par Alice. Depuis le début.

Ceci, cher lecteur, fut la conversation la plus difficile pour tous les trois, à cause de l'émotion intense qu'il leur fallut affronter. Alice était anéantie d'apprendre qu'elle constituait la raison pour laquelle Père s'était mis en danger. Après tout, Père n'avait jamais *voulu* qu'Alice change : il souhaitait seulement son bonheur – et elle avait le cœur brisé à la pensée de tout ce qu'il avait risqué pour elle. Heureusement, ses bleus à l'âme eurent tôt fait de guérir.

Alice apprenait à être heureuse.

Elle savait qu'être différente serait toujours difficile ; qu'il n'existait aucune magie susceptible d'effacer l'étroitesse d'esprit ou les injustices dans l'existence. Mais Alice commençait aussi à comprendre que la vie ne se vivait jamais sans nuances. Les gens pourraient à la fois l'aimer et la repousser ; ils se montreraient aussi bien tolérants que pétris de préjugés. La seule vérité, c'est qu'Alice serait toujours différente – mais être différente, c'était aussi être extraordinaire, et être extraordinaire était une aventure en soi. Peu importe désormais la manière dont le monde la voyait ; ce qui comptait, c'était la manière dont Alice se voyait elle-même.

Alice choisirait donc de s'aimer, différente et extraordinaire, chaque jour de la semaine.

**Cher lecteur, j'espère que vous appréciez les fins heureuses.**

Nous arrivons maintenant au terme de notre histoire – le moment où Père, Alice et Oliver retournent enfin chez eux – et j'en éprouve une sensation douce-amère.

Père, comme vous pouvez l'imaginer, reconstitua le bras d'Alice en un clin d'œil, et elle redevint une jeune fille dotée de tous ses membres. Alice, quant à elle, magicolora très adroitement le village de Grisaille en une contrée absolument multicolore, et Père redevint celui qu'il était en beaucoup mieux. Oliver, toujours aussi beau joueur, ouvrit sa boîte magique avec la mini-porte en tapotant dessus, et tous les trois grimpèrent à l'intérieur, l'un après l'autre, et bientôt, très vite, ils se retrouvèrent au point de départ, chez eux à Ferenwood.

Beaucoup de temps s'était écoulé pendant leur séjour en Ailleurs, même si Alice en ignorait la durée exacte. Tout ce qu'elle savait, c'est que c'était l'hiver à Ferenwood. Autrement dit, ils s'étaient absentés moins d'une année entière. Dans l'intervalle, la neige était tombée sur le pays, recouvrant les nombreuses collines et vallées d'un manteau blanc immaculé. Des milliers d'arbres avaient tenté de libérer leurs branches du givre en frissonnant et, lorsqu'elle plissa les yeux, Alice vit leurs squelettes de verdure percer sous la blancheur. Les cheminées crachaient leur fumée au-dessus des maisons douillettement illuminées ; la ville était paisible, et tous les trois silencieux, tandis qu'Alice poussait un soupir en fermant les yeux. Elle n'avait jamais éprouvé une telle gratitude envers cette ville ou cette existence et ne voulait plus jamais considérer tout cela pour acquis. Elle était heureuse d'être de retour, et heureuse d'avoir un foyer. Sans compter qu'elle avait hâte de découvrir la réaction de Mère, laquelle ignorait encore que Père était de retour.

Alice et Oliver se serrèrent très fort dans les bras l'un de l'autre en se disant au revoir, et Oliver promit de venir la voir dès le lendemain, afin de l'aider à construire un igloo et faire des projets pour le printemps. Oliver allait passer à l'école supérieure à présent qu'il avait achevé la mission de sa Présentation, alors qu'Alice ignorait ce qu'elle allait faire par la suite. D'ailleurs, père s'en étonna :

– Mais Alice… Tu ne m'as pas confié avoir reçu une carte noire ? Après l'échec de ta Présentation ?

– Si, répondit-elle, avant de baisser la tête. En effet.

Père lui releva le menton et la regarda droit dans les yeux.

– Il n'y a pas de quoi avoir honte. Une carte noire signifie simplement que tu as le droit de recommencer l'année suivante. Tu ne l'as donc jamais débloquée ?

– Quoi ? fit-elle en osant à peine respirer. J'ai le droit de recommencer ? Je peux présenter de nouveau ma Présentation ?

– Bien sûr que oui, dit père en souriant. Tu t'attendais à quoi ? Tu pensais que les Anciens te chasseraient de Ferenwood ?

– Eh bien oui... Je les en croyais capables.

– Je te l'ai dit, non ? intervint Oliver, radieux. Je t'ai dit de la débloquer bien plus tôt. Je t'ai dit que tu étais censée le faire, mais tu ne voulais rien entendre.

Alice rosit.

– C'est vrai, dit-elle. Tu avais raison.

– Je suis ravi de ne pas m'être trompé, dit Oliver qui souriait jusqu'aux oreilles.

Le moment était venu de rentrer chez lui. Il étreignit une nouvelle fois Alice, puis Père, et courut le plus vite possible dans la neige.

– À demain ! cria-t-il par-dessus son épaule.

– J'ai hâte ! lui lança-t-elle.

Puis elle prit Père par la main et décida que plus jamais, jamais elle ne le perdrait.

**Alice et Père se tenaient tranquillement** devant leur petite maison, chacun perdu dans ses propres pensées. La demeure était telle qu'Alice l'avait laissée (hormis la neige qui glaçait le toit comme un gâteau et recouvrait le sol comme un manteau) ; la cheminée crachait gentiment sa fumée dans la douce lumière du soir et les fenêtres éclairées témoignaient de la vie à l'intérieur. C'était un décor accueillant et chaleureux.

Mais tout à coup Alice devint nerveuse.

Elle savait comment Mère réagirait en revoyant Père, mais ignorait comment cela se passerait avec elle... Et cette nouvelle inconnue l'effrayait. Après tout, Alice s'était enfuie sans même dire au revoir ; elle ne pouvait s'attendre que Mère lui pardonne. Et les baies de Feren ? La lessive et le raccommodage ? La honte qu'elle avait fait peser sur sa famille en échouant à sa Présentation ? À tous les coups, Mère serait livide. Alice était certaine que, sitôt que la porte s'ouvrirait, elle serait accueillie par la colère, une punition et une déception écrasante, ce qui lui faisait presque regretter d'être rentrée.

Pendant quelques instants, Alice se demanda si elle ne devait pas directement s'échapper chez Oliver et s'y cacher, jusqu'à ce que Père puisse arranger la situation, mais elle ne pensait pas qu'il le lui permettrait. Quoi qu'il en soit, fini de tergiverser. Père était pressé d'entrer, et Alice ne pouvait pas lui refuser une chose aussi simple. Pas après tout ce qu'il avait traversé.

Il lui serra la main et lui adressa un regard encourageant en disant :

– Tu es prête, ma chérie ? On entre ensemble ?

Mais elle secoua la tête, sachant qu'elle devrait affronter Mère toute seule. Peut-être que lorsque Mère en aurait marre de hurler et de vociférer, Alice appellerait Père à l'intérieur pour venir la sauver.

Elle exposa donc son plan à son père. En partie, du moins.

– Comme ça, ce sera une surprise, dit-elle. Mère va fondre en larmes en te voyant !

Père éclata de rire.

– Très bien, dit-il. Si c'est ce que tu préfères.

Alice acquiesça. Père se cacha et tous deux échangèrent un clin d'œil, avant qu'elle s'avance vers la porte d'entrée. Puis, après une seconde d'hésitation, Alice frappa deux coups. Un pour elle et un pour Père. C'était la tradition au pays de l'Ailleurs, après tout.

Quelques instants plus tard, la porte s'ouvrit.

Mère était exactement comme dans le souvenir d'Alice : belle, élégante, et d'une tristesse infinie. Ses boucles vertes en tire-bouchon s'étaient libérées de sa queue-de-cheval, ce qui rendait ses yeux dorés encore plus grands et plus esseulés. Alice éprouva un pincement au cœur en croisant le regard de Mère, puis toutes deux se figèrent sur place. Disons qu'Alice était immobile. Mère paraissait gelée.

– Alice ? murmura-t-elle.

– Bonsoir, Mère…

Alice tenta de sourire, mais baissa aussitôt la tête en essayant de se faire toute petite, au cas où Mère penserait qu'elle jouait exprès les insolentes. La gorge serrée, Alice se préparait à un déferlement imminent de colère, bien décidée à se montrer courageuse une fois encore pour Père.

Cependant, une chose des plus étranges se produisit alors, chers amis.

Mère tomba à genoux.

Elle entoura sa fille de ses bras et la serra fort contre elle en pleurant longuement à chaudes larmes. Sa douleur maternelle semblait bien réelle et vibrante contre le petit corps d'Alice, qui *entendait* les pleurs forcer le passage dans la poitrine de sa mère pour libérer toute sa peine.

– Je suis désolée, pleurait Mère. Je suis tellement désolée. Je t'en prie, ne t'enfuis plus jamais. Je t'en prie, pardonne-moi.

– Mais, Mère…

– Je t'ai tenue pour responsable. Je savais pourquoi ton père était parti et je t'en ai voulu, et j'en suis désolée. J'en suis désolée.

– Tu savais ? répliqua Alice, éberluée. Tu connaissais la raison de son départ ?

Mère la regarda en face, les yeux rougis et gonflés, et acquiesça en répondant :

– Il s'en est allé chercher de la couleur pour toi. Il pensait… Il pensait que cela te rendrait heureuse.

Mais comme il n'est jamais revenu, je t'en voulais. (Elle secoua la tête.) Je me suis comportée de façon horrible avec toi. Je t'en supplie, pardonne-moi, Alice. Je ne peux supporter de vous perdre tous les deux.

– Mais tu ne nous as pas perdus, Mère... dit Alice d'une voix douce. Tu ne nous as jamais perdus.

Elle recula pour laisser Père s'avancer, puis elle s'éloigna, un peu étourdie par ce qu'elle venait d'apprendre. Pour Alice qui, depuis toujours, souhaitait simplement qu'on l'aime et qu'on prenne soin d'elle, la confession de Mère faisait l'effet d'une révélation. Et d'une étrange leçon de vie. Mère et elle avaient toujours aimé Père très fort, mais si cet amour avait porté Alice, il avait anéanti Mère, et Alice ignorait que le cœur pouvait posséder un tel pouvoir.

L'amour, à vrai dire, pouvait à la fois blesser et guérir.

Bizarre.

– Je t'ai dit qu'elle t'aimait, déclara une voix familière.

Alice fut tellement surprise qu'elle fit un bond d'une trentaine de centimètres.

– Oliver Newbanks ! murmura-t-elle en hurlant presque. Comment oses-tu m'espionner !

Mais elle était secrètement ravie de le voir.

– Je voulais juste m'assurer que tout allait bien, dit-il en souriant. Je savais que ce serait un moment difficile pour toi.

Le soleil se couchait au-dessus d'eux, donnant l'impression qu'une fente entrouvrait le ciel pour laisser fuir la lumière. Oliver paraissait nimbé d'une douce lueur.

– Tout va bien, dit Alice, tout en restant tranquillement pensive.

– Qu'est-ce qu'il y a ? reprit-il en l'observant. À quoi tu penses ?

– Je vais présenter de nouveau ma Présentation, tu sais. (Elle soupira.) Au printemps. Et on me confiera enfin une mission rien qu'à moi.

– Bien sûr ! s'enthousiasma Oliver. Et tu réussiras à merveille.

– Oui, mais... hésita-t-elle en regardant ses mains. Je risque d'être absente un long moment.

Le sourire d'Oliver s'évanouit. Il s'éclaircit la voix, puis :

– Oui. Bien sûr.

– Donc, dit Alice en regardant au loin, je me demandais si tu accepterais de m'accompagner.

Interloqué, Oliver papillonna des paupières.

– Tu n'es pas obligé, ajouta-t-elle aussitôt. D'abord, c'est illégal, ensuite je sais que tu seras occupé par d'autres...

– Pas question de rater ça, dit-il. Pour rien au monde.

Oliver sourit et Alice l'imita, puis regarda vers le ciel, se demandant en fermant les yeux comment ce petit monde encombré avait réussi à faire de la place à tout le bonheur qu'elle éprouvait. Père était rentré, Mère était gentille, et Alice et Oliver seraient amis très, très longtemps... Et voilà tout, comme on dit.

Ou, du moins, c'est tout que je dirai sur le sujet.

Jusqu'à la prochaine fois, cher lecteur.

**FIN**

IMPRIM'VERT®
PEFC™ 10-31-1510

*Imprimé en France*
par Corlet Imprimeur
14110 Condé-sur-Noireau
Dépôt légal : octobre 2016
N° d'imprimeur : 182909
ISBN : 978-2-7499-2943-9
LAF 2218